Psychatog awaken

Psychatog awaken
靈能覺醒
－傻了吧，爺會飛－
5
打殭屍
illust. Hibiki-響

Contents

第一章　雷霆審判

魔王看著對面的風鳴那一臉「你在說什麼傻話？我為什麼要崩潰發瘋？你是不是腦子不好？」的表情，臉上充滿惡意的笑容逐漸消失，心中升起一種十分荒誕又不妙的感覺。

他甚至有點呆愣，覺得自己眼前的這個六翼熾天使是假的，不然為什麼他的翅膀已經變成灰色，甚至顏色還在加深，卻沒有半點驚慌失措的樣子？

直到這時候，魔王才忽然驚覺風鳴這個六翼熾天使好像確實不太對勁。雖然他也是背生六翼，但他身後的三對羽翅顏色卻不是真正熾天使的潔白羽翼，除了最上方的那一對羽翅是純白色之外，另一對是金色，甚至還有一對是由空間之力形成的，只能看到輪廓。

除此之外，魔王還想到了之前沒有留意到的細節——在這個六翼熾天使沒有顯現出六翼的時候，他是黑童黑髮的樣貌，和天使常見的金髮相差太多，而且他見過褐髮褐瞳的天使，卻完全沒有見過黑髮黑瞳的天使。甚至，黑髮黑瞳通常只出現在墮天使中，黑髮黑瞳的天使實在罕見。

再想想，這個天使說的語言，似乎也不是他曾經聽過的人類天使慣用的語言。魔王終於意識到眼前這個天使並不是他知道、熟悉的那些人類天使，偏偏這個時候，在他對面的那個六翼熾天使還默默地補上了一刀：

「雖然這時候說出來可能有點晚了，但是我覺得我還是要說一下，免得有什麼誤會。我不是西方的純血天使，只是我外婆是西方的人，我才無意中覺醒了天使的血脈力量，但是我體內更多的是東方華國的血脈力量。我的背上雖然有三對翅膀，但是除了第一對翅膀——喏，就是這雙白的，現在是灰色的，是真的天使翅膀，第二對和第三對翅膀都是我另外的血脈之力。也就是說，我是個混血，不是純血。

所以，你們這邊當天使的要求我是真的不了解。什麼樣是純潔，什麼樣又是不純，理查和教皇陛下他們也沒跟我說過，所以你不要用你對天使的要求來要求我好嗎？反正我覺得翅膀變灰也沒什麼大不了的，在現在的環境下，我想要吸收靈力、有足夠的力量，總會吸取到這裡的混亂黑暗之力，力量改變是必然的事。既然是必然的，我又有什麼羞愧的必要？就算我翅膀顏色變灰了，可是我沒殺人、沒放火、沒做惡事，熱愛科學、敬老愛幼、守法奉公，我還是個好天使啊！

雖然我偶爾也會做點小壞事，但也不能說我是個墮落天使吧？難道你們評判墮落天使和天使的標準是翅膀的顏色？要是這樣，那天使豈不是每天都得在自己的翅膀上蓋兩層布，萬一不小心跌到泥坑裡了，那不是就直接墮落了？還有，你剛剛說我身體不純潔這點，我也得反駁一下。靈魂上不好判定，但身體上的純潔老子還是有的！我現在還是個處男呢！」

風鳴這樣說著，手中陡然凝聚出無數灰色的雷電和冰刃攻向魔王，即便那雷電和冰刃已經不同於最初純淨的模樣，威力卻不減反增，直逼向魔王。

魔王此時被風鳴的那一番話氣得面色都有些扭曲。他原本是想用語言攻擊，讓這少年的心神崩潰，卻沒想到，最後心神被大大刺激的反而是他。他此時看向風鳴的眼神就像在看什麼見不得人的髒東西，滿是嫌惡。

風鳴面對這樣的眼神，卻半點都不害怕，反而笑了：「看你臉色這麼不好，難不成你原本並不想墮落，結果不小心練功走火入魔，讓翅膀由白變黑，所以遭受歧視多年、最後怒而殺人，最終真的墮入魔道了？嘖嘖，做人可不能這麼不理智啊。看人也不能光看外表，你看他像是個弱雞，萬一他雞皮一扒，就是個猛虎呢？」

在一片雷光和爆炸的冰雪之中，風鳴的身形陡然出現在魔王身後。他手中並沒有長劍，卻蘊含著強大的空間之力，只一瞬間就要拍上魔王的後背。

魔王聽著風鳴故意刺激他的話，最終怒極反笑。

這麼一個沒有半點天使樣子的少年，他之前竟然把他當成了當年強大又不可戰勝的宿敵。如今看來，這只不過是一個來自東方，僥倖繼承了天使血脈和力量的半吊子劣質品而已！半分也不值得他多費心思！

而且，劣質品這種東西就不該出現在這個世界中，還是直接送他上路吧！

魔王已經沒有了半點耐心與和風鳴戰鬥的性子，他只想早早解決這個無論從哪方面都讓他覺得極為礙眼的存在。

雖然這個劣質品在這片雷雲暴雨之下，力量確實增加了不少，但若是想要憑著這樣的攻擊重傷他，甚至是戰勝他，那是想都不用想。只要無法破壞他的黑暗領域，這個劣質品不管說什麼、做什麼都不會有半點作用！

所以，魔王還是再次躲開了風鳴飽含著空間之力的一掌攻擊，並且那隻蒼白，有著尖銳指甲的手也再次如鬼魅一般，伸向了風鳴的脖子。這一次，他不會再給這少年任何喘息之機，會直接捏斷他的脖子或者直接……刺破他的心臟。

然而，他的手卻抓空了，反而被風鳴的手打得正著。在風鳴的手拍到魔王的手的瞬間，魔王感到自己的右手被強烈的空間之力攻擊，右手上的皮膚竟然寸寸崩裂，一直蔓延向他的整條臂膀。

風鳴的身形在他對面不遠處顯現，此時他的臉上沒有了剛剛那副看起來又傻又蠢的樣子，眼下金色細小的魚鱗襯托著他的異色雙瞳，非常冷靜。

「你看，我就說別小看弱雞。萬一弱雞會變身呢？即便這裡是你的領域，我也不會讓你再抓到我第二次了。」

他體內的帝江血脈不允許他被這片小小的領域控制，丟臉。

話音落下，風鳴就引來天空的雷霆之力，借助空中的風雨之力瘋狂又凶狠地攻向魔王。

魔王此時已經怒極，也不允許魔王的尊嚴受到半點挑釁，不再有半分保留地發動了攻擊。

在他的黑暗領域中，陡然出現了無數把黑色的長劍，幾乎在片刻就絞碎了出現在領域中的雷電風雨，並朝風鳴刺去。

一時之間，這片雷雲之中的靈氣爆發，更加混亂。即便是以后熠的目力，也只能勉強看清在雷雲之下瘋狂戰鬥的兩人。

理查和倖存的靈能者們聚集在后熠的身邊，札克斯忍不住跳腳問后熠：「你到底看到什麼了？我只能看到一團黑光和一團白光在那片雷雲下打得厲害，其他什麼都看不見！現在到底誰占上風？風鳴到底需不需要我們的幫忙，你倒是說句話啊！」

后熠半天沒有理他。他的雙眼中閃著淡淡的金光，手中的金色長弓和射日之箭還沒放下，嘴角卻慢慢地勾了起來。

「雖然他的力量和魔王差了不少，但他會贏。」

札克斯特別不明白：「他的力量和魔王差很多，又怎麼可能會贏？魔王有領域之力！那可是神的力量！在他的領域中，所有的一切都在他的控制之下，我在領域邊緣都差點沒逃出來，你又怎麼肯定風鳴會贏？我們應該去幫他！！」

后熠卻搖搖頭，他還是沒有給札克斯半點眼神，只是露出了一個十分驕傲自豪的輕笑。

風鳴為什麼會贏？因為他是越戰越勇的類型，瘋起來連他男朋友都往死裡打的那種。

此時，在那片雷雲之下，風鳴伸手抹掉嘴角的一絲鮮血，樣子看起來有幾分狼狽。他身上那層白鮫紗衣已經被割出許多個破洞，鮮血從傷口滴落。身後的三對羽翅也在攻擊和飛行中用力，受了傷，羽毛變得淩亂，甚至隱有血跡。
他對面的魔王卻幾乎沒有什麼狼狽之色，就連最開始被風鳴空間之力攻擊，崩裂的右手也已經恢復如初，沒有任何不妥之處。可見在這場戰鬥中，風鳴的力量確實差了魔王許多，但他們兩人的面部表情截然相反。
身形狼狽的風鳴揚著嘴角，眼中沒有半點退縮恐懼之意，反而目光森然帶笑。而魔王的身形完好，卻面沉如水，那雙赤紅的眼瞳中，先前對於劣質品的輕視早已消失，取而代之是幾分凝重。
他們已經打了許久，他卻還沒有殺死對面的那個劣質天使。
少年總能在最危急的關頭躲開他的致命一擊，然後再尋找任何機會反攻。哪怕少年的每一次攻擊都被自己的領域力量化解或者修復，哪怕自己的攻擊每次都會在他身上增添新的傷口，但少年就像不知恐懼、不知疲倦的戰鬥瘋子一樣，不見半點退縮。
偏偏在這樣的戰鬥中，他的力量慢慢消耗，少年的力量卻好像沒有半點損失，反而越來越強。
鏘！
黑色的長劍和白色的冰霜之劍再次相撞，魔王竟然發現自己的黑暗之劍在短時間內出現了裂痕。
只不過就在這短短不到半天的戰鬥中，這個劣質品吸收的黑暗混沌力量卻達到了驚人的地步。魔王看著風鳴背後那兩對幾乎已經變得全黑的羽翅，心中甚至有些驚懼，他差一點都要懷疑到底誰才是喜愛殺戮、不遵聖規的墮天使了。但他知道不能再這樣下去，這個天使已經自找死路地吸收了大量的黑暗混亂靈力，未來必然會被黑暗混亂的力量影響，甚至吞噬，幾乎算得上是一個必死之人。

但在他死之前，他很有可能拉上自己陪葬。哪怕這只是一個非純血的劣質品，但那群天使為了不讓惡魔禍害人間，總會做出沒有理智的事情。

魔王終於在這時下定了決心，那雙赤紅的眼瞳一瞬間占據了整個眼眶。屬於魔王的黑暗領域中，忽然憑空出現了一團團赤紅色的火焰，瞬間讓整個黑暗領域的溫度陡然上升。那些火焰形成一朵朵紅色的花，急墜向風鳴，不過瞬間就把他整個人包裹於其中！

魔王看到火焰中，風鳴凝聚出水牆和冰牆抵擋他的火焰，蒼白陰鬱的臉上露出冷笑。

「不要掙扎了，這是地獄之火，可以燃盡一切，誰也無法逃脫。」

動用地獄之火的力量會讓他的本源之力消耗一大半，即便這次殺了這個少年，他也會元氣大傷。但魔王有一種預感，如果他繼續和少年像之前那樣戰鬥下去，他可能真的會被這個像戰鬥瘋子的少年重傷。他的直覺叫他不要再和這個少年僵持下去，他的直覺在告訴他，要儘快殺了這個少年。

魔王篤信他的直覺，他要儘快殺了這個少年。

地獄之火能燃盡一切，那少年無論如何都活不下來。哪怕他現在能用水和冰撐著，但在他的領域中，他可以隔絕一切的靈力，讓他無以為繼。

在風鳴被火焰吞沒的瞬間，后羿手中的射日箭差點破空而出。然而，他很快就看到了在火焰中出現的水牆和冰牆，知道他的小鳥兒沒有出事。

但這時候，后羿陷入了糾結之中。

他該不該在這時候射出這一箭？這並不是他和風鳴約定的最好射箭時機，如果他此時射出這一箭，下一箭魔王便會有所防備，難以達到最好的傷害效果。但如果他現在不射這一箭，風鳴能不能從那片火焰之中安然而出？

后羿從未有過如此糾結的情緒，竟連拉著弓箭的手指都有些微微顫抖。

他的猶豫、遲疑顯然被理查、札克斯他們看到了，頓時都知道風鳴可能遇上了麻煩。但這個時候，卻沒有一個人開口說話，他們不能有任何影響后羿的言語和動作。

后羿雙眼死死盯著在那一片黑暗中越燒越旺的火焰，想到了辛瑙所說的「遠離火焰」的話語，他的額頭漸漸冒出冷汗，雙手也顫抖得更加厲害，似乎下一秒就要射出這破空一箭了。

在距離雷雲不遠之處的一座高山上，一名青衫和一名紅衫男子坐在山頭的高木上，同樣看著那一片黑暗中的火焰。

紅衫男子輕笑了一聲，語氣隨意：「你猜那混血的鯤鵬帝江，會死嗎？」

青衫男子面容淡淡。「若帝江血脈那麼容易死，你我還來做什麼？」

紅衫男子看他一眼，點頭：「你說得對。他還是該活得久一點，我們才能用上他。不過，那五色石還是要收回來的，有了五色石，便有了一條退路。」

青衫男子回以沉默。

紅衫男子也不在意，突然笑道：「好了，那小子覺醒了，我也該動動手了。」

在紅衫男子話音落下的瞬間，赤紅的火焰中忽然顯現出一個極為龐大的虛影，在一瞬間幾乎占滿了整個天空。

那個虛影人身魚尾、背生三翼，渾身上下遍布玄奧又複雜的金銀色雷紋，只在天空中虛閃一下就消散開來，之後變為一尊巨大的天使之像，手握雷霆之劍，引動整個天地雷霆之力，生劈開了雷雲之下的魔王黑暗領域。

魔王噴出一口黑血，驚駭不已地看著天空中巨大的雷霆天使影像。在那巨大的雷霆天使像之下，風鳴手中握著雷霆之劍，哪怕此時他背後的羽翅已漆黑如墨，神色卻如千萬年前最聖潔堅毅的天使，冰冷地看著惡魔。

「雷霆審判。」

他口中吐出這四個字，虛空之中的巨大天使影像舉起了長劍，帶動天地之力。

與此同時，金色的箭矢帶著破邪滅日之力破空而來。

當蘊含著天地之力的雷霆和金色的射日之箭齊齊打在魔王身上的時候，感受到體內的力量和生機在迅速流失的魔王，露出了不可置信的表情。他從沒有像現在這一刻般，認識到自己正無比接近死亡，造成這種狀況的，竟然只是一個他完全不放在眼中的劣質品而已。

這讓魔王完全無法接受，但事實卻無法改變。

魔王心中的黑暗和暴戾洶湧而出，裹挾出強大瘋狂的力量。哪怕他即將身死，也絕對不會放過那個無比礙眼的劣質品。於是他在那巨大的天使虛影前陡然掀起無邊的黑暗，那片黑暗越散越大，越散越大，最後幾乎蓋住了整片天空。

天空中巨大的天使影像幾乎被黑暗掩蓋。

此時，后熠和理查他們正全速往那片區域趕去，原本在地獄之門前等著出去的魔將和惡魔們也感受到另一邊雷雲下的不同尋常。

他們感受到魔王的力量和氣息在減弱，就像是他們的王受到了重傷，即將死去一般。惡魔們開始驚惶不安，魔將中有四個人互相對視一眼，快速朝那片雷雲而去。

風鳴被那片可怕的黑暗淹沒的時候，神色依然淡漠，相比起之前被困在赤紅的地獄之火中時身體和靈魂感到的痛苦，這黑暗給他的痛苦不值一提。

在地獄之火中，彷彿連身體和靈魂被灼燒著，那劇烈的痛苦讓他的意識有些不清楚，甚至感覺下一秒就會死去。他的翅膀和頭髮也被號稱可以燒盡一切的火焰點燃，彷彿下一秒整個人都會被燒成一團灰燼。

不過，地獄之火說到底也是魔王力量的顯現，風鳴動用了體內所有的靈力，和這團火焰的力量抗衡。在這個時候，他忽然也想到了辛瑙所說的「注意所有火焰」的提醒，或許這地獄之火就是一個節點，過了他就生，擋不住他就死。

風鳴無論如何都不想死，努力地用力量抗衡火焰。然而不管是天使之力、鯤鵬之力，甚至是最厲害的帝江之力，三種力量對地獄之火的阻隔和防禦都很不明顯。即便是在他體內占據血脈最多的帝江空間之力，也不過是能讓他再撐上三分鐘而已。等他體內的靈力用盡，便是死路一條。

然而，風鳴卻感受到了不對勁。

他的血脈告訴他，這樣的火焰不足為懼，還有一種毀天滅地的火焰之力，那才是真的可以燃燒一切，需要以性命相搏，眼前的地獄之火只需要他的力量比魔王強大，就可以戰勝。

風鳴有這樣的直覺，可是他不知道要怎麼做才能把力量變得比魔王更加強大。即便他吸收了這片天地之間混亂的靈力，連翅膀都因此變得漆黑，他的力量也不過是能和魔王有一拚之力而已，怎麼能一下子超越魔王？

這個時候，他已經在地獄之火中堅持了三分鐘。提煉的能力幾乎已經耗盡，他的意識被灼燒得異常痛苦，甚至開始混亂。而後，他眼前陡然一黑，意識再次來到了他的力量之海中。

他再次看到了那一片無盡的空間，還有聳立在這片空間中的那扇巨大厚重的大門。他還記得第一次靈能爆發的時候，這扇大門是緊閉的，但現在他卻發現這道大門已經打開了一條細小的縫隙，彷彿只要徹底推開這扇大門，他就能獲得巨大的力量，得到重生。

莫名的，這扇大門忽然充滿了無比的誘惑。

它明明是一個死物，風鳴卻似乎能感受到另一邊極致、強大又恐怖的力量在呼喚。

——推開它，推開這扇門！你就能得到你想要的一切！這世間所有的力量在你面前都會顯得可笑和渺小，你目光所及之處便是絕對的王者！

風鳴的心神劇烈震動起來，無法控制地向前走了幾步，甚至手都放到了冰涼的銅環之上。正是這忽然而來的冰涼讓他恢復了神志，他陡然驚醒，發現自己距離推開那扇門只剩下最後一步。他的臉上頓時顯出驚駭之色，連連後退了好幾步，等退到足夠的安全距離，再也感受不到心中的那股沸騰和渴望之後，才緩緩地鬆了一口氣。

不能推開那扇門，至少不能就這樣毫無準備地推開那扇門。

風鳴沒有比這一刻更加清醒地意識到那扇門後存在著可怕的力量，甚至他在這一瞬間還懷疑門後是不是還有一個可怕的存在正蟄伏著，正因為有這扇門的阻擋，它才沒有躍然而出，吞噬掉自己。

但如果想要獲得力量，必須要推開這扇門，否則他會被魔王的地獄之火燒死。進退維谷，彷彿就是他現在的真實寫照。

但風鳴不會就這樣認命。他的意識開始瘋狂思考，既然伸出手去推開那扇門不是正確的做法，可那扇門卻有了一條縫隙，那還有什麼方法才能把那縫隙擴大，打開那扇門呢？這裡是力量之海，所有的一切都是以力量的形態出現，就連他此時的身體也不過是意識之力在力量之海的映射，並不是真實的他。

風鳴突然抬頭，看向那扇巨大厚重的門。

既然伸出手去推開那扇門不是正確的做法，那麼用意識之力呢？

於是，風鳴在力量之海中坐了下來，漸漸地，他的身體散發出三種不同的光芒明明滅滅，那是屬於他體內三種不同血脈力量的光。之後，他周身的光芒似乎漸漸引動了整個力量之海空間的力量，原本雜亂無序的力量之海開始顯現出驚人的變化。

混沌之中，三道光芒漸漸地彙聚在一起，如同一隻大手覆在巨大厚重的門上，輕輕一推，霎時之間天地變色，那巨大厚重的黑色巨門被推開了一半。

強大恐怖的力量從門內咆哮而出，似乎還伴隨著類似於某種巨獸的驚天怒吼。

然而，無論那怒吼之聲有多麼強烈和可怕，都沒有辦法突破這巨大黑門的限制，無法衝到風鳴的面前把他吞噬殆盡。

就在那扇巨門被推開的瞬間，力量之海內的風鳴樣子也瞬間有了變化。

他盤坐著的雙腿忽然變為金色的魚尾，後背陡然生出三對翅膀，雙耳尖成魚鰭狀，眼角和臉龐的輪廓也變得更為妖異，額頭中央多了一個明明滅滅的空間印記，身上則多出了密密麻麻的金色和銀色的玄紋。此時的他看上去完全不像是個人類，反而像是什麼妖異到極致，也凶惡到極致的怪物。

當他睜開眼睛的時候，魔王困住他的黑暗領域和地獄之火盡數崩碎，天空中也顯現出了那巨大妖異的虛影。

只是很快，風鳴就從力量之海中清醒過來，那巨大的魚尾六翼的虛影很快就被巨大的天使虛影取代，但此時的風鳴已然完全不同。

哪怕是魔王耗盡本源之力的黑暗之力，也無法傷到他分毫了。所有的黑暗之力到了他身邊都會被強大的天使之力淨化消融，他所在的區域就像沒有任何邪惡能入侵的淨土。

風鳴的雙眼之中閃著淡淡的光芒，抬手隔空對魔王張開手，無數血色冰椎就從魔王的身體內爆體而出。

魔王看著風鳴的樣子駭然驚呼：「魔神之力！！你、你不是天使！！」

這樣的人怎麼可能是天使？他分明就是魔神！！

風鳴卻不管這個重傷將死的魔王，他伸手憑空一抓，抓到了那個不知道飄到哪裡去的黑色空間之羽，那黑色的飛羽在風鳴手中沒有撐過三秒，就寸寸碎裂，露出了空間之劍最原本的樣子——竟然只是一顆流光溢彩，混雜著五種不同顏色的小石頭。

風鳴在看到這顆小石頭的瞬間，腦海中浮現了三個字「五色石」。與此同時，他忽然感受到極其強烈的危急感，伸手緊緊握住了五色石，以強大的力量開始破壞它。

無論那把空間之劍到底是什麼，但它打開的兩個世界的通道不應該存在。他沒有忘記自己來到這裡的目的就是破壞它，所以他絕對不能耽誤。

然而就在這個時候，一隻手憑空出現在風鳴面前。那是一隻美到極致，完全沒有半點瑕疵的手，卻也是曾經強大到讓風鳴完全無法反抗的手。在這隻手出現的瞬間，風鳴的精神緊繃到了極致。

只不過這一次，這隻手不是單獨出現的。

在這隻完美的手掐住風鳴的脖子時，它的主人用那雙瀲灩美麗到極致的眼睛看著他，薄唇輕啟。

「又見面了，把五色石交給我吧。」

風鳴和這個如烈焰一般的俊美男人對視，右手猛地用力，緩慢勾起嘴角。

「我不要。」

明明最脆弱的地方被別人握住，小命在下一秒都可能被終結，風鳴卻完全沒有想要聽話的意思。他手中的那顆五色石，因為他強大淩厲的破壞發出了碎裂的喀嚓聲。那聲音非常細小，可這個環境之下卻異常清晰。

在這道聲音響起的時候，那名紅衫男子鳳眼上揚，俊美如神的臉上露出冰冷之色。右手陡然用力，竟要直接捏死這個不聽話的少年。

然而在他右手動作的瞬間，風鳴也有了動作。他身後在天空中的巨大天使虛影頃刻間消散，取而代之的是另外一隻六足四翼的巨大獸影，而後風鳴的身形在那隻手的禁錮下瞬間消失，出現在更遠一些的地方。

比起在深海祕境裡拿這隻手完全沒辦法的情況，覺醒融合了更多血脈之力的風鳴終於有了一絲可以反抗的力量。

這時候，他手中的五色石上已經顯現出了密密麻麻的細小裂紋，五色光芒也漸漸地暗淡下來，像是下一秒就要碎裂一樣。

眼看五色石就要碎裂，風鳴心中的大石就要落地時，那名紅衫的俊美男子臉上忽然露出了一絲嘲諷又帶著瘋狂的笑。

在風鳴還沒有反應過來的時候，他耳邊彷佛聽到了一聲尖銳的鳴叫，讓整個人的心神都大震失守。然後手上一空，那快要碎裂的五色石竟然就憑空消失了。這還不是最重要的，他發現自己再次被可怕的火焰包圍了。

不過，相比起魔王那號稱能燃燒一切的地獄之火，這一次風鳴的周圍只有四朵小小的火苗圍繞著他。但這四朵火苗帶來的熱度和力量，卻超過了剛剛魔王那成片的火焰。

風鳴駭然。

那名紅衫男子此時才看著手中被弄出許多裂紋的五色石，面目森然。

「我生平最討厭的就是不聽我話的傢伙。本君說什麼，所有人都得洗耳恭聽。不聽話的，都死了。」紅衫男子嘴角帶笑，說出的話語卻非常冰冷：「如果不是看你有用，此時你也不過是一把灰燼而已。」

風鳴被那四朵小小的火苗圍繞著，卻不敢輕舉妄動。

他皺眉看向紅衫男子，發現那個人穿著一身華麗如火焰的紅色古裝長衫，一頭烏髮高高束起，在那烏色中還有縷縷紅絲，束縛著這頭烏髮的，卻是一隻極為生動高傲的鳳鳥。

在風鳴看向那個鳳鳥髮飾的時候，竟然感覺那隻赤紅色的鳳鳥彷彿看了他一眼。

「……你是這個世界東方的神靈還是妖獸？」

風鳴沒理會紅衫男子的話，反而問出了疑問：「在深海祕境時，最後出手的是不是你？你想抓我？為什麼？你是因為我可以修復空間而抓我，還是想要透過我，打造出一條更加連通兩個世界的通道？」

在風鳴問出這番話的時候，速度最快的后熠和理查已經來到了這片區域。

后熠遠遠就看到了風鳴被四朵火苗困在空中，不能動彈，心中頓時升起凜然之意，他看向紅衫男子的目光無比淩厲，在目光掠過他容貌和手上的時候，后熠的面色更冷。

他顯然也認出了這個紅衫男子的身分，一瞬間，他的氣勢升到了最高。

理查等人完全不明白這裡怎麼會出現一個身穿東方長袍的俊美男子，他的容貌簡直沒有一絲瑕疵，身上的氣勢也強大得驚人。

在那些人中，有火系魔法師一瞬間捂住了自己的雙眼，不敢置信地低吼：「這不可能！那個人在我的眼中就是一團人形的火焰！那樣的火焰力量不可能是人能做到的，他是火神嗎！」

紅衫男子看到這一群西方的人跑過來，皺了皺眉。他並沒有要解答風鳴問題的打算，也不打算繼續在這裡多待下去，五色石他已經拿到了手，再把這個擁有帝江血脈的小子帶走，此行的目的就達到了。

至於這片地方之後會發生怎樣的變化，那些西方人會不會死，都不在他的考慮範圍內。

於是，紅衫男子手指微微一動，那圍繞在風鳴四周的四朵小火苗忽然變大，變成四隻凶猛的火鳥，而後又從火鳥變為一個火焰囚籠，直接把風鳴囚禁在火焰囚籠中，轉身就走。

后熠和風鳴在他行動的第一時間就動了手，然而無論是后熠染著血液的破日箭，還是風鳴想要逃離的空間瞬移，竟然都沒有打碎那火焰形成的囚籠。

至於理查和札克斯他們的攻擊，更是連那赤紅色的囚籠都沒有碰到便消散殆盡，以至於人人都露出驚駭至極的神色。他們三十多人，對方只有一人，竟然只能這樣眼睜睜地看著風鳴被帶走。

風鳴心中的驚懼不比那些人少多少，這個紅衣的男人果然強到變態。在他還沒想到要怎麼逃離的時候，忽然看到后熠周身凝聚起了金色的靈能烈焰，那樣子彷彿要放什麼大招一般，頓時心中一跳。

這個時候，另一個低沉的聲音在這片空間內響了起來。

「勸你不要這樣做。燃燒本源之血固然會讓你在短時間內獲得強大的力量，但之後你的每一次攻擊都是以燃燒自己的生命為代價。即便是你燃燒本源之血和他戰鬥，最多也不過是和他戰鬥到兩敗俱傷。那時候他頂多是重傷，你卻會因為失去本源之力而生命枯竭，直接戰死。」

后熠卻對這番勸話充耳不聞，周身的氣勢反而更加強大。

風鳴不能忍受這樣的結果，當下就對后熠喊：「箭人，你別犯蠢！他們把我關起來帶走就說明我對他們還有用！在還沒利用完我之前，他們是絕對不會殺我的，君子報仇十年不晚，你回去想其他辦法，再來救我！去找人參老爺子和烏龜老爺子都行！肯定還有其他方法的，你要是現在戰死了，之後誰來保護我！」

后熠沖天的氣勢終於停頓了片刻。

就是這片刻的功夫，一個青衫男子突然出現在他的面前，伸手就對后熠的胸膛狠狠擊了一掌，直接把后熠打飛至很遠，噴出一口鮮血。

風鳴在這一瞬間雙目驟然猩紅，他看向那個青衫人的目光彷彿最可怕銳利的刀子。

「你敢趁人之危傷他！！」

這個時候，周身暴起，氣勢像要拚命的人就變成了風鳴。他的雙眼在那一瞬間閃現出金紅雙色的光芒，身後虛影又要顯現。

結果青衫男子卻轉身，面色自如地走到他面前，那雙漆黑深邃的眼睛和風鳴對視，只說了一句話：「若你再不把他們送走，他們所有人都會死在這方世界。」

風鳴微愣，而後才意識到五色石已經被他毀了一大半。

「看你這呆傻的樣子，我都要懷疑你是否是帝江血脈了。那可是曾經橫行霸道整個洪荒的魔神。」

風鳴聽著這青衫男子沉穩淡漠的聲音，對上那雙漆黑的雙目，忽然閉上雙眼。他強大的氣勢不減反增，這次出現的還是那六足四翼的巨獸虛影，只不過在紅衫男子皺眉防備他再次逃跑的時候，空中的巨獸虛影卻陡然搧動翅膀，在空中憑空掀起空間颶風，直接把理查連帶后熠等倖存的三十多個靈能者全部帶走。

在紅衫和青衫男子還沒有反應過來的時候，后熠他們已經被強行送入搖搖欲墜的地獄之門了。

在后熠他們穿過地獄之門的瞬間，在這方世界空中的巨大空間之門轟然碎裂。哪怕周圍的惡魔和魔將們都驚怒至極地衝向空間漩渦，卻無法穿過空間的壁壘，反而被兩個世界之間的空間漩渦徹底絞得粉碎。

風鳴見到這樣的畫面，心中微微鬆了口氣。

雖然他被困在這個世界裡，但他有帝江血脈，總有找到機會回去的時候。其他人卻不同，留在這裡只怕真的會被魔氣入侵，然後徹底死亡或者瘋狂。

這個時候，他聽到了紅衫男子陡然變得森然和冷厲的聲音。

「玄晙，你在故意放跑他們嗎？」

那青衫男子的聲音依然低沉淡然。

「並未，我只是不想徒增亡魂而已。」

§

地獄之門的另一邊。

面對無數從門內洶湧而出，彷彿無窮無盡的惡魔，鎮守在這邊的歐洲靈能者們表情嚴肅而堅毅。

此時已經是他們對抗這些洶湧而出的惡魔的第三個小時。

原本他們認為按照他們的準備和各國加在一起的力量，即便不能完美滅殺從地獄之門內衝出來的惡魔，也至少能給予它們重創，讓它們無法走出黑暗森林。這樣的優勢至少能撐上一個月的時間，等一個月之後就會有更多援軍到來。

但是按照現在的情況來看，別說是一個月的時間，或許他們連半個月，甚至十天的時間都無法撐住。

儘管他們在惡魔出現的第一時間就發動了靈能武器，也有數千個靈能者一起發動攻擊，滅殺從惡魔之門蜂擁而出的惡魔們，但那些惡魔就像黑色的水流一樣，無時無刻都不停歇地向外而出。

無論是靈能者還是靈能武器，都必須保持持續的攻擊才能避免蜂擁的惡魔在外部肆虐。然而，那些殺傷力巨大的靈能武器即便是用最好的材料和最充足的靈能製成的，也只能撐三個小時的攻擊時間而已。

超過三小時之後，靈能武器就必須休息了。靈能者們比靈能武器的持久力還短一些，每一批一千位靈能者最多只能堅持持續攻擊一個小時，超過一個小時就會有許多攻擊變無效。

雖然在這裡支援的各國靈能者加起來足足有七八萬，但實力足以站在地獄之門那裡進行攻擊的，也只有一萬左右，這還要加上在周邊各個方向防止惡魔逃出這片森林的靈能者們。

在地獄之門開啟的第五個小時，所有的靈能守衛者都感覺到了極大的精神疲憊。他們在這期間不斷地滅殺惡魔，但那些惡魔卻沒有半點停歇的跡象。

這一批上來的地獄之門靈能守衛者在之前已經負責過其他方位的守備，接下來要持續不停地攻擊輸出，顯得非常疲憊。一時效率低下，放跑了不少從惡魔之門中奔湧而出的低等和中等惡魔。

於是，後面負責的靈能者們壓力一下子變得很巨大。

圖途漂亮的兔子耳朵上此時多了一個很大的傷口，臉上也沾滿了灰塵和血跡。原本他正專心致志地對上一批逃脫的幾個中等惡魔攻擊，忽然之間聽到了風勃沙啞的聲音：「往熊霸那裡跳！」

圖途毫不猶豫，一腳蹬飛了一直在他面前張牙舞爪的惡魔，借著這個衝力往熊霸那邊衝過去。在飛躍過去的時候，他才看到有一隻長相奇醜無比的魔怪出現在熊霸的後背，準備用它黑色的利爪穿透熊霸的後心。

圖途大吼一聲，在半空中改變了自己的姿勢和方向，借著剛剛的蹬腿之力，凶狠地撞向那個有巨大手爪的惡魔，成功地撞飛了攻擊熊霸的惡魔。

那個惡魔被圖途撞飛之後就往早已經準備好的墨子雲而去，墨子雲伸手按在那個惡魔的身上，一瞬間，惡魔身上長出了三朵黑色的巨大蘑菇，墨子雲毫不猶豫地把那三朵巨大的黑色蘑菇掰下來，那個中等惡魔原本的憤怒忽然變為驚叫，不過只叫了一聲，就變為了黑色的粉塵。

然後墨子雲狠狠地咬了一口這顆黑色大蘑菇，又各扔了一朵黑色蘑菇給使用靈力最多，攻擊力最強的熊霸和雷兼明。

此時，華國的眾多靈能者表情都有些發白，畢竟他們完全不停歇地戰鬥了五個多小時。就算還沒有輪到他們去守地獄之門，但這種毫不停歇的戰鬥也大大摧殘了他們的精神。

「能長出蘑菇就代表這些傢伙身上有靈力。不管這些惡魔的靈力力量有多混亂複雜，我們現在在打持久戰，能補一點就算一點吧。」

「我之前帶來補充靈力的靈果和藥劑都已經吃完了，現在有蘑菇吃，應該還能再撐一撐。雖然黑蘑菇怎麼看都不是健康的好東西，但聊勝於無吧。」

雷兼明和熊霸都沒有猶豫地直接啃了一口黑蘑菇，然後感受到一股混亂的靈氣在體內到處亂竄，連帶著情緒也變得有些暴躁憤怒。強壓下那些負面的情緒，他們把這些力量都對惡魔傾泄出去。

然後，所有人繼續麻木地不停攻擊。

在晚上九點，大家堅持到第十個小時時，一直沒有好好休息的靈能者們開始出現傷亡。

靈能者們就算可以換班，就算有可以補充的藥劑，說到底也不是能永遠不休息的機器人。時間越久，他們感受到的壓力和精神疲憊就越大，甚至看著過了這麼久還沒半點弱化跡象，甚至比之前更凶猛地從地獄之門衝出來的惡魔們，有些靈能者的精神都受不了地崩潰了。

偏偏在這個時候，從地獄之門衝出來的惡魔們竟然比最開始的更厲害了一些。如果說一開始衝出來的惡魔們是低級和中等的惡魔，那這個時候衝出來的惡魔，絕大部分都是中等，甚至是高等的惡魔，甚至還有兩個魔將也在這個時候出現了。

這兩個魔將一出來，就直接放了防禦和攻擊的兩個大招。以防禦靈能者們的攻擊，讓更多惡魔不會一出來就被滅殺，攻擊那些守在地獄之門外的靈能者們，打亂他們的攻擊節奏和步調，以便放出更多的惡魔。

於是，各個國家的頂級靈能者開始迎戰那兩個魔將，然而以逸待勞，那兩個魔將竟然各自占了上風。但好在高級的靈能者人數更多，最終還是把這兩個魔將耗死了。可惜還沒等這些靈能者們鬆一口氣，就有接連的三四個魔將衝出地獄之門！

此時，眾人已經連續不斷地戰鬥了將近十二個小時，幾乎每個人都在超負荷地攻擊著。天知道他們已經在腦海中想了多少次乾脆就這樣撤退吧，衝出來的惡魔實在太多了！根本就殺不盡！今天一天就這樣了，難道以後的每一天都要像現在這樣嗎？那樣根本用不了一個月，只需要三五天的時間，守衛在地獄之門這裡的靈能者就會跑得七七八八。

這根本就不是戰鬥，而是永無止境的試煉地獄啊！

在那四五個魔將接連衝出來，殺死了幾十個守在外面的靈能者時，雙手食指全都腫爛破皮的祖楊龍突然渾身一震。

他看著自己很早之前就畫的一個很不一樣的圈圈忽然泛起白光，豁然抬頭，仔細地看向地獄之門，然後聲音顫抖地叫喊起來：

「地獄之門！！快看地獄之門！！它開始震動不穩了！！！」

這個聲音因為沙啞，並不算很大，卻像是一道驚雷，擊中了所有在這裡麻木地廝殺的靈能者們。

蔡濤第一次停下手中砍魔怪的動作，抬頭看向地獄之門，發現它真的在劇烈震動，連帶著地獄之門周圍的空氣都變得不穩定起來。

這動靜越來越大，顯然引起了周圍所有靈能者的注意。大家先是怔愣和驚訝了一瞬，而後人群中忽然響起了驚天動地的歡呼聲！

「是理查騎士和天使大人！！」

「地獄之門開始不穩定了！一定是他們成功搶到了魔王的空間寶劍！！！」

「感謝主！地獄之門要關閉了！！」

靈能者們看到這樣的畫面，士氣大振，即便到了這個時候每個人都是在強撐，但這個時候大家又重新擁有了力氣。

再堅持一下！只要再堅持一下，等到地獄之門被關上，這些惡魔們就完全不是問題了！！世界又將恢復到原來的樣子，他們所有的戰鬥和付出都是值得的！

這個時候，東方的零能者們看著那震動的地獄之門高興之餘，臉色又變得擔憂。

風勃更直接啞著嗓子喊了一句：「門都快被破壞了，我弟和后隊呢？」

就算其他人都死在裡面他們也不關心，他們那叫為國捐軀，但是他弟弟和后熠呢？他們兩個是華國最優秀也最重要的靈能者，絕對不可以葬身在對面的那個世界！

顯然想到這一點的，不只是華國的靈能者，還有歐洲本土的靈能者和親朋好友進入了「地獄之門」的靈能者們。因此，在地獄之門震動得越來越厲害，那幾個眼瞳赤紅，攻擊驚人的高等魔將的攻擊力越來越可怕，幾乎所有人都往後退的時候，華國的靈能者和歐洲的魔法師、騎士及冒險者們卻在往前走。

他們一邊牽制那幾個魔將，一邊焦急地看向地獄之門，等待著熟悉的面孔出現。好在他們的等待並沒有多久，也沒有落空——

在地獄之門周邊的空間扭曲到極限之前，幾十個看起來外表有些狼狽，和惡魔完全不同的靈能者們忽然從地獄之門內破門而出。

雖然他們身上的衣物已經凌亂變色，每個人身上也輕重不同地受了傷，但等待的人們還是第一時間就喊出了他們等待的人的名字。

華國的龍副隊長第一個喊出了后熠的名字，臉上的喜悅之色還沒有持續超過一分鐘，就看到那個從地獄之門中出來的男人表情無比猙獰。他身後的地獄之門開始崩塌，其他人都下意識地後退遠離，甚至連魔物們都再也不管不顧地四散而逃。

可他就那樣站在地獄之門的門前，雙目赤紅地瞪著那扇正在崩塌的巨大空間之門，陡然之間，口中發出一聲無比憤怒和不甘的咆哮。

伴隨著那一聲咆哮，他周身金色的靈力暴漲到了極限，甚至在他的身後出現一道淡淡的金色巨大人影。那人影出現後帶來巨大的威壓，在下方的靈能者們一瞬間有一股忍不住跪下的衝動。

而後，那個巨大的金色人影化為了漫天的金色箭矢，陡然往四面八方而去。金色箭矢所過之處，一切邪惡黑暗之物被消融殆盡，哪怕是那幾個實力堪比S級大靈能者的魔將，也不過是不堪一擊的箭下亡魂。

明明是子夜最黑暗的時候，這片黑暗森林卻亮如白晝。

當漫天的金色箭矢消散，被魔氣沾染的整片黑暗森林也沒有了之前的黑暗模樣，樹木、大地、花草、池水都恢復成了原本的顏色。

抬頭望去，漫天的黑霧已散，星空照亮大地。

然而，完成了這一切的人臉上沒有半點喜色，表情是從未有過的冰冷和陰沉。

他並未從半空中落下，只是低頭看了一眼抬頭看著他的華國靈能者們，說了一句：「明日回國。」

接著，緊緊握著青衫男子攻擊他時交給他的那枚玉簡，整個人如一支利箭，破空而去。那萬箭破空的力量讓所有人都震驚莫名，幾個國家的大靈能者幾乎不敢相信自己的眼睛。這個人爆發出來的力量簡直超過了他們所有人，這怎麼可能？也太危險了！

華國的靈能者們卻意識到了一件更可怕的事情。

風勃在那倖存的人中找了又找，愣是沒有找到他堂弟的影子。在他銳利至極的目光對上理查的時候，蔡濤和雷兼明比他更快一步地衝到理查那裡，蔡濤甚至直接抓住理查的衣領質問：

「我老大呢！你們最珍貴的天使大人呢！」

理查對上那憤怒的眼神，沉默了片刻，才聲音低沉又帶著幾分艱難地道：「抱歉，他被抓走了。」

蔡濤一拳就要打在理查的臉上，卻被楊伯勞拉了回來。

「別在這裡做無謂的事情。后隊已經走了，他肯定有方法救阿鳴，我們快點回國去找后隊長！」

蔡濤這才紅著眼咬著牙，面色凶狠地看了那一群人一眼，扭頭就走。

華國的靈能者們非常快就離開了，讓這場原本應該值得慶祝的守衛戰勝利蒙上了一層揮不去的陰影。

§

在后熠拿著那塊青色玉簡，動用祕術越過大洋，直接往長白祕境而去的時候，風鳴已經被帶到了「地獄」的東方。

他坐在東方的一座高山山頂的園子裡，看著面前幫他端茶倒水的各種小妖，心情無比複雜。這和他想像的「東方地獄」不太一樣啊，說好的地下十八層、各種瘋狂的妖魔鬼怪呢？這種小狐狸、小貓、小狗、小熊精們都是怎麼回事？

還有，他沒聽錯吧，這些小妖精們叫那兩個人什麼？

「再跟我說一下，帶我來的那兩個人叫什麼？」

頭上長著兩個尖尖的耳朵，屁股後面還有火紅狐狸尾巴的小狐狸精看了他一眼，很是不高興地道：「別這麼不恭敬啊！那是朱雀和玄武大人呢！是四象神獸喲！」

即便再次得到了肯定的答覆，風鳴依然覺得他的耳朵出了問題。

他怎麼都不願意相信那個一臉「你們全都是愚蠢的凡人，我一根手指頭就能搞死你們這些渣渣」的紅衣男人是神獸朱雀，也不相信那個從頭到尾都不愛說話，一臉「這個世界沒救了，所有的東西都一起去死算了」的青衣男人是神獸玄武。

這和他想像中的美好四神獸簡直差太多了好嗎？

四神獸難道不應該是光明偉大正義的？那兩人一個像瘋子一個像傻子，怎麼可能是正義的神獸。

或許是風鳴的表情太過一言難盡，幫風鳴倒茶的一隻熊貓精用爪子撓了撓自己的臉，嘆了口氣：「你是不是覺得朱鴻大人和玄晙大人看起來不像正義的四神獸啊？」

風鳴毫不猶豫地點頭，熊貓精撇了撇嘴巴，又用自己的爪子撓了撓：

「他們以前不是那樣的。以前朱鴻大人雖然也有點傲嬌，但他是最心善和嫉惡如仇的神。

只要有大妖或魔怪在哪個地方濫殺無辜、欺負生靈，朱鴻大人都是第一個到那裡處理它們的。每當我們抬頭看向天空，如果天空中有巨大的紅色虛影掠過，我們就知道那一定是朱雀又去誅殺邪惡啦。所有的男妖和男孩子們，都決定以後要成為像朱雀大人那樣的人呢。

玄晙大人則是最最溫柔的人。他會教導我們很多防禦的陣法來保全自己，而且這方天地的天柱也是他撐著的。據說，玄晙大人的腿就像山那麼粗！嗳，朱鴻大人每次發了特別大的火，滅不掉的時候，玄晙大人就會來吐水滅火啦，哈哈，所以朱鴻大人總是變成火鳥，啄玄晙大人的腦袋洩憤……」

小熊貓精先是笑嘻嘻、愉快地說著這些，但說著說著，那黑眼圈裡的小眼珠就泛紅了。牠用自己的爪子捂住眼睛，似乎抹掉了幾滴淚珠，然後道：「可惜就算是神靈再強大，也強不過這方天地啊。你想知道他們為什麼會變成現在的樣子嗎？跟我來吧，我帶你去看看他們。」

風嗚摸著手中那瑩潤潔白的茶盞，想了想還是站起身。

他心中有所猜測，不過還需要親眼看看才好。

於是小熊貓精和小狐狸精走在最前面，風嗚跟在牠們兩個的身後，屁股後面又跟著幾個小傢伙。有一隻渾身金黃的小鳥飛到風嗚的肩上，啾啾兩聲：「你也是鳥族的大妖，對吧對吧？我感受到你身上很厲害的鳥族氣息啦！」

一隻揹著龜殼的小傢伙搖頭：「不對不對，他身上有強大的水族大妖的氣息，他肯定是水族的人啦。」

然後這隻小鳥和小烏龜就打了起來，風鳴翻了個白眼，沒理這兩個小傢伙。

風鳴在小熊貓和小狐狸的帶領下，走出了這個他一來就被扔進來的山頂屋舍。離開這山頂屋舍之後，看著周邊急遽惡化的環境和小傢伙們開始瑟瑟發抖的樣子，風鳴皺起了眉頭。

他原本還以為東方的地獄世界比西方的地獄世界好很多，畢竟他所在的那片山頂靈氣還算清明，還有一些靈花靈草存在。然而，在這條不知道通向哪裡的路上，他卻看到了周圍急速枯萎破敗的樹木山石，還有遠處那讓人心驚膽顫的黑雲。

有一種天之將傾的恐怖感，他心頭無端沉重起來。

此時，小熊貓和小狐狸已經把他帶到了另一個山頭，這座山頭應該是用來眺望的，還有專用的眺望台。

然後小熊貓抖著身子，用小男童的聲音道：「你往遠處看看吧，你身上有大妖的氣息，應該能看清楚遠方吧？往那裡看，你就會知道為什麼朱泓大人和玄晙大人會變成那種樣子了……嗚嗚嗚……」

小熊貓精說著，竟然哭了起來，其他七八個小妖們也都嚶嚶嗚嗚地哭，讓風鳴有點頭痛。

於是他把靈力聚集到雙眼，刺破重重黑霧，看到了遠處讓人無法言喻的沉重一幕——

在一片山谷中，數千個渾身冒著黑色靈氣，控制不住自己發瘋，攻擊對方的妖？魔？人？們被一道玄青色的陣法死死定住，而後那道玄青色的陣法緩緩亮起光芒，竟然開始吸收彙集下面那些冒著黑氣的人身上的黑氣。

實質的黑色氣息升到半空中，早已在那裡等著的一身紅衣的朱雀伸出手，那些邪惡至極的黑色氣息便瞬間侵入了他的身體內。

即便隔著相當遠的距離，風鳴依然能清晰地看到紅衣男子臉上極為痛苦和猙獰的表情。當黑色靈氣全數進入他體內的那瞬間，那原本漂亮的黑色瞳孔竟然發出猩紅邪惡的光，原本白皙完美的手也驟然顯現出黑色的經絡，可怕至極。

青衫青年一瞬間出現在他的身邊，但他不是在保護他，而是用一種極為難過、悲哀的眼神看著朱鴻。他手上浮現出淡淡的靈光，就那樣靜靜地看著。

風鳴明白他想要做什麼了。

他應該是在等，等朱雀吸收了黑色靈氣的結果。如果朱雀沒辦法吸收或者淨化掉那些黑色靈氣，他就會直接殺了他。

風鳴狠狠地擰起了眉。

就在這時，那紅衣男子陡然發出了一聲尖銳的長嘯，而後身上冒出了灼人的烈焰！那火焰之力頃刻間把他包圍，開始緩緩地蔓延到整個山谷，甚至是他所在的那一整片區域。

火焰的顏色先是漆黑深紅，就像是真正的地獄幽冥火焰一般，彷若有燒盡一切之感。片刻之後，漆黑深紅的烈焰變為紅中帶灰，直至最後，火焰終於恢復成了明亮赤紅的顏色。

看著那鮮豔火紅，風鳴竟然有一瞬間覺得心中喜悅安寧起來。

回過神，風鳴嘖了一聲。呸，他竟然對敵人瞎操心。

朱鴻吸收了黑色的靈氣，又用自己的火焰或淨化或消除了那些靈氣，讓那一整片區的靈氣一清。

風鳴在瞭望臺上看向四周，然後有些沉重地發現，似乎除了這一片區域還算清明，這方世界的其他地方都已經是一片混沌黑暗了，就像在無邊的黑暗和絕望中，唯一僅剩的燭火。

然而這支燃燒著自己的燭火，何時又會徹底熄滅呢？

風鳴站在臺上，遠遠地和面色蒼白，卻已經發現他的朱鴻對視。那個人的眼神無悲無喜，卻彷彿帶著某種極致的瘋狂。

這個人在自己面前像一棵參天巨樹，難以戰勝。然而，當他面對著一方世界，哪怕是四方之神卻也無法撼動天地。

風鳴收回了目光。

他想，這或許也是命運的一種，永遠真實得殘酷。

「現在你知道為什麼兩位大人會變成那個樣子了吧？朱雀大人吸收了太多的混亂魔氣，雖然每次他都有用自己的不滅之火淨化，可是……可是……」

可是就像長期服毒之人，就算每次都有解藥，但總有餘毒殘留。朱雀的每一次淨化不一定能完全淨化，那黑色的混亂魔氣自然也影響到了朱雀的本性。

風鳴明白小妖精們的話。

該說不愧是遠古神獸嗎？這麼作死還沒瘋，也是厲害了，但這並不代表風鳴會不介意他掐自己脖子，還把自己關在籠子裡，以及那個玄武偷襲后熠的事。

風鳴皺了皺眉，聽小妖精們說玄武是一個溫和的人，而且剛剛他看起來也沒有吸收混亂魔氣、發狂的樣子，這個人為什麼會無緣無故偷襲后熠？那不像是他會做出來的事情。

在風鳴皺著眉想這些的時候，他身邊的小妖精們忽然慌亂了起來，小聲尖叫著，或者變成原形上躥下跳，找地方躲避。

風鳴揚眉轉身，竟然看到了一個面容非常精緻可愛的少年。只不過這名少年此時看他的眼神中，竟然帶著毫不掩飾的敵意和鄙視之意，他徑直走到風鳴前面開口：「誰讓你亂跑的？兩位大人不是讓你老老實實地待在園舍裡嗎？你別想亂跑！在這裡，沒人能逃過朱雀大人的眼睛！」

風鳴看著他沒說話，心裡猜想這傢伙是什麼精。不過少年身上的靈力還算清明，和那些小妖一樣。

少年警告完風鳴，又看向帶頭的熊貓精和小狐狸精：

「熊毛毛！還有胡姬！你們知道私自把人帶出來是多危險的事嗎？萬一他以你們當人質，想要威脅朱鴻大人呢？還有！你們知道這一趟出來，身上沾染的混沌魔氣有多少，之後又會給朱鴻大人增加多少負擔嗎？你們的父母在臨死前把你們託付給朱鴻大人，並不代表他就一定要養活你們！！這方世界已經快要崩塌了，在我們打通去新靈界的通道之前，你們誰也別添亂！！」

小妖精們被這個少年訓得一個個垂頭喪氣，不敢說話，風鳴卻從他的話中聽到了什麼。

「打通去新靈界」的通道。

風鳴沉了沉眉眼。

他幾乎可以肯定那個所謂的「新靈界」，就是他們所在的靈氣初生的地球。

所以，那兩位神獸大人把他抓過來，為的就是打通通道吧。如果是這樣的話，那為什麼不直接帶領這些人從西方魔王的地獄之門離開呢？雖然那邊的路遠了一點，但總比一直待在這裡等死好吧。

難不成還有什麼東西方壁壘？又或者……代價太大？

風鳴想著這些，那名少年又皺眉看著他，見到風鳴彷彿完全沒聽進他的話，只顧著想自己的事情就氣得不行，竟想伸手去抓風鳴。

風鳴即便在想很重要的事情，周圍的危險也在他空間波動的監測之中。

他輕易躲開了伸向自己的手，然後冷笑了一聲。

以為誰都能不高興就伸手抓他嗎？四神獸也就算了，活了不知道多久的老怪物，就算是魔王也在最後被他打爆了好嗎？這小子也想學那個瘋子朱雀抓他？

連根毛你都抓不到。

少年完全沒想到自己的動作會被風鳴輕易躲開，呆滯片刻後勃然大怒：「你躲什麼躲！還不趕緊給我回園舍，等大人問話！」

於是他的速度陡然快了起來，以手為爪狀，這次帶著攻擊之力抓向風鳴。然而，即便他的速度飛快，他依然沒能碰到風鳴的半片衣角。

小妖精們躲在一旁，發出了連連感嘆：「哇！花狸哥哥竟然都追不上這個人！花狸哥哥不是狸貓族裡速度最快的嗎？」

「是啊是啊，我還沒見過比花狸哥哥速度更快的，除了朱雀大人呢。」

「不過，聽說以前的白虎大人速度也特別快，可惜他和青龍大人……」

「哎呀！快看，花狸哥哥動用靈力啦！」

就在少年忍無可忍，準備好好給這個不聽話的外來者一個教訓的時候，同樣忍無可忍的風鳴身後的黑色羽翅驟然顯現，之後十幾道黑色的閃電直直劈向那漂亮的少年，凌厲的氣息讓少年神色大變，連連後退。

揹著黑色大翅膀，黑長髮黑眼的風鳴冰冷地看著他。

「我跟你說，老子我被強行帶到這裡的怒氣還沒消，之前吸收的滿身魔氣、戾氣都還沒釋放呢。不想死，就給我滾遠點。不然我瘋起來，連你們朱雀大人都打。」

就算打不過，我也能搞得你們雞犬不寧。

少年被他的模樣嚇到了：「你！你體內竟然有那麼多混沌魔氣！你怎麼還沒發瘋！」他說完又憤怒起來：「還有你是什麼意思！我不允許你對兩位大人不敬！！」

風鳴哼了一聲，沒理他。他看看自己的黑頭髮和黑翅膀想了想，從空間別墅裡掏出了一身華麗的黑色長袍套在身上。嗯，這樣就覺得畫風很一致了，有種反派大魔王的感覺。

除了他，那名少年和小妖精們顯然也有這種感覺，看著黑翅黑髮黑衣的風鳴，小妖精們整齊劃一地後退了一大步，少年的臉色也變得非常警惕。

就在少年想著要不要和這個傢伙拚命的時候，溫和低沉的聲音響了起來。

「好了，花狸，你不是他的對手，帶著熊毛毛和胡姬他們離開吧，接下來我們要跟他談談。」

風鳴坐在觀景台的大石上，斜著眼看向走過來的一紅一青，撇了撇嘴，讓他看起來更像是反派了。

朱鴻看著他一身黑的樣子顯然非常不喜歡，不過現在倒也不是打架的時候，於是他冷笑一聲，轉頭不再看他，而風鳴半點都不客氣地回以更大聲的冷笑，將頭轉向另一邊。

玄晙：「……」

喔，糟糕，他好像有種養了兩隻朱雀的不祥預感。

好不容易等三人重新回到那個靈氣清明的小院子，這次就是玄晙，也就是玄武神獸大人親自幫風鳴倒茶了。

風鳴：「……」

如果玄武沒打他男朋友那一巴掌，他真的滿受寵若驚的。

「想來，你應該已經猜到我們為什麼要帶你來這裡了。」玄晙溫和地開口。「抱歉，之前有些粗暴地抓你過來。不過朱鴻因為吸收了混沌魔氣的關係，有時候連自己都控制不住自己的行為，一味的壓制會讓人發瘋，所以平時的行動都會比較隨意。」

風鳴：「喔。」那不是隨意，是中邪了吧。

玄晙苦笑：「我們知道你現在心情一定很不好，但為了這個世界僅存的那些生靈，我們還是想要請你幫我們做些事情。你體內有一半的血脈之力都來自於帝江，而帝江掌控空間之力，雖然五色石被你破壞了一大半，但只要你願意動用你的力量，五色石也不過是個輔助而已。

這方天地原本也不是你現在所見的樣子，它曾經比你們那個靈氣初生的地球繁榮、美好數倍，只是……天地亦有時，在一萬年前，這方天地便開始走向終結了。」

玄晙的聲音低沉下來：「這裡也曾經有數不清的各種生靈存在，崛起了無數的智慧種族，甚至人類在這方世界中也強盛過一段時日，但最終都有各自的興衰。我們作為四方神獸，只需要冷眼旁觀這一切便好，但一萬年前，天地間自動出現混沌魔氣，各個種族之間開始瘋狂廝殺爭鬥。那時，我們還在天地的四方沉睡，沒有覺醒，因為不是天地傾塌，我們不會感應到什麼。

只是……四千年前，魔族和人族大戰，驚醒了白虎，白虎主殺戮，最先意識到不對。然而他卻沒有辦法阻止人族和魔族的戰鬥，甚至還在那場戰鬥中隕落。西方之象消失，而後，青龍醒來……青龍發現天地之變。那時人族式微，魔族全數因為混沌魔氣魔化為惡獸，為禍世界。

妖族也因為混沌魔氣的影響，開始魔化，青龍以一己之力誅殺了全部魔族，並且以身化山，才有了青龍山脈的這一片淨土。但青龍隕落，東方之象消失，之後，便是我和朱雀同時醒來。

然而，天地四象已失其二，我們即便再怎麼努力，也無法拯救這方天地了。而且我們的力量是和這方天地相連的，它強，我們便強，它之將死，我們……也命不久矣。只是在隕落前，我們不想要看到在這方天地中僅存的那些生靈們盡數滅亡。」

玄晙那漆黑的雙目看向風鳴：「天地不仁。然而，生靈何辜？你之後可以去下方看看，這裡的所有生靈都在苦苦掙扎求存。不說其他，若以己度人，當你們那方世界即將崩壞，你會認命等死嗎？」

這一句話讓風鳴沉默了許久，而後，他開口：「便是有一絲希望，我也不會放棄。我命由我，死生我定。」

玄晙眼中閃過異色，朱鴻難得第一次對風鳴露出一個欣賞的眼神。

不過下一秒，風鳴開口：「那若是打通兩個世界的通道，讓你們的萬物生靈去地球，這些混沌魔氣和各種發瘋的魔獸也會被帶進去嗎？通道開啟之後，能關閉嗎？」

許久，玄晙說道：「……打通之後，兩個世界便合而為一，總有數萬年可活。」

風鳴雙眼陡然銳利地看向他：「但地球會變成人間煉獄！！它原本該有億萬年的壽命！」

氣氛一時變得沉默，凝滯起來。

玄晙的聲音再次響起：「……若是以你、我、朱雀、玄蛇、黑虎為祭，也可以強行關閉通道。」

風鳴的表情變得一言難盡了：「你的意思是，我要幫你們開啟通道，然後我再自己獻祭自己，關閉通道？我看起來這麼像聖父嗎？」

於是，風鳴坐直了身體，緩慢地道：「抱歉，只怕這個忙，我幫不了你們。」

朱鴻的雙眼在這一瞬間變得赤紅無比，沖天的殺意暴起。

第二章　鳥人傑克蘇・鳴

在風鳴做好要和這兩個「神」拚命的準備時，玄晙伸手攔下幾乎控制不住自己的朱鴻。朱鴻對此非常憤怒，直接將攻擊對準玄晙而去，卻被玄晙用一道青色的陣法擋了下來。同時，他伸手往朱鴻的眉心輕輕一點，有一股沉靜的氣息在四周散開，朱鴻的雙眼也漸漸恢復了原本的黑亮。

而後，朱鴻冷笑一聲：「玄蛇說得很對，這世上除了你這蠢貨，怎麼可能還有同樣願意為了無關之人去死的傻子？結局已定，我們還是用那最初的方法吧。」

說完，他直接站起身，深深看了一眼風鳴後離開，留下一句讓風鳴忍不住直皺眉頭的話。

「小子，莫要小瞧了一個世界將死的瘋狂意識。兩方世界本就相鄰，你以為什麼都不做，你家鄉的人就能全身而退？」

朱鴻的身形消失不見，風鳴銳利的眼神盯上了玄晙。他十分在意剛剛朱鴻說的話。

玄晙的神色依然沉穩平淡，並沒有想隱瞞風鳴的意思，不過臉上也沒有剛剛說了過分要求的歉意：「那樣的要求對你來說，確實太過分了一些。既然你不同意，便作罷吧。至於朱鴻最後所說的話……」

風鳴直起身子認真地看向他，玄晙道：「他也沒有騙你，當我們這方世界消亡的時候，除了世界裡的生靈和四象會尋求出路，世界意識自然也會尋求出路。地球幸或不幸，剛剛好在它的臨界，偏偏又在最近開始萬物生發，靈氣復甦。」

玄晙繼續幫風鳴倒茶：「若是地球早復甦千年，我們的世界已然吞噬了地球之界續命。若是地球晚復甦千年，那時我們的世界也早已崩壞，無路可逃。偏偏，你那世界最近才復甦，我這世界已經瀕死無力，無論是對你還是對我的世界，這都是一個很微妙的臨界狀態。

雖然這方世界瀕死，但它或許會在瀕死之際，獻祭所有此方世界的生靈，然後吞噬地球意識。若它成功，最後的結果其實和開闢一條通道差不了多少。」

玄晙看向臉色難看的風鳴，還露出一絲微笑：「因為在它要吞噬地球的時候，無數空間裂縫會被打開。即便你擁有可以修復空間裂縫的能力，但以你一己之力，可救那個世界嗎？如果無法在短時間內修復空間裂縫，同樣會有大量的魔氣和魔物進入地球。最終無論是這方殘存的世界意識勝利，還是地球意識的勝利，你們要面對的終歸也是個爛攤子。」

玄晙說到這裡，站起身：「不過那時，你那方世界的壽命無減，最多就是生靈災難而已。說到底，生靈在世界面前，終歸是可有可無的塵埃罷了。你繼續在此休息，之後我們或許要借助你的帝江之力來修復五色石。希望你能配合，玄蛇和黑虎比我和朱鴻更加偏激，到那時你或許會吃些苦頭。」

玄晙說完便要轉身，風鳴卻在這時忽然開口：「既然這方世界的意識最後要獻祭所有的生靈，那就是你們的敵人。而它要吞噬地球意識，也是我的敵人。敵人的敵人就是朋友，你知道滅掉它或者防範它的方法嗎？」

玄晙就像聽到了什麼好笑的笑話一般轉身，「反正最後我們都要隨著這方世界滅亡，我為何要幫你去對付我的這方世界？我看起來像個聖父嗎？」

風鳴：「……」

喔，去你大爺的。

玄晙看到風鳴的表情，心情倒是變得很好。他輕笑兩聲，再說了一句：「若是玄蛇和黑虎同來，你可莫要逞強，至少現在的你不是他們的對手。」

玄晙說完，終於離開了，倒是一點都不擔心風鳴會逃跑的樣子。

風鳴坐在位置上，臉色變來變去好一會兒，心情糟糕得很。

幫朱雀和玄武開闢通道會連累地球，為地球帶來無數魔化的妖獸，結果是地球的壽命大大縮短，人類會面臨許多魔化妖獸。

但不幫朱雀和玄武開闢通道，這片正在無可挽回，走向死亡的世界會拚死一搏，吞噬地球意識。到時，兩方世界互相對撞博弈，會有大量的空間裂縫出現，混沌魔氣也會噴湧而出，連帶著跑出很多妖魔。最後不管哪方的意識勝利、接管地球，人類會有一場長時間的獵魔之戰，不說生靈塗炭也是水深火熱，再沒有和平。

所以不管怎麼選，結局對人類都是糟糕的，就好像沒有好結果似的。

風鳴從自己的空間裡掏出一個變涼的炸雞腿，狠狠咬下一大口。

也不是沒有好結果，只要他先和朱雀、玄武合作，開關通道，放走那些還有理智的妖獸生靈，然後獻祭自己的小命關閉通道。地球頂多就是多了一批這個世界的小妖怪和妖魔而已，人類應該很快就能處理好他們，地球也不會出問題。而這個世界的意識因為生靈逃亡、缺少獻祭的力量，自然也就無法聚集吞噬地球意識的力量，所以，不是人類無法選擇，而是他無法選擇了？

「……玄武肯定還知道什麼，但他就是不告訴我。」

風鳴把骨頭咬得喀嚓作響：「我真討厭這種一肚子心機，表面純良的傢伙。」還不如那個一點就爆的朱雀呢。

很明顯的，玄武是讓他有足夠的時間思考，最後主動去找他合作。但風鳴是真的很糾結，難道命運讓他來到這個世界，就是為了把小命獻出去嗎？

風鳴正在糾結時，小院子裡又有人來了。

他一抬眼，就看到一個穿著一身黑衣，滿身邪氣，比他還像反派的黑髮黑袍男人，以及穿著一身白虎下山圖案長袍的男人。

風鳴抽了抽嘴角，如此鮮明的風格，好像怕他猜不出來這就是玄蛇和黑虎一樣。

風鳴坐在椅子上沒有動，打算看看這兩個人有什麼動作和想法，結果那穿著黑衣黑髮的邪氣男人對他露出了堪稱溫柔的微笑：「你就是帝江魔神的血脈繼承者嗎？果然是個非常有潛力的好苗子。」

風鳴：「？」

這玄蛇的畫風不太對？

黑虎大馬金刀地坐在旁邊，「小孩，你不要怕，我們就是過來和你借一些帝江之力而已。這世界你也看到了，四象即將崩塌，萬物衰亡。我和玄蛇大哥暫時代替白虎和青龍之位，也算是為了讓世界撐得更久一些。不過即便如此，也撐不了多久了，我們就想打個通道，讓那些小妖們逃出去。聽說你不願意幫我們開啟永久通道，那就算了，我們也不強人所難。我們可以通過五色石和帝江之力開闢一條臨時的通道，雖然最後會有很多人無法逃離，但能讓那些代表希望的小妖們離開，也算是了結我們作為四象的心了。」

黑虎神獸說這番話的時候非常大義凜然，但見過了玄晙和朱鴻，風鳴再看這兩個偽四象，怎麼都覺得假。雖然這兩個身上同樣有非常強悍的力量，卻缺少作為四方神獸的天然神格。

風鳴沒有第一時間回答，黑虎皺著眉看向玄蛇。

玄蛇依然微笑著道：「我知道你心存疑慮，不過你現在也別無選擇，不是嗎？朱鴻和玄晙既然會把你抓來，就有能讓你絕對跑不出去的底氣。不過……我其實不太贊同他們的做法。這方世界已經無法挽救了，我們只要做到我們力所能及，問心無愧之事便好，其他的就生死有命了。雖然我暫時還不能和朱鴻、玄晙對上，但如果你願意主動送出帝江之力、再留下一點東西。」

玄蛇臉上的微笑變得更加明顯：「我會和黑虎幫你擋下他們兩人在你身上留下的印記，讓你能找到機會尋找空間薄弱之處，離開這裡。」

風鳴豁然抬眼：「你想讓我留下什麼？」

玄蛇呵呵兩聲：「一些你的血液。留著你的原因就是擔心帝江之力不夠用，但若是有了你的血液，你就算逃了也不會出什麼大事。而且，只要你逃出這個世界，哪怕是厲害如朱鴻，有世界的空間壁壘，他也無法從地球抓你回來。所以，這不是個很困難的要求對吧？只需要你留下滿滿一杯的帝江之血，我們就可以放你走了。」

玄蛇的表情好似非常誠懇，風鳴卻一個字都不相信——

空間波動告訴他，對面的那兩個人已經是蓄勢待發的狀態，只要他一句話不對，這兩個人都會發動攻擊。至少在剛剛和朱雀、玄武交談的過程中，那兩個人都沒有這樣過，哪怕是朱雀也只在最後才氣勢暴起。然而，玄蛇和白虎卻從一開始就凝聚了力量，準備攻擊他了。

現在的問題是，他逃離的速度能不能比過這兩個傢伙攻擊的速度。

風鳴嘆了口氣，「……我看起來像別無選擇？」

玄蛇和黑虎眼中都露出一絲喜意，然而下一秒，風鳴驟然消失，瞬移離開。

只是他的瞬移似乎在空中遇到了阻礙，然後聽到身後傳來玄蛇的冷笑之聲：「本座讓你跑了嗎！」

風鳴冷笑一聲，體內靈力爆發，在黑色的長蛇狠狠咬在他背後的瞬間破開空間中的阻礙，消失不見了。

玄蛇和黑虎的臉色在這時變得非常難看。

「那小子的力量竟比我們想的還高不少。」黑虎沉聲開口。

玄蛇捏著那條黑色長蛇的蛇頭，從毒牙處擠出半杯帶著空間之力的鮮血，然後冷笑。

「中了我的蛇毒，不死也要脫層皮。走吧，等朱鴻和玄晙問起，就說他不想給空間之力，跑了，讓朱鴻和玄晙用自己的力量去修補五色石吧。比起那兩個不知變通的傢伙，我們當然有更好的方法降臨地球！」

§

風鳴是在一片靈氣混亂的山谷中現出身形的。他不知道自己瞬移到了哪裡，也不在乎朱鴻和玄晙會不會找到他，他只要現在離那兩個偽四象，確保自己的安全就行。

他感受著後背傳來的陣陣疼痛和腦袋的眩暈，忍不住低低罵了一句。

那兩個該死的老妖怪，欺負他這個後起之秀啊。

風鳴感到前方有水氣，心想應該有河流或者湖泊。也不管那河流、湖泊裡蘊含的到底是混沌魔氣，還是其他亂七八糟的東西，先把體力補足吧。他覺得那條咬到他的蛇肯定有劇毒，他的腦子從來沒有這麼不清楚過。

不過，他肯定自己死不了。因為他體內的三種血脈都在淨化和吞噬那外來的蛇毒，就像在慢慢淨化、吞噬他吸收的混沌魔氣一樣。

對，風鳴沒有告訴任何人這個祕密。不同於朱雀想要淨化混沌魔氣，還需要用他的火焰燃燒掉那些力量，不能吸收，風鳴感覺到自己是可以淨化、吸收掉這黑色的混沌魔氣的。雖然過程緩慢了一些，但只要給他足夠的時間，這些能讓其他妖獸、生靈們發狂、迷失本性的混沌魔氣，最終對他都不會成為問題，反而還能增加他的力量。

天使之力和鯤鵬之力在淨化，帝江之力在吞噬。風鳴忍不住心想，這搞不好就是混血兒的優勢。

但他也有種預感，自己不能吞噬太多混沌之力，不然搞不好會徹底打開並喚醒他力量之海裡的那扇厚重大門，釋放出門內那可怕的凶獸，他得撐住。

風鳴這樣想著，腦子卻越來越暈，他很快就看到了一個還算清澈的小水潭，滿心喜悅地往那邊而去。在他意識陷入黑暗的前一秒，風鳴低低罵了一句：「等老子撐到最後，非得把你們全都吊起來打。」

然後他就什麼也不知道了。

§

此時，長白祕境——

后熠滿臉戾氣地擋在羅笙和墨嘯面前，手中是玄晙給他的玉簡。

「我要知道世界吞噬相關的事情，還有要如何阻止那方世界吞噬我們的世界。」

羅笙和墨嘯看到那玉簡，神色都是一愣，等看過玉簡之後的內容後，兩人才滿面嘆息。

「……世界消亡啊，真是許久都沒有聽到這樣的消息了。」羅笙輕輕開口：「能把這個玉簡給你，說明那位的理智尚存，沒被世界的意識影響到要消滅、毀壞一切的地步。不過想要阻止世界意識瀕死的自救，也不是什麼容易的事情。」

羅笙撓了撓頭：「我雖然活的時間很長，知道一點祕辛，但知道的辦法也就只有一個。那就是那方世界的四象自我獻祭，以四象之力直接毀滅世界，讓整片世界重歸混沌。那樣一來，那個世界重歸混沌，自然就不會再有吞噬之力了，可是這也是個悖論。」

羅笙嘆氣：「那方世界的四象怎麼會毀滅自己的世界意識？而且還是以自己身死為代價。他們的存在本就依附於世界，自我獻祭，毀滅世界就相當於自己殺了自己的母親，哪怕母親已經瘋了，他們也不會這麼做的。所以還是做好兩個世界意識爭鬥，空間裂縫齊發的準備吧。

人間大劫將至了。幸好還有小帝江那小子在，有他馬不停蹄地修補空間裂縫，或許在十年之內能把那些空間裂縫補好。若是沒有小風鳴，那方世界崩壞的混沌魔氣長時間流入地球，地球的靈氣又被混沌魔氣沾染，在靈氣復甦之路的進化途中怕會引起許多問題。」

后熠聽到這裡，微微閉了眼：「可十年魔亂，人類也承受不起。」

會有太多無辜者和普通人死亡，哪怕是靈能者們，也會面對非常多的不確定覺醒和戰鬥危險。

羅笙聳了聳肩：「那就沒辦法啦，老爺子我也不是萬能的。不過小風鳴不是被抓到那方世界了嗎？想必那邊的人有所求。如果能知道他們所求為何、幫他們完成心願的話，或許那邊的四象可以主動獻祭？但現在我們也聯繫不上小風鳴啊……」

等等，你用這眼神看著我是什麼意思？你不會是想要重新打開那條空間裂縫吧？不行！老頭子我是絕對不會同意的！就算天池下面的空間裂縫是通往那個世界，你又進不去！弄不好反而會放出那個世界的魔化妖獸，你是腦子壞了嗎？」

后熠如刀般的雙眼靜靜地和羅笙對視，沒有半點退縮。

「兩位前輩，只要是通道，沒道理只能出，不能進。不試試，怎麼知道我過不去？就算我真的過不去，總可以幫他打開一條回來的路。」后熠微微閉眼：「我現在每一分每一秒都恨不得撕裂整個空間。您們放心，我會守著那道裂縫，但凡有任何妖魔出來，我都會直接滅殺，絕對不會讓牠們為禍祕境。」

羅笙還想要說什麼，倒是被旁邊的墨嘯伸手攔住了。

墨嘯看著后熠，更能體會他此時的決心和心態。

「你勸不了他，就讓他去吧。」

后熠難得真誠感謝地看向墨嘯，墨嘯想了想，反而扔給他一塊玉簡。

「這是激發血脈和傳承之力的上古之法，你身具人皇巫神血脈，體內的血脈之力卻連一半都還沒激發覺醒，實在是傳承沒落。這方法可以給你參考，但成與不成，還得看你自己，畢竟我也不是人神之族。」

說完，墨嘯便拉著羅筐離開，讓后熠自己去天池底部想辦法破開裂縫。

后熠對他們兩位深深地鞠了一躬，再直起身時，眼神已然堅定。

之後，他在長白祕境的天池底部一箭破開了被風鳴修補好，還有些脆弱的空間壁壘。

在壁壘被破開的瞬間，后熠感受到長白祕境的巨大力量反噬，生生吐出一口鮮血。同時，狂暴混沌的力量再次洶湧而出，他卻在這時深吸口氣，盤坐在地，運行體內靈力，把所有溢出的混沌魔氣盡數吸收。

上古血脈覺醒之法，破而後立。

置之死地而後生。

在空間壁壘被打開的瞬間，風鳴陡然睜開了雙眼。

他感受到了空間強烈的波動，似乎有什麼壁障被打破了，但還沒等到他想清楚這些，他就看到了在他腦袋上方歪頭看他的一個……妖怪。

心中劇烈一跳，差點就要直接攻擊了，結果那個頭上長著黑色大角，像是犀牛的妖怪看到他醒了，竟然高興地對一個方向哞哞叫了兩聲，風鳴就聽到了一個有點暴躁的女聲。

「你這傻子別再叫了！不就是那個傢伙醒了嗎？算他命大，我們多少能解他身上的毒，但他身上中的是玄蛇大人的蛇毒，說不定會落下什麼毛病，就你爛好心。而且敢招惹玄蛇，這傢伙肯定不是什麼聰明人。」

風鳴一下子坐起身，看到山洞裡的那隻黑色犀牛怪，還有一個渾身上下都有黑色花紋，頭上長著一支黑角，腿卻非常粗壯的女人。

那女人看到了風鳴，翻了個白眼。

「你醒了？算你命大，碰上我弟弟那個傻子，給你吃犀寶，解了你的毒。不過命再大，沒腦子也沒什麼用，總歸是要死的。還有，你是哪裡來的鳥妖？你身上的混沌魔氣多得嚇人，還能保持理智嗎？要是能就點點頭，不能的話我就把你綁起來，過幾天送到朱雀大人那裡讓他把你淨化一下。」

那像是犀牛的女妖看向風鳴，雙眼銳利。

風鳴點了點頭，注意到她話中提到玄蛇和朱雀的語氣是截然不同的。

前者鄙夷，後者尊敬。

「……我被玄蛇大人傷了，妳不舉報我嗎？」風鳴啞著嗓子問。

那犀牛女妖嗤笑了一聲：「要不是為了維持四方天地，就玄蛇和黑虎那兩個陰毒狠辣的傢伙也能成為四象？蛇再厲害也不是龍！他連幫青龍大人提鞋都不配！而且，天地將崩，都這個時候了，誰還有功夫去管那些？朱雀和玄武兩位大人正在努力幫我們尋一線生機，為此不知受了多少苦、忍了多少痛，我們不會在這時候給兩位大人添亂。你好了就來幫忙，跟我一同去收拾那些快控制不住自己的傢伙。雖然……最終我們或許都逃不過這次覆滅，但兩位大人沒有放棄，我們也不能放棄。再堅持一下，小子，說不定最後我們都能活下去呢？」

「哞哞！」那頭犀牛怪也歡快地叫了起來。

犀牛女妖又對牠翻了白眼：「對對對，我沒忘記兩位大人帶了一個有帝江血脈的妖，還有五色石回來，說不定這一次就能開出一個臨時通道。」

說到這裡，犀牛女妖難得露出了溫柔的神色，拍了拍那個犀牛怪的腦袋：

「如果真的開闢出了臨時通道，我就先把你送出去！你出去找個靈氣充足的地方好好修煉，不要殺生禍害那邊的生靈，當個好妖怪，說不定過個十年就能化形了。我們兩個明明是雙胞胎，你卻到現在都化型不了，真是蠢到家了。」

「哞哞！」

犀牛怪卻搖了搖頭，咬著女妖的衣角不放。

「嘖，你先去去，我再去也不遲。臨時通道的話，肯定不夠穩定，得先讓你去探路我才能走。」

犀牛怪想了想，才高興地點頭，直接被騙倒了。

風鳴卻明白，臨時通道必然撐不了多久，能通過的人數或許極少。他看著這對救了他的犀牛妖姊弟，忽然有些沉默。

「那要是空間通道打不開呢？」

犀牛女妖看了他一眼，輕輕笑了起來：「那就死了吧。其實也沒什麼大不了的，至少我死的時候還有靈智，沒有發瘋。弟弟也在，兩位大人也在……只是多多少少心有不甘罷了，苦難為何偏偏降於我們呢？」

風鳴的恢復能力很強，很快就從身體虛弱的狀態恢復了過來。因為被犀牛妖兩姊弟救了，又被認為是得罪了玄蛇的鳥妖，他理所當然地被兩姊弟拉去當苦力了。

風鳴一開始還不能理解犀牛妖姊姊說的，「收拾那些快控制不住自己的傢伙」的意思，等到了地方，他才被眼前的景象震撼到——

那是一個很大的廣場，刻有青色的陣法，限制著廣場內妖獸們的行動，不讓牠們有能力從那片區域出來。但在廣場裡，各種化為人形，或者是沒有人形的妖獸們卻在互相咆哮，牠們的身上冒著陣陣黑色靈氣，眼珠猩紅，看起來就像完全沒有理智的模樣。

但風鳴意識到牠們並不是完全沒有理智，在發瘋的途中，牠們偶爾會清醒過來，雙目流著淚地對外面的人喊「殺了我吧！」、「我傷了我最愛的人，為什麼還要活著？」、「我的孩子已死，我還活著做什麼？」。

那慘烈的景象讓風鳴非常不舒服。

但當他們喊完之後，又會陷入瘋狂，想要攻擊接近他們的每一個人，包括他們的朋友、親人、愛人。

風鳴沉默著沒有說話，那犀牛妖姊弟卻開始活動身子，然後直接衝入青色的大陣中。

牠們毫不憐惜和手軟地攻擊著那些發瘋的妖獸、靈獸們，有時候是單打獨鬥，有時候是姊弟倆圍毆一個比較厲害的妖獸。

風鳴一開始還有點呆愣，不過很快，他發現經過一場戰鬥之後，那些忍不住發瘋的化型妖獸們竟然都恢復了一點理智，並且坐在地上一動也不動，彷彿在打坐。

所以是用戰鬥的方法來發洩魔氣？那個青色法陣應該也有清心的效果吧，也難為那兩個神獸了。

就在這時，大陣中的犀牛妖姊姊喊他：「那邊的鳥人，你在發什麼呆！趕緊下來幫忙啊！這裡的大妖滿多的，光靠我們這些人可打不過來！」

風鳴忍不住抽了抽嘴角，看著那一群發瘋的妖獸眨了眨眼。

「喔。不過我要提前問一下，我如果出手太重，你們不會怪我吧？」

犀牛妖姊弟和其他有理智的、在戰鬥的妖們聽到這句話，都忍不住笑起來。

「小子！你以為你是誰？這裡面可是有很厲害的幾位大妖！那是我們聯手都不一定打得過的厲害存在好嗎！你要是能把他們打醒，那反而是個好事！但是千萬別打人不成反被打，最後鼻青臉腫地哭著找媽媽喲！」

風鳴聽到這番話，臉上露出了虛偽的笑。

「喔，那我就不客氣了。」

想想，這兩天還滿委屈的，既然你們主動求打，那就把你們老大給我的氣出在你們這些小弟身上吧。

風鳴身後黑色的大翅膀張開，身形一閃就出現在陣法之中。他也不欺負弱小，專找那些魔氣深厚的大妖打。

一般很少有小妖敢上前挑釁那些大妖，只有他們實在控制不住體內的魔氣，一眾中低階的小妖們才會群起攻之。但現在，風鳴自己就能壓著兩個大妖打，那黑色的雷電似乎無處不在，電得那兩個大妖嗷嗷直叫，而兩個大妖所有的攻擊都被風鳴那可怕的速度躲開了。

當風鳴一口氣打趴了陣法裡的九位大妖時，原本還在打小妖怪的犀牛姊弟以及其他清醒的妖獸靈獸們，已經在旁邊看傻了。有個公雞精忍不住用自己還沒化形成功的雞爪蹬了蹬旁邊的犀牛弟弟，咕咕兩聲：

「不是，你們帶過來的這個鳥妖也太厲害了吧？我們的九位大妖都被他打趴了啊！還有雲豹大人啊！他可是高階大妖，全盛的時候還能和黑虎打一場呢！」

犀牛弟弟用自己的大腿刨了刨地，也是一臉傻眼。牠怎麼知道自己隨隨便便就叼了一個特別厲害的鳥人回來，原本還以為是個快死的可憐妖呢，現在……牠覺得這個鳥人可能不需要牠救，就能自己活得好好的。

犀牛姊姊的眼神也有些意外，眉頭也皺了起來。這個被自家弟弟叼回來的傢伙好像很不一般，不過想想，她也釋然了。畢竟是有膽量跟玄蛇大人打的傢伙，玄蛇那傢伙雖然陰毒非常，可他的實力卻是除了兩位大人之外最頂尖的存在。這樣的話，這個鳥人厲害也是理所當然的。

不過，有黑色翅膀還會放電的鳥妖，她怎麼會不知道呢？難不成是變異的烏鴉精，又或者是被魔氣侵染了的雷鳥？？？

反正，那些小妖們就在大陣旁邊，眼睜睜地看著這個鳥人一個打一群，把那些平時要耗費很長時間才能打趴，被魔氣侵染的大妖們輕輕鬆鬆打趴了，中間似乎還嘀嘀咕咕地說著什麼，一臉公報私仇的樣子。

風鳴打完了一場，神清氣爽，轉過頭，甚至嘴角帶著笑地看向站在陣法旁邊的小妖們。小妖們莫名渾身一抖，後退兩步。風鳴還想說話，有一個在陣法中被他打倒的大妖忽然開口：

「……你體內有上古魔神之力，為什麼不去幫兩位大人，要在這裡耗費力量？」

風鳴看向那個豹子頭的大妖，莫名想到了青龍隊的林包，他也是雲豹血脈的覺醒。

然後他又想到非常巧的，在他們國家也有以四神獸命名的四大隊伍，對華國人民而言，四個以神獸之名命名的警衛隊也是他們的守護神吧。

風鳴輕輕嘆氣：「我和玄蛇黑虎不和，回頭再單獨找兩位大人。」

雲豹大妖看了看他，然後道：「你再見到兩位大人的時候幫我帶一句話，若是能找到一線生機，雲豹願意獻祭自己，幫兩位大人多撐一撐。」

風鳴剛想拒絕，忽然看到一小團光團朝自己飛來。他下意識接住，發現光團裡面竟然是一個小小的，還沒有睜眼的小豹？？？

「只求兩位大人在通道開啟時，幫我把這唯一的血脈送走。之後是死是活，全看他自己的造化了。」

風鳴：「呃，這種事不應該隨隨便便就找一個人吧……」

雲豹閉上眼：「天之將傾，現在還分你我異族嗎？我等都是拚死求存的螻蟻而已。」

風鳴有點鬱悶。你們是，但我不是啊。

「我之前神智一直未清，即便心中想要留存這點血脈，卻一直未能付諸行動。今日和你打過一場，神智竟然清晰許多，總算能把這滴血脈送出來。」雲豹大妖說到這裡，看向風鳴的眼神竟然帶著幾分感激和慶幸：「你算是我們雲豹一族的恩人，日後但凡有我族血脈之人，都不得傷你。」

風鳴看著手裡的燙手小豹子，不知該說些什麼。他還沒想好拒絕的托詞，忽然又有幾個光團向他而來。

下意識接到手裡，風鳴看清楚那些小光團裡的東西後，簡直要瘋了。那分別是好幾個小小的年幼妖獸和妖植，顯然他們的祖宗或者爹媽都效仿那個雲豹大妖，準備託孤給自己了！

風鳴實在憋不住了：「各位這樣實在不妥！我並不一定會去找兩位大人，而且把牠們交給我，也不一定能讓牠們活著啊！」

回應風鳴的卻是那些大妖們自顧自的話語。

「日後風狐一族不得傷你，必要報恩。」
「日後梧桐一族不得傷你，必要報恩。」
「日後銀狼一族……」
「日後靈猴一族……」

風鳴站在原地，整個人都不好了。

他抽著嘴角想罵人，但看著那些一個個本該叱吒一方的大妖用虛弱又卑微的神色和語氣說出這番話，心頭卻堵得厲害。

在生死和血脈延續之前，一切的禁忌、執著甚至尊嚴，又算得了什麼呢？哪怕是強大如朱雀、玄武，恐怕也摒棄了許多原則。

這種沉重的悲哀之感壓在他心頭，他想了想，把這些小傢伙放進了自己的空間中。

他不知道這些小傢伙能不能跟隨自己越過空間壁壘，但是在臨走之前，把牠們託付給朱雀和玄武倒是可以。比起自己，熊貓精和狐狸精那些小妖怪們應該更能照顧好這些小東西吧。

風鳴想著這些的時候，那些剛清醒的大妖們忽然又開始一個個眼神發紅，他們努力盤坐在地上，守著神智中的那一點清明，不再和任何人說話。

這個時候，突然有個渾身長著長毛的小妖跑過來，大叫著：「開了開了！！之前靈泉池底被補上的空間裂縫又開了！！大家快去看看啊！」

眾妖們先是一陣激動，而後一個個又恢復了平靜。

犀牛姊姊直接搖頭：「開了又怎麼樣？我們已經沒有時間再像之前那樣，花費數百年的時間撞開裂縫過去了。我們一族幾乎把額前的尖角都撞斷了無數次，才破開了那一道空間壁壘，結果卻便宜了一隻雙頭蠍子而已……死心吧，如果無法開闢空間通道，只是憑著那一點點空間裂縫，我們是出不去的。」

眾妖們聽著犀牛姊姊的話，一個個又露出了絕望難過之色，然後強打起精神，各自去做最後能做的事情了。

風鳴卻站在原地心中大震。他想到了第一次在長白祕境裡看到的那個有尖角、猩紅眼瞳撞擊空間壁壘的魔怪。

他轉頭仔細地看了看那個犀牛弟弟，如果他的眼睛是猩紅色的，就真的和他透過縫隙看到的魔怪很像。原來那麼早的時候，他們就已經見過面了嗎？

風鳴深深吸了口氣，徑直走到犀牛姊姊面前。

「我還有事要做，就不留在這裡了，多謝你們兩個救了我。」

犀牛姊姊擺了擺手：「都是將死之人，沒什麼好謝的，反正最後也得一起死。」

風鳴看著她子想要說什麼，但最終他還是什麼都沒說，他要先去重新被打開的裂縫看看。

他想能做出這種事情的人，或許他該有所期待。

於是，當風鳴瞬移到靈泉池底，透過那個箭孔看出去，對上了一隻黑色深邃的眼睛。那雙眼睛裡有他熟悉的所有情緒，其中的某種情緒太過濃烈，以至於風鳴幾乎不敢直視，但他的心卻瞬間雀躍了起來。

后熠看著那隻眼睛，低低地笑了：「我突然發現，你的眼睛竟如此美麗。」

風鳴聽不到后熠所說的話，卻彷彿明白了他的意思。

雙眼之中光芒璀璨。

風鳴和后熠隔著那道被后熠強行破開的空間裂縫，一眼就認出了對方，然而這並沒有什麼用，因為就算他們能在空間裂縫裡看到對方，聲音卻沒有辦法傳達。

風鳴在看到后熠之後就說了很多話，他還想要詢問后熠現在地球那邊的情況，但他說了足足三分鐘，后熠那邊卻什麼都沒聽見。

風鳴說完，不見后熠回答，也想到了這是隔著空間壁壘，而不是一面牆，他試探地又說了幾句話，后熠那邊還是沒有回話，就知道情況了。

這讓風鳴有那麼一點喪氣。明明可以看到對方，聲音卻無法傳達，這就有點麻煩了。

原本有了這個空間裂縫，他或許可以動用空間之力擴大這個裂縫，然後從這條裂縫中回歸地球。在這方面他大概有八成的把握，但在離開之前，他還是要去見一下朱雀跟玄武，怎麼說也要把那群小孩子送走。

他雖然私心想把那群小傢伙們帶離這片即將傾塌的世界，但他不知道自己的空間能不能帶走「生靈」。如果原本是活的，被他帶到地球之後就變成死的了，那這問題可就大了。

除此之外，他還想問問玄晙有沒有讓這邊的世界意識不侵吞地球的方法，如果他能告訴他相關的方法，並幫他們做到……投桃報李，他也會盡全力幫助朱雀和玄武他們開闢臨時通道。

如果他全力以赴，應該能讓這方世界的大部分幼獸離開吧。

但具體該怎麼做，他還想和后熠商量一下，他還想把這邊的情況和朱雀、玄武的要求告訴后熠。

這件事情說到底關係到整個地球，如果讓他一個人做出選擇，那他的責任和壓力也太大了些，所以，還是扔給國家爸爸做決定吧。

而且說實話，雖然他還是很想暴打朱雀，對玄武翻白眼，但是換位思考一下，他也無話可說。他終歸是希望這方世界的生靈，甚至是這方世界本身能有好結局，至少不要那麼慘烈，留下一絲希望也好。

風鳴想著這些，就瞪著這個只能看，不能傳聲的空間裂縫鬱悶。

他在想，是不是因為空間裂縫太小了，所以聲音傳不過來？但聰明的鳴鳴很快就想到了一個有效的方法！他從空間別墅裡掏出了手機！

這是國家爸爸專門配給他的四方警衛隊專用手機，防水防電防雷劈，關鍵時還能防子彈。充電一次可以使用一個月，最新研究院高科技產品！

風鳴飛快地在手機上打字，然後把手機螢幕對準那個空間裂縫。

后熠在另一邊特別有默契，他也拿出了自己的隨身手機，兩人就這麼開始了無聲的手機對話。雖然過程比說話慢了很多，但二十多分鐘過去，他們也都明瞭了對方這幾天的情況及各自的打算。

當然最重要的是，風鳴得知了人參老爺子說的消散另一個世界意識的方法，就是讓四神獸主動獻祭自己。后熠也了解到那邊的朱雀和玄武找風鳴，是為了開啟聯通兩個世界的通道。

然後兩個人都有點沉默，都明白他們對於對方的要求基本上都是不可能達到的。

風鳴還有些意外，玄武竟然會主動給后熠一個玉簡說明情況。所以那個偷襲，其實只是傳遞消息的一種手段？風鳴忍不住撓了撓下巴，感覺朱雀和玄武明明都是四神獸，但比起玄武，果然還是朱雀更好對付啊。

那個時候，玄武就已經想到了這麼深嗎？還有，玄武這樣做，似乎本身就有消亡自己世界的意向啊。風鳴想到這裡，忍不住繼續打字。

『或者，折衷一下？世界意識的吞噬也要有足夠的力量才行，若我們幫他們開闢一條臨時通道，帶走大部分的幼獸，或許可以說服剩下的人……幫我們壓制、消耗那方世界的意識？』

風鳴打出這一段話的時候。心中都忍不住嘆息，要對孕育了自己的世界拔刀相向，實在想想就覺得難過痛苦。但是，風鳴覺得那些大妖們說不定會同意。

后熠在另一邊點了點頭。

『……如果那方世界的意識瀕死，也會引動兩個世界的互相吞噬碰撞，那顯然對人類和地球來說都是一場災難。我之後會回去向大將軍閣下彙報此事，如果他們願意合作，我會特別申請尋找一處靈山山脈，作為那方世界的妖獸遷移的居所。還會讓國家約束靈能者，不得在那片

地方狩獵。這樣即便是幼獸，也可以在那裡生長。當然，也便於以後的管理統計。』

風鳴看得直點頭。如果真的能弄出這一片地方，那或許也不錯，現在就看這個條件朱雀和玄武願不願意接受了，因為他自己也不能確定他能動用的空間之力，又能打開臨時空間通道多久。

在這方世界中，即便已經有絕大多數的生靈被魔化成怪物，沒有了靈智，再也無法恢復，但留存下來還擁有靈智的妖獸也不少，說不定比打開了地獄之門的魔王的惡魔們還多。

如果他幫助朱雀和玄武打開臨時通道，那通道只能存在幾個小時，那這個合作根本就不用提，臨時通道至少也要穩定地存在一天以上的時間才行。

然而，除了臨時通道的穩定性之外，風鳴更擔心的卻是這方世界剩下的那些半魔化的生靈們。雖然朱雀和玄武在妖獸靈獸中有極強的號召力和統治力，但在死亡的威脅之下，誰又能保證完全沒有私心呢？

眼看通向生的通道就在眼前，那些半魔化的妖獸們會不會不顧一切地爭搶位置？甚至，會不會想要做出什麼更瘋狂的事？

人性，對於那些有了靈智和人性的這個世界的生靈們，也同樣是不能考驗的。更何況在這方天地中，還有玄蛇和黑虎兩個偽四象在呢。

『你能想辦法讓我過去嗎？讓你一個人和他們談判，我不放心。』

后熠在縫隙的那邊打出這番話。

風鳴看著那兩句話，心裡發暖，但還是搖了搖頭。

他在來到這個空間裂縫之後，就已經透過帝江之力感應了這裡的空間波動和空間壁壘。和他能輕易補上的空間裂縫不同，他想要穿過這道空間裂縫，幾乎要用盡身上所有的靈力。

那是本能的直覺告訴他的，所以，他無法帶人。

后熠抿了抿唇。

『那你小心，如果玄武和朱雀同意合作，在開啟空間通道的時候，我會第一個過去。他們想要修復五色石應該還需要時間，你在這期間回來，我才放心。』

風鳴笑了，他也是這樣想的。

他打算和朱雀、玄武談完之後趕緊回去，就算真的同意合作了，他也不會在這方世界長期逗留。待在這裡的時間越長，他越有一種連自己都要被吞噬的不安感。

估計不是自己的世界，就不踏實吧，果然金窩銀窩，還是不如自己的狗窩啊。

風鳴這樣一想，忽然就感到池底的水流變得冰寒很多。頓時有點毛，快速跟后熠道別就瞬移出了這座池底。

不知道是不是他的錯覺，他抬頭再看向天空，總覺得天空更晦暗低沉了。

風鳴閉上了雙眼，開始用最大的力量探測這方世界，尋找朱雀和玄武。

這方世界很大，但在空間中展現的樣子是一望無際的混亂靈力，想找到朱鴻和玄晙竟然是一件很輕易的事——在一片混亂中，明亮的火和沉靜的水的靈力波動竟無比耀眼。

於是，當風鳴再睜眼的時候，他直接出現在那兩人的面前。值得高興的是，這裡沒有玄蛇和黑虎那兩個讓他特別特別討厭的傢伙。但是再對上朱鴻上吊的鳳眼、玄晙帶著微笑的臉時，風鳴還是覺得脖子痛胃痛。

這時候特別覺得自己勢單力薄，需要一個后熠來撐場。不過，既然這樣還是直說了吧，在這件事上也無法耍小心思。

所以面對著兩位神獸的目光，風鳴半點都不怕地坐下來，幫自己倒了杯茶，直接開口：「談個合作吧，互惠互利的那種。」

朱鴻揚揚眉毛，玄晙微笑。

「請講。」

風鳴在天色還亮的時候出現在兩人面前，當他離去時，世界已然漆黑一片。

深夜十一點整，風鳴憑空出現在長白祕境的天池池底，之後封住祕境裂縫。面對后熠，他忍不住罵了一句：「那兩個該死的老狐狸……十天之後，我還要再去一趟。」

與此同時，玄蛇和黑虎站在朱雀和玄武的院子外，面容冰冷。

「那小子果然又回來了，而且，玄晙似乎真的說動他幫忙打開通道了。既然如此，那我們也開始吧。人這種東西，不管什麼時候都那麼愚蠢惡毒，同類相殘，但我喜歡。比起我自己去死，還是讓別人去死更好。」

§

風鳴從長白祕境的空間裂縫中定位，耗光了全身靈力，終於從「地獄」回到了「人間」。

感受著長白祕境裡充沛的靈氣和清澈，甚至還帶著點甘甜的泉水，風鳴覺得自己也終於活了過來，連帶著身上的那些負面情緒也跟著消失了。

后熠把人抱在懷裡，同樣覺得自己活了過來。之前被風鳴強制送離的心情現在回想起來還會有窒息之感，以至於他恨不得毀滅所有讓他不滿的一切。

后熠心想，幸好他從歐洲回來之後直接來到了長白祕境，然後接連好幾天利用混沌魔氣修煉，沒時間去管其他事、見其他人，否則以他當時的狀態和情緒，可能會直接傷害到很多人。不過他抱著懷中的珍寶，理智回籠，所有的瘋狂都被壓制，他又是那個可靠又高傲的后隊了。

「那十天之後還要從祕境過去？」

后熠把人帶出天池底，此時天池周圍的環境已經恢復正常，沒有之前特別瘋狂的食人花草和妖獸骷髏了。

風鳴點點頭：「其實從深海祕境那裡走也可以。不過，還是長白祕境更保險也更近一點。畢竟是我們國家自己的地盤，最重要的是，這裡還有羅老爺子和墨嘯前輩呢。」

雖然不常見到他們兩個，但只要想到他們在這個祕境中，就讓人有一種安全感。因為真的出了事情時，那兩位肯定不會視而不見。

后熠點頭：「那這十天就好好休息。我會把事情上報，到時候讓你有更好的條件去和他們談判合作。」

這件事情關係到整個世界，哪怕最後不能讓全世界配合，華國也應該做好應對。

「如果雙方能合作是最好。但如果他們還有其他打算，我們也要做好最壞的準備。」

風鳴點頭。朱雀和玄武需要時間考慮，與其他大妖商議這件事情，還要看看他的力量到底能開闢多久的空間通道，但還有玄蛇和黑虎這兩個沒有定數、不可控的存在，他們給風鳴一種非常不好的感覺，總覺得那兩個人會出什麼問題。

不過現在，他總算可以先休十天的假放鬆，所有的事情都等十天之後再說吧。

風鳴和后熠在離開長白祕境的時候，看到了一棵活蹦亂跳、手舞足蹈的洗靈果樹。

這棵果樹看起來像是早就在這裡等的樣子，看到風鳴和后熠，還伸出粗壯的枝幹友好地打了個招呼，並且指了指放在樹幹前面的十個洗靈果，和三根不仔細看就發現不了的小蘿蔔乾。

風鳴見到這些，忍不住笑了笑，想了想後從空間裡拿出一隻巨大的深海魷魚放在洗靈果樹面前。

「替我謝謝老爺子的關心。這隻深海大魷魚就當作謝禮，跟老爺子說這個東西烤起來很香。」

洗靈果樹又手舞足蹈了一番，才用樹枝戳起那巨大的深海魷魚離開。風鳴則是啃著小蘿蔔乾，瞬間恢復了體內一空的靈力，還忍不住啃了一個洗靈果。

然後，他發現洗靈果竟然也有淨化混沌魔氣的功效，雖然效果並不是特別明顯，但吃下去之後覺得體內靈氣順暢很多。

風鳴彎了彎嘴角，伸手抓緊了后熠，之後周邊的空間忽然波動起來，下一秒，兩人消失在長白祕境中，出現在了風鳴龍城的家裡。

后熠第一次切身體驗了一把瞬移的感覺，到家的第一句話就是：「真省車票和時間。」

嘴巴裡就被風鳴塞了一顆洗靈果。

他抬頭看自家小鳥兒，就見到風鳴一臉懷疑地看他：

「我在四象的世界裡沾染了一身混沌魔氣就算了，你明明在長白祕境，為什麼身上也有那麼濃的混沌魔氣？而且我感覺到你身上的氣息有點奇怪，好像比以前變得更加危險了。」

后熠看著風鳴的表情，忍不住揚了揚嘴角，伸手就把人拉進懷裡，然後啃了上去，把嘴裡的洗靈果又餵給了風鳴。

「唔！」

被迫吃了滿嘴果肉和口水的風鳴，後背的大翅膀瞬間顯現，準備給這傢伙一個教訓。結果后熠比他更快地抓住了他後背雙翅的翅根，緊緊握住又輕撫起來，讓風鳴身體忍不住顫慄起來。

「！快放手！」

他從來都不知道翅膀根部是這麼敏感的地方。

后熠輕笑著，卻沒有停下動作，反而把人抱得更緊，一下一下輕撫著風鳴的後背：「不用擔心，墨嘯前輩給了我一種鍛煉血脈的方法，那方法剛好需要大量的力量來刺激血脈覺醒。溫和的靈力不適合那個功法，另一個世界的混沌魔氣剛好能讓我使用。

這三天我也算是有所收穫。至少在碰到那兩個神獸的時候，不至於拚命也拚不過了。而且我把天池底部的祕境裂縫重新打開，總不能讓混沌魔氣再侵染長白祕境吧？吸收掉混沌魔氣也算是我該做的事。」

風鳴被順毛？撫摸？到渾身發軟，最後還覺得滿舒服的。聽著后熠的話就開始意識迷糊，還沒等后熠更進一步做點什麼「小別新歡」的事，他就把自己裹成一個灰色羽毛大球睡著了。

一切都準備好了的后熠：「……」

算了，來！日！方！長！

而且，估計這大半個月的時間懷裡的人都沒有好好休息，精神一直處在緊繃的狀態吧。他真的承受了很多，也該好好休息了。

后熠把人抱到床上，看著還有些灰色的大翅膀露出憐惜之色。幫人蓋好被子之後他走出臥室，然後換了一身衣服，往龍城靈能者基地去。

這三天聯繫他的電話非常多，要不是他回來的時候跟上面彙報過他要去長白祕境找風鳴，估計電話都要被打爆了。

可即便如此，上面還是在焦急地等著他的回應，畢竟三天前去歐洲援助的華國團隊都回來了，最重要的風鳴和后熠卻不見蹤影。要不是確認他們兩個都還活著，光是風鳴被滯留在「地獄」的消息，就會讓國家靈能者總部部長和研究院的金奶奶吃速效救心丸，一切都得詳細報告說明才行。

后熠離開之後，月光透過窗戶落在風鳴家中，也灑在他灰色的羽翅之上。不知不覺之中，灰色氣息開始四散，不過很快就在那月華之下消失殆盡。

忽然，空間中一陣扭曲，細小輕微的「噗」一聲，像是有什麼東西被吐出來了。

那是一團淡金色的小光點，大約只有指甲那麼大小，一個不小心就會被忽視掉。

不過，那光點被吐出來的時候光芒暗淡，似乎很快就要死了，連飛都飛不起來。好在它在月光的照耀下慢慢恢復了，一個小時之後，身上的淡金色光芒變得很亮眼。

「嗡嗡？」

那團光團飛了起來，光芒漸漸被它吸收，露出了原本的樣子。

竟然是一隻金燦燦的小蜜蜂。

「嗡！！」

這隻小蜜蜂繞著風鳴在屋裡轉了一圈，一開始牠只敢圍著風鳴轉，似乎是對這個陌生的環境非常驚訝。不過很快，牠就意識到了什麼，不可置信地在屋子裡亂飛一通，發出了喜悅的振翅聲。

這裡的靈氣沒有髒東西！這裡的靈氣沒有腐朽的味道！這裡到處是生機！！

在這裡，牠就不用死啦！說不定還能化形！還有祖父，祖父和族人們也都能活下來啦！
咦？可是祖父呢？族人呢？牠只不過是沉睡了一陣子，為什麼醒來就變了模樣？
這隻小蜜蜂原本興奮的心情變得低沉起來，看了看躺在床上熟睡的風鳴，下意識覺得這個人應該會知道一切。
那就等他醒來再問他吧。如果……如果他是把牠帶到這裡來的恩人，牠一定會報答他的！如果恩人能把祖父和族人也都帶過來，那就最好不過了。
小蜜蜂這樣想著，心情又好了一點，然後在整間屋子裡轉了一圈。最後，看中了窗臺的那朵小白花，好像很好睡，靈氣也很充足的樣子，於是小蜜蜂飛了過去，準備躺在花心裡睡覺。
小白花露出了猙獰的利齒獠牙。太不容易了，終於又有主動送上門來的食物！不用它拔出自己的根，到處亂跑了～
「！！！」
然後小白花就被狠狠地螫了。
稱王稱霸風鳴家三個月的自動捕獵小白花，終於碰上了更可怕的對手。然後，慘遭螫傷，被睡了花心。
第二天上午九點，風鳴是被久違的家鄉飯菜香醒的。
他猛地坐起身，就看到餐廳裡擺了滿滿一桌的美味早餐！然後就是大伯母那張久違的笑臉和雄壯的身軀，還有他堂哥一臉嚴肅的表情。

風嗚：「？？？？」

不是，我的英俊野性男朋友呢？為什麼是大伯母和烏鴉嘴堂哥在這裡？

大伯母看到他的樣子，特別慈愛地笑了笑：「你這小子真是擔心死我們啦！還以為你真的被關到地獄裡，出不來了呢！我整整罵了你堂哥三天沒本事，不過我們風家的人就是吉人自有天相！下了地獄還能再回來，你果然是我們風家最有出息的人啦！」

這樣說著，大伯母就把柚子葉泡的水往他身上撒：「去去晦氣！快點來吃早飯吧，都是你愛吃的和大補的呢！喔，后隊去報告了，可能要明天才能回來，特地打電話讓我們來照顧你呢。」

風嗚：「……」

風嗚看向自家堂哥，風勃就咧開了嘴，上前給了他一個大大的擁抱。

「你這小子！總算回來了！快來吃飯，等吃完飯，圖途和熊霸、蔡濤他們就要過來了，你讓我們擔心到不行。」

於是風嗚笑了起來，「大伯母都說了嘛，我是我們風家最有出息，也最有運氣的人。」

然後風嗚坐在餐桌旁，吃著大伯母做的安心早餐，看著窗外的陽光。恍如隔世，又忍不住唏噓感嘆。

嗯？他家那朵小白花上竟然有隻小蜜蜂，滿可愛的。

風鳴一開始沒有太在意在食人花旁邊飛舞的小蜜蜂，通常他在家的時候，小白花是不會亂吞吃小動物的，尤其是蜜蜂這種益蟲，他還專門跟小白花提過別亂吃。

不過，這隻小蜜蜂還是有點奇特。

就算小白花長得再怎麼像普通的花，那也是從長白祕境裡帶出來的凶殘食人花，周身那種吃過活物的凶殺氣息會讓很多敏感的生物都退避三舍，風鳴在家的時候，幾乎沒有看過什麼昆蟲會主動往小白花旁邊湊，以至於他只能放一顆靈力不算多的靈石在小白花的花盆裡，維持它的生長。

但是，那隻金色的小蜜蜂看起來有點傻大膽的樣子呢。

這種想法在風鳴的腦海裡轉了一圈，很快就被美食取代了。

風鳴吃著美味的大伯母牌生煎包還有手擀牛肉麵，覺得大伯母不做亂七八糟的補湯時，手藝還是很不錯的，然後他就開始被大伯母和堂哥瘋狂夾菜餵食，最後果然吃撐了。

大伯母特別俐落地收拾了一下東西，才站起身笑咪咪地離開。臨走時，還叮囑風鳴有空就去她家吃飯，到時候幫他煮當歸紅棗烏雞湯補血，風鳴對此特別有禮貌地假笑了。

好不容易等大伯母離開，風鳴就癱在沙發上當一條鹹魚了。風勃也跟他一樣癱在沙發上，兩兄弟就互相說了分開以後的事情。

「你不知道，你沒有從地獄之門出來的時候，我們有多擔心，刀子差點就跟那個理查打起來了。還是老楊說快跟著后隊走，比起打架，還是找到你更重要，我們才離開。結果一連三天我們找不到你，也找不到后隊，急得要死，聽說靈能者總部那邊也急得不行，好在昨天晚上后隊終於去報告了，然後從龍城靈能基地被接到了總部。他趕不及，又打了個電話給我，我跟老楊、圖途他們說了，大家才總算睡了個安穩的覺。」

風鳴笑了起來：「其實我在那邊也沒受什麼罪。那兩位神獸大人就是想讓我幫忙開個空間通道，只不過那邊的靈氣汙染太嚴重了，基本上每個傢伙的性格都變得不正常，就算是神獸也逃不了，所以他們兩個的態度和行為才會很不和平。而且，我把五色石破壞掉了一大部分，他們兩個也沒找我算帳也算理智了。」

他要破壞掉西邊的那個地獄之門，不讓幾十上百萬的惡魔衝出那方世界，就必須要破壞五色石。然而，五色石又是開啟通道的必備品，所以朱鴻不能讓他把五色石破壞掉。

那時候他一言不合就動了手，五色石被毀掉一大半。如果是換位思考一下，風鳴覺得他會打爆朱鴻的腦袋，結果朱鴻和玄晙也沒對他怎麼樣，只是默默修補五色石。

風勃聽到這裡，也忍不住嘆了口氣：「……那方世界的生靈確實是有點慘，無時無刻都被混沌魔氣包圍著，明知道那些混沌魔氣不能吸收，卻又不得不吸收，就像我們的空氣突然有毒一樣。

但你的選擇也對，總不能因為救他們，害了地球和人類，也只能開個臨時通道搶救一些生靈了，希望國家能好好處理這件事。不過要怎麼決定還是上面的事，剩下這十天，你就好好休息，在家當一條鹹魚吧！啊，中午刀子請吃飯呢，海鮮日料大餐，圖途在群組裡嗷嗷叫你看到了嗎？還有羅漢群組也在關心你的安全呢。」

風鳴就拿出手機，開始一個個回覆熱情友愛的小夥伴們，然後風勃繼續鹹魚癱。

他癱著癱著，眼神不自覺地看向了窗邊的那朵小白花。說來也有點奇怪，那朵小白花明明看起來嬌弱小小的，卻總給他一種瘋狂凶殘的感覺。然後他看到了圍繞在小白花旁的小蜜蜂，嗯？那隻小蜜蜂竟然是金色的？有點奇特嘛。

不過真慘啊，總覺得這隻小蜜蜂馬上就要被小白花吃了。

結果風勃發現小白花動也不敢動，小蜜蜂卻像是發現了他的注視一樣，忽然搧著小翅膀朝他們這邊飛過來了！

風勃咦了一聲，風鳴抬起頭：「？」

他很快也看到了那隻繞過風勃，飛到他面前的金色小蜜蜂，還沒想通這小蜜蜂要幹什麼，就見到小蜜蜂開始在空中畫八字，等牠畫了幾十個八字之後，神奇的事情就發生了——那隻小小的金色蜜蜂在金光一閃之後，變成了一個後背揹著兩對透明翅膀，頭上長著小小觸鬚的小女童！然後小女童細細小小的聲音響起：

「嗡！恩人！是你把我帶到這裡來的嗎？這裡雖然靈氣不算充裕，卻沒有魔氣汙染，世界生機盎然，嗡！恩人，你把我帶來了，能把我祖父和族人也帶來嗎？我們一族會釀靈花花蜜，可以幫您賺靈石的！」

小女童懸停在空中，小小的手不停作揖，風鳴和風勃卻整個人都僵住了。

風勃只是顫抖著手，指著這隻金色小蜜蜂，心中大喊哪裡來的成精蜜蜂！但風鳴知道這隻金色的小蜜蜂絕對不是在地球因為靈氣成精的蜜蜂，聽聽牠剛才說的話！這他媽、這他媽是從四象的世界被他帶過來的靈獸啊！！

「妳是怎麼過來的？我打開空間縫隙的時候，妳跟過來的？不不不，不對，要是我周圍有什麼跟著我，我肯定能發現，就算你只有指甲大也……我靠，該不會是我把那些小孩們託付給朱鴻和玄晙的時候，把妳漏掉了吧？」

風鳴在腦子傻愣過後很快就想到了重點。因為去揍青色大陣裡的那些大妖時，風鳴並沒有數過到底揍了多少人，自然也沒有數過朝他飛過來的光團到底有多少個。他在把那些小孩轉交給玄晙和朱鴻的時候，還特地用靈力篩了一遍空間裡的幼獸們，會動的、有反應的全都被他弄出來了。

結果，萬萬想不到最後還有一條漏網之魚。

但這不太科學啊，當時他靈力掃過了整個空間，這小東西雖然小，也不可能完全沒有反應吧？除非她躲到了一個能隱藏靈力的地方？

風鳴這樣想著，閉上眼，開始掃視自己又大了一圈的別墅空間。他現在的別墅空間已經有一個足球場那麼大了，但對靈能波動來說，「掃描」也只不過是幾秒鐘的時間而已。

又再次認真、詳細地掃描了一遍，風鳴終於發現了一個不對勁的地方——在他存放頂級珍寶的東北區域，那堆積成小山的藍色水之結晶裡，有一塊是空心的。裡面溫和的水系靈力已經被吸收得乾乾淨淨，就連水之結晶本身也出現了裂紋，顯然是一塊廢石頭了。

風鳴把那塊水之結晶拿出來，看看上面指甲大的小洞，又看看指甲大的小蜜蜂精，總算找到了答案。

雖然他有了猜想，但風鳴還是仔仔細細地問了這隻小蜜蜂精的情況。

聽到她肯定地說在晚上忽然覺得渾身都被撕扯，感覺快要死了，但最終還是堅持了下來，然後在她本能性地想要吸食那片「靈氣非常充足的空間裡的靈氣」時，突然被扔出來的時候，就更肯定了自己的猜測。

所以，這小傢伙是鑽進了水之結晶裡才會被他忽略掉的，而水之結晶裡的力量應該保護了她，沒有在穿越兩個世界的壁壘時死亡，但也因此成為了一塊廢石。等這隻小蜜蜂精運氣爆棚，成功進入地球世界後開始甦醒，並且想要吸收靈力，結果他家老三不想被別人占便宜，吸收空間裡的靈石靈力，直接把小蜜蜂精從空間裡吐出來了。

然後，這小傢伙就只能躺著，好在她的生命力頑強，地球的靈氣也還算不錯，總算活過來了。

想清楚這些後，風鳴看著眼巴巴地看著他，並且一直對他作揖請求的小傢伙，輕輕嘆了口氣：「妳能平安來到這個世界是妳的運氣，換作那個世界其他體積大一點的靈獸、妖獸，可能根本就無法承受空間壁壘的撕扯。所以我不能幫妳救妳的族人，但妳既然來了，就是妳的機緣，好好在這裡生存吧。」

那隻小蜜蜂聽到風鳴的話，小小的臉蛋上，大大的眼睛頓時蓄滿了淚水。她快速地飛到風鳴的腦袋旁邊，小手緊緊抓著風鳴的額前頭髮：「我、我都能過來，我祖父和族人肯定也會有運氣的！您、您救救他們吧！我們、我們一族願意認您當主人，我們願意把所有釀造的靈花花蜜都貢獻給主人，我們……我們只求能有一線生機啊！」

風鳴聽著她細細小小的請求，心裡有些沉重，但還是沒有答應她，只是開口道：「我之後會幫助朱鴻和玄晙兩位大人開闢一條臨時的空間通道，好讓你們世界的生靈逃離。我不能給妳保證，但我可以保證我會盡全力多撐一段時間，盡可能讓其他有理智的妖獸靈獸逃離。」

小蜜蜂精的臉上露出了一個失望又有點難過的表情，不過最後還是抬起頭，露出了一個小心翼翼的笑臉：「大人您不要在意，其實能有一條逃生的通道，就已經很……很不容易了。」祖父告訴她天地將崩的時候，早就已經說過生死有命的話了。她都懂，就是希望破滅之後有點小傷心。

此時，在海鮮餐廳裡等著自家老大的蔡濤和妹妹蔡澄澄正在看菜單，兄妹倆正在商量要幫風鳴老大點什麼好。

蔡澄澄指著海鮮拼盤的時候，身子突然一頓，猛地低頭抓住了蔡濤的手。

「哥！我看到了黑童的人！」

第三章　爺爺讓我去幹架

蔡澄澄低著頭渾身緊繃，低頭努力降低自己的存在感。好在她和蔡濤選的位置是窗邊不容易被人注意到的角落，甚至一旁還有一個精緻漂亮的小屏風擋著，一般情況下，是不會被人注意到的。

蔡濤在蔡澄澄伸手抓住他的第一時間戒備了起來，當妹妹說出「黑童組織」的時候，他的氣勢瞬間變得非常凶殘，不過很快又恢復了平靜。

「沒事，不怕，哥哥在這裡。而且等等妳兔子、熊和楊大哥他們就來了，還有最厲害的風大哥也會來，這裡是我們的主場，就算他們不來找我們的碴，哥哥也會找機會幫妳報仇的。」

蔡澄澄聽到楊伯勞、圖途和風鳴他們的名字後安靜了下來，尤其是風鳴，在蔡澄澄的心中這就是一個什麼困難都難不倒他，越戰越勇的厲害大哥，所以她輕點了點頭：

「嗯，我不害怕。但是哥哥，我們要不要跟風大哥和伯勞哥哥他們說？他們為什麼會來到這裡？之前兩個月他們都躲起來了，怎麼找都找不到他們，可現在為什麼他們會出現在海鮮餐廳啊？」

蔡濤也想到了這個問題。確實，在那次直播大賽中，黑童的一個重要據點被炸掉之後，黑童組織就開始全面低調行事了。之後的兩個多月裡，他和楊伯勞、圖途、蔡濤，包括羅漢群組裡參加全國大賽的各地區小夥伴們都在全國各地尋找，並且剿滅與黑童組織相關的一切，然而收效甚微。

黑童組織的人就像忽然銷聲匿跡、全藏起來了一樣，他們只找到了幾個無關緊要的據點搗毀，但黑童組織的總部、首領黑童、三首領巫童以及黑童十梟等比較重要的人物都沒抓到，這一度讓上面的人猜測黑童組織是不是轉移了主要陣地，往其他國家或者區域發展了。

但現在看來，黑童組織只是在那時隱匿了起來。他們還在國內等待著，一有時間就要出來興風作浪，就像現在。哪怕蔡濤並不知道黑童組織的人為什麼會突然出現在這間餐廳裡，但可以肯定的是，這些人一定不是在幹什麼好事，看他們鬼鬼祟祟的樣子，說不定要做什麼大壞事。

這樣想著，蔡濤就在龍城少年天團的群組裡傳了訊息。

功夫再高也怕刀：各位，速來龍城景觀大酒店頂層旋轉餐廳！發現黑童！發現黑童！

其他夥伴們迅速回應了。

兔爺：靠！那些該死的社會渣渣竟然還敢出來冒頭？刀子你在那裡等著，兔爺馬上就到！

熊大：很好，我剛剛學會了新技能「大熊金剛掌」，一巴掌拍死一個黑童不是問題！

楊伯勞：我會通知龍城四大警衛隊，可能會晚一點過去。刀子，你和澄澄在那裡要小心，不要主動去招惹他們，一切以自己的安全為重。

混血老大：等我，馬上到。

金口玉言：等我，我搭弟弟的順風車馬上到。

兔爺：中指.jpg。樓上無恥！我也想搭車！

蔡濤看著夥伴們的回應，嘴角露出一絲笑意，然後收起了手機，繼續裝作在和蔡澄澄點菜的樣子，偷偷觀察黑童組織的人。

這樣一觀察，他就發現這個旋轉餐廳的大廳裡似乎來了幾個神色可疑的人，不過他們最終都去了最東邊的單獨包廂，隔絕了外面所有的視線。

蔡濤皺眉，蔡澄澄在這時小聲道：「哥，總共七個人，他們都走進那個日升包廂了。」

蔡濤想了想，拿出自己手中的餐廳黑金卡，戴上墨鏡站起來：「澄澄，妳先在這裡喝茶吃小點心，我去把旁邊的星輝包廂包下來。」

蔡澄澄乖巧地點頭。蔡濤理了理身上的休閒西裝，深吸一口氣。這時候他終於覺得他那個渣爹有點用了，至少他名下的財產在這個時候可以讓他有點特權。

因為金錢和貴賓卡的力量，蔡濤非常輕鬆就得到了日升包廂旁邊，星輝包廂的使用權。他的理由其實也很充分，加上他妹妹，這次聚餐的人也有六個，人數夠用包廂了。

年輕貌美的服務生面帶笑容地詢問這位帥哥要不要現在就去包廂，蔡濤卻微笑著拒絕了：

「沒事，我等我的幾個夥伴來了再去。」

美女服務生就笑著站到一旁。

不到五分鐘時間，風鳴和風勃就已經換好衣服，甚至換了張臉，來到餐廳裡。

風鳴和風勃臉上都有一張研究所特製的面膜面具，是最新的科技成果，可以根據人臉五官微妙地變動自身的長相，達到偽裝效果。因為是最新特殊科技，所以只在內部流通，不過風鳴去歐洲的時候，他還是得到了研究所金奶奶友情贈送的十張面具。不過，離開時金奶奶再三表示了她對人參蘿蔔條的渴望，風鳴就知道如果這十張面具好用，最後肯定得給親奶奶一根小蘿蔔條做研究，或者當謝禮。

結果，在歐洲沒用到這十張面膜面具，回國後倒是用到了。

看蔡濤驚疑不定地看著他的眼神就知道，這個面膜面具還是非常好用的。

風鳴和風勃都笑咪咪地走到蔡濤旁邊，「兄弟，久等了吧？菜點好了嗎？還沒點好的話，我們一起去點菜吧。」

這聲音一出，蔡濤心裡就放心了。當下狠狠拍了一下風鳴的後背，神情有些激動：「點什麼點啊，兄弟我有錢！讓他們挑貴的菜上！！走走走，去包廂好好說話！」

然後他看向那個美貌的服務生小姐：「一會兒有人再來，就直接把他們帶到包廂吧。」

服務生小姊姊露出得體的微笑：「好的，蔡先生您放心。」

在臨走的時候，風鳴忽然轉頭看向那個服務生小姊姊：「這位美女，我們幾個久別重逢，到時候說話聲音可能比較大，會不會影響到旁邊包廂的客人們啊？」

服務生小姊姊看著風鳴那張英俊帥氣的臉，臉色微紅，笑得更甜美了：「先生放心，我們餐廳的包廂隔音效果非常好，只要關上門，是絕對不會影響到周遭客人的。如果您們的聲音打擾到隔壁包廂的客人，也不需要您負責，我們餐廳會承擔一切的打擾責任。當然，如果您在牆上打一個洞的話，我們可就不負責了。」

服務員小姊姊最後那句話是說笑的，不過聽在風鳴、風勃還有蔡濤的耳朵裡，卻讓他們的心裡豎起了大拇指。三人互相對視一眼，風鳴才笑咪咪地點頭：「那我就放心了，真是謝謝小姊姊的解答。那個，我們的菜就像我兄弟說的那樣，把你們的特色菜照六人份端上來吧。最好一次性上齊，我們久別重逢，不喜歡別人打擾。」

服務生小姊姊笑著點頭：「客人放心，我這就去下單安排。」

然後，風鳴、風勃和蔡濤就領著蔡澄澄進入了星輝包廂。

進去之後，蔡澄澄特別乖巧地搬了張椅子坐在門邊，幫三位哥哥把風。而風勃趴到牆上聽隔壁的動靜，然後發現果然什麼都聽不見，蔡濤瞬間就把手指變成了尖刀，看向風鳴：「老大，鑿洞？」

風鳴翻個白眼：「鑿什麼洞！你以為我們鑿洞，對面不會發現動靜嗎？他們既然要做壞事，肯定會警戒，這時候就應該用到高科技，懂嗎！」

然後風鳴打電話給楊伯勞了。

「老楊啊，跟他們說帶上最頂級的竊聽器。還有快點來，十分鐘能到嗎？到不了的話，你直接跟我說地址，我瞬移去找你拿東西，然後再回來。」

楊伯勞對某人的自來熟表示非常不爽，不過最後還是說了個地點。事關黑童，其他什麼都不重要了。

風鳴就準備去拿警衛隊分配的特別竊聽器，臨走的時候，他還對蔡濤道：「靠牆角挖個小洞，別挖通，動靜小一點，等我去拿裝備。」

蔡濤比了個OK。

風勃在一旁瞪著對面的牆，開了金口：「我有預感，他們在作一個大死。」

蔡濤差點一刀捅在風勃身上，風鳴則對自家堂哥比了個閉嘴的手勢，身形一閃就不見了。

十分鐘後，風鳴帶著楊伯勞和裝備重新出現在包廂裡的時候，圖途和熊霸也相繼趕到了。

龍城少年天團就對著被風勃選定位置，由蔡濤特別小心翼翼地挖出來的一個很深的小洞，放入了頂級竊聽器。

之後，六個人的耳機裡就清晰地傳出了對面包廂裡的說話聲。他們聽到的第一句話，就讓風鳴整個人都不好了。

『空間炸彈準備好了嗎？這裡是預言家和研究者計算出來龍城空間壁壘最薄弱的地方，今晚子夜，我們就要來這裡開啟新的世界，迎接我們的主神降臨了！』

其他人興奮又激動的附和聲響起，風鳴幾個人只想說一個字。

靠！！！主神個頭啊！

饒是風鳴等人都知道黑童組織從來不幹好事，饒是風勃已經金口玉言黑童組織要作一個大死了，大家也沒想到黑童能這麼沒有下限，為了達到他們自己的目的，把所有人類的安危當做兒戲。

風鳴差點當場就瞬移過去，把這些人全掐死，但他還想要從這些人口裡探查到其他關於黑童的消息，想要知道黑童口中說的「主神」到底是什麼人，也想確定他們要開啟的「新世界」到底是不是他剛剛跑回來，那個即將崩壞的世界。

雖然風鳴的直覺告訴他黑童組織說的新世界和主神十之八九就是朱雀、玄武所在的那方世界……和裡面的大妖，但這麼重要的事情，還是直接問清楚得好。

風鳴剛把自己的情緒安撫下來，圖途就想要衝出去了。

他趕緊伸手把兔子抓回來，小聲說：「別激動！你又不是沒見過黑童組織的手段，殺人滅口、控制思想什麼的，他們最在行了，你覺得你這樣衝出去抓到他們之後，他們會不會當場上演個自爆，然後直接把你誣陷成殺人犯？雖然我們有關係、有證人可以證明你清白，但這樣一來打草驚蛇了怎麼辦？」

旁邊的蔡濤也神色沉沉地開口：

「既然有人在這個地方，其他城市或區域肯定也會有黑童組織的人，黑童是不會把雞蛋放在一個籃子裡的。而且老大說得對，黑童最擅長的就是控制和利用，為了達到他們的目的，他們可以無所不用其極。這件事情必然是一件大事，為了不洩露消息，他們身上怕都有藏毒或者自毀的裝置。」

「那我們就在這裡等著，什麼也不做？」圖途一臉不贊同。

風鳴想了想，「再聽聽他們還有什麼要說的，然後我把他們凍起來帶走，說不定靈能者分部有相對應的解決方法。」

大家都點頭。

楊伯勞趁這時候把這件事報告給他們隊長，果然引起了極大的重視。之後的十多分鐘裡，風鳴他們又多多少少聽到了一些相關的內容。

『我們龍城的空間薄弱點還滿不錯的，剛好在這間包廂裡，不管做什麼都不會引起別人的懷疑。滬城、蒙城、青城、福城那邊，據說薄弱點在很難搞定的地方。滬城的在政府大樓、蒙城在草原王的王墓入口，最要命的是青城和福城，哈哈！一個在青城靈能學校的後門，一個在朱雀組的據點旁邊，想想都替他們覺得心酸，哈哈。』

『哈哈哈，果然還是我們鷹隊的運氣好啊。不過青城靈能學校和朱雀組的據點是佛陀大人和海倫娜帶隊呢，他們兩個都是實力頂尖的，而且海倫娜那個女人在這兩個月，迷惑之力已經晉級到S級了，說一句話就能把人迷得暈頭轉向的那種，只要他們不和青城靈能學校的校長草老頭、朱雀組的池霄硬碰硬，應該還是能完成任務的。』

『哼，就算他們無法完成也沒關係。反正我們總共會開啟五十個新世界的通道，少那麼一兩個也不要緊。而且，除了我們，還有其他國家的混亂組織呢，這一次，我就不信那些道貌岸然的偽君子們還能一手遮天！』

『對！鷹哥說得對！靈能時代本來就是弱肉強食、強者為尊的時代！偏偏政府和軍隊還要逞能管事！還讓那些沒有覺醒的普通人老老實實地活著。我呸！沒覺醒靈能的就是廢物！就該成為我們的奴隸！我們靈能者就應該得到更多更好的資源才對，現在卻活得這麼委屈。』

一個聽起來聲音有些暴躁的青年聲音在竊聽器裡響起，他似乎對於現在穩定的狀況非常不滿。

『不過沒關係，只要過了今晚子夜，世界就會大變樣了！哈哈，到時候神主會帶著他的僕從們降臨，我們有能力的靈能者都會受到封賞，無用的普通人都會成為他們該成為的下等人！這個時代才是我們的時代！』

隨著這個青年的聲音，隔壁包廂的氣氛變得極其熱鬧，風鳴和風勃等人則快要被他們蠢哭了。如果「神主」真的帶著他的僕從們降臨這個世界，估計第一批成炮灰的就是這群人！

圖途和熊霸直向風鳴眨眼，他們已經快忍耐不下去了，風鳴也覺得忍不下去了。

此時，那房間裡的人似乎開始布置空間炸彈了，風鳴想了想，慎重地對大家點了點頭。

「一會兒，我先瞬移過去，把他們全凍住。蔡濤、伯勞和哥去外面守著門閒晃，看看還有沒有漏網之魚。然後熊霸，你拍碎牆面，和圖途一起過來跟我綁人。」

風鳴又轉頭看向眼睛亮晶晶地看著他的蔡澄澄，想了想：「澄澄，妳收好我們的竊聽錄音裝備，這個很重要，之後要當證據的。」

蔡澄澄很高興地點頭了。

楊伯勞、蔡濤和風勃就出了門，找藉口說看看有沒有什麼好吃的要加點，以及上廁所。

風鳴對熊霸和圖途點頭，下一秒身形一閃，就消失在屋內。在他身影出現在日升包廂內的瞬間，強大的鯤鵬之力布滿了整個房間，之後冰凍屋內的七個人，連帶著一隻非常狡猾警醒的紅眼老鼠也被凍成了冰塊。

在迅速被凍成冰的過程中，哪怕是反應最為敏捷的鷹哥，也來不及把手按在手腕上的聯絡器上。

那隻紅眼的老鼠眼睛有些古怪，風鳴瞇起眼，直接把那隻老鼠用沙發墊子蓋住。

他做完這些後，牆壁上忽然出現了一個大熊的輪廓。然後，風鳴眼睜睜地看著縮小一半的熊霸用爪子輕鬆地把熊型的牆挪走了。

風鳴還以為會是爆炸牆倒的那種，這樣拆遷也太輕鬆了吧？

熊霸就伸出了自己的爪子：「喔，其實平時練熊掌的時候，要注意一些石頭和磚頭的硬度以及結構。畢竟大熊寶典上說，我們的熊掌是可以拍碎一切的，但還是要舉重若輕才好。平時想要破壞什麼，只需要摸清楚牆壁的材料、想清楚明白它的構造和硬度就行了。嘿嘿，今天試了一下，果然效果不錯。」

風鳴笑了起來，在他看不見的地方，小夥伴們也都在進步著，這樣很好。自我約束的努力和進步，總是比因為災難而帶來的強制性進步和成熟更好。

抓住了這些人之後，風勃三人從外面回來，果然又帶回了一個鬼鬼祟祟的傢伙。那個人在第一時間就被風勃用詛咒撞到牆上了，然後蔡濤從後面打暈了他，把人裝作醉酒帶了回來。

至此，龍城景觀大酒店頂樓的旋轉餐廳事件靜悄悄地結束了。等龍城警衛隊以「聚眾賭博」的理由把這些人帶走時，吃飯的客人們也只是搖搖頭，把這件事當成了八卦，卻也沒有太在意。

等到把這七人黑童小隊帶到龍城靈能者分部後，也不知道用了什麼樣的「黑科技」，反正下午兩點的時候，那七個人腦子裡所有的東西都被警衛隊和靈能者分部的人掏出來了。

那七個人雖然沒死，也和廢人差不多了。

然後，華國靈能者總部發下了最緊急調令，要求全國各城的警衛隊開始在城內巡視，監測所有可疑聚眾人員。同時滬城、蒙城、青城、福城等城市的警衛隊也收到了指令，務必在第一時間抓捕指定位置的黑童組織人員。

國家的行動不可謂不快，可在國家下達指令的第一時間，黑童組織也終於得到了消息。

黑童首領異常氣憤這件大事被洩露，但事已至此，他們也沒有退路了！於是，黑童組織的命令也下來了——無論用什麼樣的方法，都必須在今晚子夜之前布置好空間壁壘的炸彈，炸開空間壁壘！被抓者直接自毀，不用擔心和害怕死亡，等神主降臨，就會復活所有神主的追隨者。

於是，不管是華國的政府上層和靈能者們，還是黑童等小型混亂組織，都在這一天瘋狂地行動起來。

混亂或和平，就在今夜。

這個時候，風鳴和后熠兩人站在華國中心的中原城最高樓上，靜靜地等待夜晚的到來。

今夜，也是他們兩人的戰場。

§

黑童頭領下了命令，組織裡的所有人傾巢而出。

雖然黑童老者非常憤怒如此隱祕的事情被洩露出去，但作為組織的頭領，他卻不是很擔心結果。

他坐在黑童地下之城的大廳裡，看著面前被分成幾十個格子的大螢幕，神色淡淡。在那大螢幕的旁邊，有一道黑色的，裹挾著混亂靈氣的空間裂縫。

這是一道存在了許久，就連黑童組織的十梟隊長都不知道的空間裂縫。黑童並不知道這道裂縫是什麼時候出現的，但它出現的時候，就已經是一隻眼睛的大小了。他原本以為這只不過是個普通的裂縫而已，並不在意裂縫的對面是什麼。

然而，從一年前，這道裂縫開始釋放出混亂的黑色靈氣，他才意識到這裂縫似乎不尋常，然後他往這個裂縫中看了一眼，整個世界就變了。他發現了裂縫對面的另一個「世界」，也意識到他們人類有多麼渺小和短壽。

只是被對面的那個存在看上一眼，他就失去了將近半個月的意識，成為了那個人的傀儡。但在被控制的驚恐過去之後，心底卻湧出了一股名為野心和渴望的東西——

那麼強大的力量，他想要擁有。

那樣永恆的生命，是他一直在祈求的。

於是，理所當然地，他成了那個存在的傀儡和走狗。哪怕他只能看到對方的一隻眼睛，哪怕他只能透過空間空洞去看對方書寫的要求和命令，他都願意去做。

黑童能製造出那麼多厲害的「靈能者」，和那位教他們的方法有很大的關聯。甚至黑童最厲害的「覺醒藥劑」、「控制藥劑」以及控制契約的方法，都和那個世界有千絲萬縷的關係。正因為從「另一個世界」得到了無數的好處，黑童、巫童、研究者和預言家他們才會更加堅定對面的「存在」是無所不能的，無比相信對方所說的話——

打通空間通道，我便能帶你們稱霸整個世界。

所以，當那位「存在」終於下達指令給他們，讓他們用特殊的方法破開空間壁壘的時候，他們才會無比興奮，沒有一絲猶豫。

黑童坐在沙發上，他的頭髮花白，臉上是無法掩蓋的蒼老。

他今年已經一百四十歲了，在靈能時代沒有來臨的時候，他用各種研究手段把自己的壽命延長到了一百三十七歲。然而，到那個時候已經是他的極限了，以人類的科技力量，他再也無法延長自己的壽命，他的身體也已經到了極限，蒼老又虛弱，各種病痛襲來。

在黑童終於抵擋不住時間和歲月，快死亡的時候，靈能時代來臨了。短短的三年時間，世界就有了翻天覆地的變化，科技和靈能的結合也有了質的跨越和發展。他又多活了三年，甚至，他透過抽取靈能者的血液、吞噬靈能者的靈力等方法，還能再撐兩三年。所以即便他如此蒼老，卻是激動和滿足的。

不需要再等兩三年，今夜過後，世界就會變成另一副樣子了。

不需要再等兩三年，等「神」降臨，賜福於他，他就能重新恢復到年輕時的樣子和身體，甚至追隨「神」，獲得真正的長生。

這是他的畢生所求了。為此，做一些實驗算什麼？殺死一些人，把他們當祭品又算什麼？甚至，破開地球和另一個世界的空間壁壘，讓地球變人間煉獄又有何不可呢？只要他能長生不老，做什麼都是值得的。其他人的死活幸福，又與他有何干？

黑童看著他前方的大螢幕微笑起來。

這一次黑童組織傾巢而出，雖然命令下得急促了一些，但他們在暗，敵人在明。他們打算在華國境內直接炸開五十道空間裂縫，哪怕政府反應再快，又能阻擋他們多少呢？只要能成功炸開二十道空間裂縫，那位「神」交給他們的任務就完成了。他只需要在這裡，靜靜地注視著爆炸開來的慘烈又絢爛的畫面就可以了。

這個時候，預言家走到了他的旁邊。

黑童看了這個瘋瘋癲癲的老頭一眼，沒有理他，預言家也沒有說話。

事實上，在這件事情上他和黑童的意見是相反的。預言家也崇拜和畏懼於「神」的力量和存在，也曾經非常狂熱地期待著那位的降臨。可當他占卜「神之降臨」這件事的時候，他看到了無比慘烈的某個結局。

在狂噴出一口鮮血之後，預言家就想退縮了。他看到的那個結局實在太過可怕，不光是那些平凡的地球人類，就算是他們這些靈能者、神的追隨者也一個個死得淒慘。但當他帶著幾分理智去勸阻黑童和巫童他們的時候，卻意識到這是不可能的事情。

沒有人會相信他看到的那個結局，連他自己也不願意相信，所以，他從那一刻開始就沉默了。他也不是什麼好東西，就靜靜等待著結局吧。

兩人前方的大螢幕裡時不時就有靈能者的隊伍在畫面中快速閃過，顯然是靈能者們在各地巡邏，排查危險的狀況。

黑童嘲諷地低聲笑起來：「一群無頭蒼蠅而已。」

預言家沒有說話，黑童卻不願意放過他：「你說呢？黑童傾巢而出，這群靈能者們就算早有準備又如何？他們就算看到了，也沒有辦法第一時間趕到阻止，最終也只能眼睜睜看著守護的東西破碎而已。」

預言家突然想到了他看到的慘烈結局中，兩個明亮的光點。一個是在空中巨大又可怕，讓人不敢直視的虛影，一個是一箭破開天空的金光，那是無邊黑暗中無比耀目的存在，最後和黑暗一同歸於沉寂消散。

那麼在現實中，那樣的存在又代表了誰？他們現在在做什麼呢？

「嗯。」

預言家說了一個字，當做回答。

在這個時候，時間已經到了深夜十一點。有許多鬼祟的黑童組織的人被抓走，卻有更狡猾的漏網之魚留在他們想要動手的地方。

福城的池霄、滬城的雷兼明、青城的郭小寶和紅翎、蒙城的仙人掌小哥他們都成功抓到了在他們城池中行動的黑童組織成員。之後，雲城、魯城、雪城等七座城也根據辛瑙的預言，找到了正在安裝空間炸彈的靈能者們。

然而即便如此，當子夜的鐘聲敲響的時候，華國各地，甚至在整個亞洲、東南亞區域，都響起了讓人驚恐的巨大爆炸聲。

那是一種無法言說的爆炸。彷彿在爆炸的那瞬間，整個空間的靈氣、空氣、一切都被極致地抽取、擠壓，然後砰地一下爆裂開來。

空氣的波動擴散到很遠的地方，在爆炸的區域內，無論是再怎麼堅固的建築、生機，再怎麼強大的草木都瞬間化為齏粉，而後空氣中慢慢裂開了一條黑色裂縫，從那裂縫中，黑色的混沌魔氣洶湧而出。

黑童看著這三十六個空間爆炸後成功被啟動，緩緩露出了一個殘忍又興奮的笑容。

「通向兩個世界的通道即將打開了，新的時代和世界即將到來！！」

他臉上的笑容還盛，眼前的大螢幕中忽然亮起了璀璨華麗的金色光芒！

無數支金色箭矢從華國中部的某個區域射向四面八方，就像是一場華麗的金色流星雨。一根根金色箭矢無比精准地找到了三十六個空間裂縫形成的地點，之後互相交織成金色的大網，徹底包裹住冒著絲絲魔氣的空間裂縫！

黑童臉上的笑容僵住。

「該死的后熠。」他又冷笑，「只是找到和困住縫隙又有什麼用？空間裂縫已經打開了，沒有人能把它們合上！！在那些人手忙腳亂，想要閉合空間裂縫的時候，混沌魔氣就已經侵染了世界，神就降臨了！」

他的話音剛落下，一道身影便出現在雪城的空間裂縫和金色箭網中。

他的速度比流星更快，就像是憑空出現在那裡。然後，黑童眼睜睜地看著身揹四翼的少年伸手，只在空間裂縫上輕輕一拍，原本肉眼可見的黑色裂縫就隨著他的動作漸漸合攏，甚至消失了。

第一次，他的臉上露出了震驚又有些崩潰的表情。

「這不可能！！」

怎麼會有人能徒手閉合空間裂縫！！！這是連「神」都沒有的力量！！！

這一晚，人們聽著爆炸聲，仰望天空，看到了金色的流星雨，和於流星中不斷穿梭的天使之翼，心中的不安和惶恐在這片金色中消散於無形了。

在黑童總部的地下室中，黑童紅著雙眼，死死地盯著面前的大螢幕。他看著螢幕中一個個被少年強行合攏的空間裂縫，整個人的三觀，甚至連信念都受到了挑戰和崩塌。

他甚至直接把身體貼在大螢幕上，想要仔細看風鳴被定點監視器拍到的所有動作，想從裡面找出不符合邏輯和虛假的地方，可到頭來，他卻什麼都沒有發現，只能看著三十六個空間裂縫一個一個被合攏。

「這不可能！這怎麼可能？」

黑童不斷拍打著螢幕，甚至開始大聲嚎叫：「連那位神明大人都沒辦法直接降臨於這個世界，都沒辦法直接破開空間壁壘！這個風鳴到底是什麼東西，可以做到連神都無法辦到的事！他不是人，他有問題！他身上一定有我們都沒有的力量！這個人該死！不不不，讓他死實在太便宜他了，抓住他，一定要不擇手段地抓住他！然後我要從他身上找出可以合攏，或者破開空間壁壘的力量！」

黑童大叫起來，甚至呼喊手下最厲害的人過來，然而，他的動作卻被預言家的一句話定住了：「首領，你看看螢幕上的那個少年，仔細感受他的力量。你覺得黑童中，還有人能把他抓過來給你研究嗎？」

說得不好聽一點，假如風鳴真的被抓到這個地方來，那結局一定不是他作為實驗品，被黑童和研究者們研究，反而是這個擁有強大力量的少年會直接滅掉他們黑童的總部，抓住所有的黑童成員，關到監獄裡去吧。

黑童首領身體僵硬，他看著在夜色之中尤為耀眼，彷彿真正的天使、神明一般的少年，最終露出了一個扭曲、記恨至極的表情。可無論他心裡翻滾著多惡毒的語言和詛咒，卻終究沒有辦法做些什麼。

當少年伸手把晉城內最後一條被金色箭網圍起來的空間裂縫合攏的時候，黑童那張原本蒼老的臉上一下子變得頹然、憤怒至極，之後怔怔地坐在沙發上一動也不動。

怎麼會有這樣的人呢？明明他等了那麼久，算好了一切，明明是穩贏的局面，就因為這個人的存在，一切都毀了。

黑童這樣想的時候，突然又站直了身體。

不！他還沒有輸！風鳴也無法阻止神的降臨！就算他這邊失敗了又如何？神的追隨者可不止他一個，全世界的混亂組織也不止黑童一個！他就不信風鳴和后熠兩人還能控制一切！

於是黑童又陰沉沉地笑了兩聲，重新坐到沙發上，頂著那張蒼老至極的臉，等著看最終的結局。

不過此時，華國的靈能者網路論壇上卻是一片歡欣鼓舞。包括靈能者研究總部，和一直關注著這一切的國家上層及大將軍本人，都露出了欣慰的笑容。

天知道當那幾十條巨大的空間裂縫在華國的各個城市爆開時，靈能者們和國家上層有多麼緊張。即便靈能者們不知道空間裂縫的另一邊是聯通怎樣的世界，但他們本能地感應到了強烈的危險。

剛聽過后熠報告的華國上層更是心驚膽顫，原本他們還在爭論到底要不要幫助另一個世界的生靈開闢一條臨時的空間通道，收容它們，結果這邊就開始出問題，準備強行打開通道了，連大將軍都氣得拍了桌子。

要知道，根據「墨子靈能智腦」的推演結果，如果無法關閉那三十六處空間裂縫，在魔氣瘋狂湧入地球，空間裂縫日益增大的情況下，最終整個地球的靈氣都會受到另一個世界的混沌魔氣影響，原本還算平和的靈氣進化之路就會被迫加速，甚至是變異，最後的影響是無可估量的，很有可能直接把地球的進化推向另外一個死局。

所以，大將軍非常生氣。人類裡總有那些自私自利至極，沒有半點良善之心的人渣存在。面對這些人渣，偏偏又沒辦法跟他們講道理，只能用行動打臉。好在華國的靈能者們很給力，除了風鳴和后熠這兩個可以操控全域的大靈能者，能迅速找到並限制裂縫的擴張之外，其他區域的靈能者們在接到國家的命令之後，不管是警衛隊在編的人員還是熱愛自由探險的散人們，全都在第一時間回到了最近的城市，進行守衛和巡查。

這些靈能者們保護了很多城市居民的安全和生命，甚至有一位靈能者還搶救了一整個動物園的動物——那道空間裂縫剛好在動物園的半空中，以至於動物園裡有某隻裝成普通動物的大孔雀在最後幫了他的忙，一起轉移了大部分的動物。

大孔雀……我就是喜歡天天被人看著、捧著、誇著，怎麼樣？

反正，因為全國靈能者們的齊心合力，這次子夜的空間爆炸並沒有為華國人民造成巨大的損失。在風鳴於全國瞬移，強行合攏了空間裂縫之後，這一次一不小心就會顛覆和平的陰謀終歸消弭於無形了。

風鳴在合攏晉城的空間裂縫之後，臉色顯得非常蒼白，哪怕他嘴裡含著人參老爺子給他的小蘿蔔乾補充體內的靈力，但精神上的疲憊和消耗卻很難在短時間內補充回來。

晉城是電鋸小哥具東升的故鄉，他還沒有完全加入警衛隊，目前只是後備役。看到風鳴突然出現的時候，他還非常高興，等風鳴把那可怕又冒著黑色靈氣的空間裂縫合攏之後，具東升簡直就要自豪地嗷嗷叫說那是我兄弟了。

就在具東升打算把他的好兄弟帶到警衛隊的休息所休息時，他忽然在人群中看到了一個鬼鬼祟祟的身影，那個人影似乎正跌跌撞撞地靠近風鳴。具東升的眼皮猛地一跳，當下大吼一聲就衝了出去：「去你大爺，敢陰我兄弟！」

在他這聲吼出來時，那個跌跌撞撞的女子將雙手化為極細小的藤蔓，瘋狂湧向風鳴。

風鳴看到藤蔓的瞬間，眼神一厲，果然看到了屠迎迎那張熟悉的臉。

「妳越獄出來了？」

屠迎迎此時身上的濃郁黑氣和血腥之氣，讓周圍的靈能者們大為戒備。然而，在她周身飛舞的漫天藤蔓又讓人不敢輕易靠近。

「殺了你！殺了你，主神大人就能降臨！都是你！我早該在你還沒有成長好之前就殺了你的！你壞了我們的大事！」

風鳴原本還想頂著腦子的疲憊，給這個明顯已經著魔的女人一記雷劈，結果具東升那原本只有手臂長的電鋸忽然瘋狂變大、變長，直接暴漲到十幾公尺的長度，發出讓人心驚膽戰的嗡嗡聲，大刀闊斧地鋸掉了屠迎迎的所有菟絲花藤。

屠迎迎在瘋狂又憤怒的吼叫中被鋸得光禿禿，面對她怨毒至極的眼神，具東升站在風鳴面前冷笑：「瞪什麼瞪！大爺我最不怕的就是美人計！再瞪就把妳的眼珠鋸掉啊！」

屠迎迎被帶走之後，關押她的龍城靈能者監獄中，一個黑童的臥底也被找了出來。

而後風鳴婉拒了具東升的邀請，直接瞬移回家休息。

在這天夜裡，全國各地抓捕到混亂分子的警衛隊連夜審訊那些人，接連挖出了以黑童組織為首的四個混亂組織的九成巢穴，抓到了近三千名靈能犯罪者，同時救出了近萬名被當成苦力，或者研究對象的無辜民眾。

雖然黑童組織的首領黑童、巫童、預言家和研究者四人還沒有落網，黑童十梟的蝗蟲之母和惡佛陀也重傷在逃，但在很長一段時間內，他們都無法再翻起什麼浪花了，國內的形勢一片大好。

然而，相比華國全國一心、上下協力，最終得到了一個還算不錯的結果，在亞洲、東南亞，甚至東歐等其他國家和區域內，因為混亂組織而造成的空間爆炸帶來的結果就非常糟糕了。

大將軍剛看完國內的報告，鬆了口氣的時候，接連接到了幾個友好鄰國的求助電話。內容全都是國內出現巨大的空間裂縫，有黑色混亂的靈氣從裂縫中冒出，普通人都無法靠近，靈能者無法阻止，情況危急，希望支援。

大將軍剛安撫完友好鄰國，衛星監控部的負責人就緊急敲響了他辦公室的大門，然後打開雷射螢幕，讓大將軍看到了一幕堪稱全球災難的畫面──

在這螢幕展現的世界地圖上，在不同的區域有密密麻麻、不下一千的黑色小點不斷閃爍，彷彿形成了一張惡魔猙獰的笑臉。

大將軍靜靜地盯著華國乾乾淨淨的畫面，片刻之後才神色嚴肅地開口，「這是……空間裂縫？」

監控部負責人艱難地點了點頭。

「將軍，這是我們透過靈能衛星監測到的世界靈氣波動圖。這上面的每一個黑色小點，就代表著一條和那個世界相連的空間裂縫。亞洲和東南亞空間裂縫最多，其他區域也有零星。黑色小點似乎還在不斷增加中，雖然各國政府和國家都對那些混亂組織的靈能者們採取了一系列的措施，但是……」

他們無論是準備還是實力，都不如華國充分。所以，即便華國暫時安穩，世界混亂的序幕也已經被拉開了。

此時，四象世界。

玄蛇和黑虎站在黑色的山頂上，手中拿著的一瓶有紅、金、銀三種顏色的血液。如果風鳴在這裡的話，就能認出來那是屬於他的血。

「空間裂縫已經打開，接下來，就是穩固和活祭了。」

玄蛇和黑虎神色嚴肅中帶著幾分瘋狂。

先是黑虎雙手交叉，按在額頭上面，在一陣強大的靈力波動過後，他的額頭上竟然出現了第三隻猩紅的眼睛。如果朱雀和玄武在這裡，就能看出黑虎的不同——原本在他額頭上的那隻眼睛是金色罡正的審判之瞳，可現在那隻猩紅的瞳仁已經看不到真正該看的正義和不平了。

那隻布滿血絲的猩紅之眼穿透過這一片片黑色的混沌魔氣，準確地捕捉到了這方世界中所有出現空間裂縫的位置。片刻之後，猩紅之眼才緩緩閉上，黑虎也吐出一口濁氣。

「那個帝江小子果然不是什麼省油的燈，應該出現最多、最大空間裂痕的區域，我竟然沒有看到空間裂縫，想必是那小子出手把空間裂縫補上了。可惜了我們送出去的精血之石，如果直接吸取那些精血之力，等之後對上朱鴻和玄晙兩人，我們也更有把握能反制血祭他們。」

玄蛇把玩著手中的那瓶金色血液，冷笑一聲：「朱鴻吸取魔氣，還想摒棄欲念自身難保，玄晙還要撐著這四方天地，不能大動。他們兩人就算力量強過你我，也有這方世界眾多生靈的

§

天大顧慮，只要時機得當，他們不足為慮。

我只是有些在意那個帝江血脈的小子。莫說我第一次見他便覺得不喜，我的靈蛇之毒竟然也沒有把他毒死，那小子的生命力未免也太強了一些。若是他在關鍵的時候給我們添亂，那就十分不好了。」

黑虎倒是不太在意風鳴：「不過是一個混血的帝江血脈而已，說句不好聽的，他還只是個孩子。你多慮了，大不了等他下次再來這裡，我親自出手了結他或者把他囚禁起來。呵呵，空間之力又如何？只要抽光他的血、打斷他的四肢，再用幽冥鐵鍊鎖住他，哪怕是遠古的帝江魔神本尊也插翅難逃。反正還剩九日，他就會再來這方世界了。」

玄蛇沒說什麼，表情卻不怎麼好看。正因為那小子現在還是個孩子，他才覺得更不舒服，他和黑虎可是活了數萬年的大妖，四象本身更是存在了不知多久，幾乎等同於神，那個孩子卻能得到朱鴻和玄晙的重視，從一開始朱鴻以為的「可以一用的小東西」到後來的「協助者」，那小子在四象眼中的地位升得太快了。

四象作為天地四方神獸，本就是高傲且睥睨的。萬物生靈在他們眼中都如螻蟻，哪怕是被他們兩個選為頂替者的他和黑虎，在四象面前都沒有任何置喙的餘地。

他和黑虎已然是這方世界中剩下實力最為強大的大妖，那個具有帝江和鯤鵬血脈的少年到底擁有什麼特殊力量，才能讓朱鴻和玄晙對他改變了態度，甚至另眼相看呢？

玄蛇想不通這些，但也算不上什麼重要的事情。他詢問了黑虎被破開的空間裂縫中最大的那幾處，選定完畢之後，把手中那瓶屬於風鳴的血液，和數塊紅得發黑的精血之石一同碾碎、混合，最後拋灑至空間裂縫中。

原本只是一條縫隙的空間裂縫，在吸入了風鳴的血液和不知道是由多少生靈凝聚而成的精血之石粉末後，劇烈地震動起來。那種震動不是像爆炸破壞性的震動，而是擴大又縮小，然後再擴大，仿若心臟跳動一樣的震動。

最大的那個空間裂縫甚至漸漸在周圍聚集起了黑色的漩渦，彷彿在吸取這世界無邊的混沌魔氣，噴灑在另外的世界。

玄蛇的嘴角露出了一絲冰冷的笑意，黑虎在旁邊也跟著笑起來：「如此，即便是那小子親自出手，也無法在短時間內關閉這幾個空間裂縫了。」

以帝江之血和生靈精血支撐著的空間裂縫，可不是那麼容易合攏的。至少，時間夠他們準備更多生靈祭品，強行破開這條空間通道。

在這個時候，兩人懷中的玉簡忽然亮了起來。那是朱鴻和玄晙召喚他們的標識，想必又要商議開啟臨時空間通道的事情了。

不過兩天的時間，玄晙就已經說動了大多數還存活的大妖和生靈們，同意開啟臨時空間通道。絕大多數的大妖們都願意用自己的生命來保留他們最後的血脈，不讓血脈傳承斷絕於此。

然而，對於他們的選擇，玄蛇和黑虎卻在心中嗤之以鼻。倘若自己活著，想要留下多少血脈都是輕而易舉的事情。血脈只是血脈，永遠都不能等同於他們本身。這些大妖都是本末倒置、道貌岸然之輩，之所以願意同意開啟臨時的空間通道，也不過是因為他們沒有更好的辦法離開這世界而已。

所以，道不同不相為謀，看看誰是最後的勝利者吧，就算遵從本心的大妖和生靈們只有少數，但也夠他們行動了。

玄蛇對他的族人和手下們下了命令，就去見朱鴻和玄晙了。

在這個時候，被各個混亂組織供奉著的神魔之像或者相關的替代品，又或者是空間裂縫的一端，都顯示出了來自那位「神」的新指令。無數混亂組織的人興奮莫名！當他們看到新指令之後，更是一個個露出了得意嗜血的神色，狀若瘋癲。

在國內，已經被找到的黑童組織總部裡，四方白虎組的隊長馮常一眼就看到了只有眼睛大的空間裂縫裡映出了光芒。他迅速下達了指令，手下的組員讓開道路，露出了房間內的那面白牆。

那白牆上漸漸顯露出古樸鮮紅的字跡——取具有靈血之生靈為祭，鋪墊神靈降臨之路。

馮常當場沒忍住罵出聲，一通電話就打到靈能總部部長那裡。

「老頭，開始加強國內的安全管理吧！馬上就有無數個瘋子要出來放風發狂了！」

屠部長一開始不明白馮常的意思，不過在聽過詳細的報告之後，饒是這位脾氣極好的老人也忍不住爆了粗口。

哪怕他們已經剿滅了黑童組織，但是黑童的首領和幾個重要人員還沒有落網，有他們在，國內只怕不會安寧，所以下達了一系列的命令和任務。

風鳴在睡飽後，第二天醒來，面對的不是可以放鬆的鹹魚生活，而是成了緊急「救火二人組」的一份子。至於另一個救火者是誰，自然是人不到，但箭可以到的后隊了。

「來，先把這個福記生煎包吃了，吃飽了才有力氣幹活。」

后熠把一個生煎包塞到風鳴嘴裡，風鳴一邊吃一邊聽著監測部的指令。

吃第三個生煎包的時候，后熠得到指令，一箭射出，當場了結了一個正在肆意殺人取血的罪惡靈能者。

吃第五個生煎包的時候，風鳴瞬移到一個被罪惡靈能者放火燒了的偏遠村莊，用二翅膀教那個罪惡靈能者如何做人。

這樣的狀態持續了三天。

全世界的靈網上已經被各種混亂組織肆意濫殺的消息刷屏，普通人一邊譴責著那該死的混亂組織，一邊痛斥靈能者和國家上層的不作為。

只是這三天的時間，就至少有數十萬的人員傷亡！那些罪惡靈能者們就像瘋了一樣地攻擊普通人和正義那方的靈能者，還包括一些有靈性的動物和植物們。靈能者們還能有所防禦，但普通人呢？普通人怎麼辦！

更為糟糕的是，那數千個空間裂縫帶來的混沌魔氣已經開始汙染裂縫周圍的空間和靈氣。在人類聚集地的空間裂縫還可以躲避，但在森林、湖泊、山川等動物和植物們的聚集地，動物們和植物們卻無法，也不會離開。

於是，從那數千個空間裂縫出現的第四天開始，除了人類自己內部的互相攻擊，無數被混沌魔氣影響和浸染的地球動植物、靈獸靈植們，終於掙脫了地球母親為牠們限制的溫柔進化枷鎖，往更加可怕和凶殘的方向去。

牠們的第一個目標，便是看起來很好吃也很弱的普通人類。

於是，哪怕是準備得最充分的華國，在這種全球性的災難中，也開始出現大量傷亡。

風鳴眼睜睜地看著一個小女孩在他面前被狂化的魔藤穿胸而死，哪怕是他的速度和力量，也來不及挽救那個可愛的生命。

看著滿地的鮮血，聽著周圍驚恐的叫聲，風鳴的眼中第一次流露出強烈至極的怒恨之意。

他氣混亂組織自己在身上插刀，也有一瞬間恨那個即將滅亡的世界為何剛好與地球相鄰，安靜地消亡不好嗎？

然而回過神，看到只有拇指大的小蜜蜂正搧著小翅膀，努力救下了另一個孩子，風鳴為自己的想法感到難過。

地球是無妄之災，對於那個世界的生靈來說，死亡又如何不是無妄之災呢？

即便是地球，也終歸有消亡的那一天吧。所以，他才要更珍惜現在，為地球母親爭一個更好的未來。

風鳴再見到后熠的時候，就道：「明天，我就去見玄晙。」

地球上的數千道空間裂縫讓整個地球處於一片混亂。

各國政府和勢力都在努力控制局面，滅殺罪惡靈能者們的同時，也迅速形成了保護的武裝力量和各個居民避難所，保護面對異能者和異變動植物毫無還手之力的普通人。

在這個時候，普通人的怨懟之聲漸漸變小了，就算再愚蠢的人也知道現在這個時候比起抱怨那些有能力的人不作為或者自私，自身的努力更為重要。

這已經不是少數人製造的麻煩，而是涉及到整個人類存亡，地球巨變的災難了，在災難中求生存，哪還有那麼多要求。比起突如其來的喪屍末日、全球火山、地震什麼的災難，這黑色靈氣帶來的災難真是溫和多了。

在裂縫出現的第四天，風鳴、后熠還有池霄、馮常、胡霸天等幾位頂級靈能者再次來到長白祕境時，整個東北區域的三大城市已經完成了所有普通人的避難收容，同時靈能者組成了護衛隊和冒險小隊，主要負責砍殺、守衛來攻擊的那些罪惡靈能者和異變魔化的動植物。就連在避難所的那些普通人也在做自己力所能及的事情，分工有序。

甚至有些年輕力壯的普通人主動要求跟著靈能者冒險小隊，出去砍殺異變魔化的動植物，對此避難所的負責人沒有阻止，反而很是鼓勵。在風鳴他們進入長白山區的時候，就看到了這一支隊伍，普通人也在盡力砍殺那些魔化、沒有理智的動植物。

風鳴還看到一個和他差不多大的小青年用長長的砍刀，砍掉了一株黑紫色藤蔓的莖，為此高興得舉起右手，歡呼一聲的時候，又有幾株細長的藤蔓如利箭朝他而去。風鳴在那一瞬間想要放出雷擊幫忙，那名青年卻跑得比兔子還快，一邊尖叫一邊閃過了朝他攻擊的細長藤蔓，跑著跑著竟然腳下生風，然後跑到了半空中。

風鳴：「哈。」

這畫面有點熟悉不是嗎？

那名青年在半空中愣了片刻，掉下去的時候，突然興奮地大喊：「隊長隊長！隊長，你們快來看我！快來看看我啊！我覺醒了！！我是不是覺醒了腳下生風的靈能啊！老天，這是什麼血脈，有什麼神獸能足下生風，憑空而起？是不是麒麟啊？我的天，我真是快激動死了，我是不是就要成為我們國家的第五位神話系靈能者了？」

然後青年被隊長狠狠地踢了屁股：「閉嘴吧你！你自己覺醒了風系靈能都分辨不出來嗎？還麒麟神獸呢，你怎麼不說你是個噴氣機呢？噴氣機也是腳下生風啊。」

青年想了想自己成為原子小金剛的模樣，堅定地拒絕：「隊長，我還是覺得風系靈能滿好的，真的。」

至少比起噴氣機，實在不錯了。

然後他一下子笑開了，抬頭認真地看著自家隊長，特別感動和認真地道：「隊長！我覺醒了！以後我也能為我們小隊多出幾分力了！不用再像之前一樣當拖油瓶，總是讓你和林姊他們保護了，我會更努力的！」

隊長之前為了救他，重傷了肩膀，那傷勢沒有一兩個月或者特別好的靈藥是治不好的，讓他為此非常愧疚，現在他終於也有點用了。

精瘦健壯的隊長聞言一笑，伸手拍了拍青年的肩膀：「行啊，那以後我們小隊就把你當主力了，可要幫我們爭光啊。」

青年特別有幹勁地答應了，然後又多補充了一句：「回去以後我會跟同學們說，出來冒險戰鬥果然是正確的，有一個說法叫什麼？人只有在遇到危險的時候才會激發潛能，我就是最好的例子啊！」

風鳴聽到這裡，忍不住笑了起來。

所以說人類這種存在，生命力實在堪比小強。

長白祕境不是什麼時候都能隨意進入的地方，不過有了風鳴帶路，后熠、池霄、馮常和胡霸天四位四方組的隊長都被他順利帶到了祕境中。

之前后熠是用喊的，把人參和墨嘯兩位老爺子喊出來帶他進去，這一次倒是不用喊了。不過，在祕境天池旁，一頭紫色長髮的大美人羅老爺子和一身黑衣的墨嘯前輩卻表情不太好地看著風鳴。

「你這小子不要因為老人家覺得你順眼就得寸進尺啊，你來祕境裡看望我老人家是可以，但把我這裡當客棧或者難民接待所，我可不同意！別以為老頭子我不知道你心裡打的是什麼主意！就算天地四象本身是守序神獸，長時間在混沌魔氣的侵染下，他們也不一定能保持本心。弄不好你就是在於虎謀皮，小子你可要想清楚！」

風鳴看著絕世大美人一口一個「老人家」稱呼自己，又有一種眼瞎之感了。不過他還是聽出了羅老爺子……好吧，羅大美人話中的關心。他露出了一個非常討喜的笑容，還從自己的空間別墅裡掏出了一批海鮮特產及十幾顆水之結晶。

「爺爺，您收下！這都是我孝敬您的！我知道老爺子您是在關心我，外面的情況，您老應該也知道了吧？」風鳴露出了一絲苦笑：「我們人類內部的瘋子們自己搞事，炸開了一千多道空間裂縫，就算我有能力去補，怕也來不及。現在四象世界的混沌魔氣正不停地湧入地球，影響著地球的生靈進化，我總得找方法阻止這情況繼續下去。

您老說過，兩個世界是相鄰的，為了避免那個世界的意識最後吞噬地球，就需要那個世界的四象自我獻祭，消散世界意識。現在那個世界的意識還沒行動，空間裂縫就出來了，我們必須早點做準備，不然被混沌魔氣侵蝕的地球意識搞不好會更容易被吞噬。甚至最壞的結果，是根本就不用等世界意識吞噬，如果這些空間裂縫有一個變成了無法修補的空間通道，兩個世界被徹底連接，地球和人類都活不了了。

老爺子，您也是地球生靈的一份子，要是真的到了那一天，這長白祕境也不可能成為最後的一方淨土啊。所以，您幫幫忙吧？覆巢之下，焉有完卵啊。」

羅老爺子大美人抱著雙臂，看了風鳴好一會兒，最後才一揮袖，收下了那些孝敬他的海鮮和水之結晶。他指著前方的小竹凳，示意風鳴、后熠五人坐下。

「空間裂縫不是那麼容易就能被炸開的。雖然你們人類很善於思考並發展科技，現在連靈能都能作為科學使用了，但哪怕是用你們現在最強大的科學武器，也不可能炸開世界壁壘，打開空間裂縫。

想要破開空間裂縫，必須要以兩個世界的生靈精血為祭品，或者說必須要以兩個世界本土的生靈精血為刀，攻擊自己世界的盾，才能消磨掉空間壁壘的禁錮，這一點是那些混亂組織不可能知道的事情。」

羅老爺子的臉上露出了幾分冷厲和嘲諷：「所以除了你們人類自己作死，為了各種不可告人的目的而做的這些事情，另一個世界必然有罪惡的源頭告知了人類這種方法。而你擔心的，也不是沒有可能發生。想要開闢兩個世界的空間通道，不一定要用到五色石或者操控空間的帝江之力，那是走正道的方法。有正就有邪，邪道的方法更粗暴簡單點——就是直接以兩界的無數生靈為媒介，鋪出一條血路。」

羅老爺子說到這裡都忍不住搖頭了：「鳴小子，能做出這種事的傢伙必然是已經入了魔，甚至連腦子都沒有的喪病傢伙。他能讓地球的混亂組織破開這麼多空間裂縫，就說明另一界死在他手上的生靈怎麼樣也有數十萬計。有這種傢伙在，你還想去跟他們談條件？怕不是過去就被伏擊搞死了。」

后熠皺起了眉，在風鳴看過來的時候垂下眼，裝作他什麼也沒想。

風鳴聽到羅老爺子的話也有些吃驚。他之前確實疑惑過混亂組織為什麼能炸開空間壁壘，又覺得他們或許有黑科技，也就沒有多想。現在想想，空間裂縫連曾經的羅老爺子和墨嘯前輩都沒辦法應對，普通人又怎麼可能輕易炸開呢？

所以，空間裂縫的事從頭到尾都是一場利用人類的自私和貪婪天性的陰謀，偏偏，人類絕大多數的混亂組織、極少數的國家上層還覺得自己占了大便宜。

風鳴深吸口氣：「正因為有那樣的傢伙在，我才更要過去啊。朱雀和玄武兩位神獸還可以和他們理智地談條件、談合作，這巨大陰謀背後的禍首，怎麼看都不是會講道理的。對付這樣的存在，也只能硬碰硬了。不然只要他們還存在，這場陰謀就不會結束。作為一個地球人，我無論如何也不能看著這陰謀得逞啊。」

那可是數十萬，甚至上百萬生靈的性命。

羅老爺子和墨嘯看著風鳴，好一會兒才隔空拍了拍風鳴的腦袋：「好小子，有志氣！既然這樣，爺爺我就再送你一點寶貝去保命、幹架吧！怎麼說也得讓那些傻子知道，這邊的世界裡不光有柔弱的人類，還有我們這些活了很久的老妖精守著呢！」

人參老爺子這樣說著，揮袖甩出了一堆小蘿蔔乾，然後站起來轉身就走：「我再去聯絡其他幾個祕境裡的老東西們，都到了這種時候，怎麼樣也該出一份力才對，不然天道都會拿雷劈死他們。」

風鳴看著風風火火的美人老爺子目瞪口呆。

墨嘯也拿出了一件閃著靈光的黑色軟甲：「保命要緊。我玉簡中的劍法和掌法，你學熟了？」

風鳴點頭。

墨嘯高冷地點了點頭：「如此，便有一戰之力。」

而後墨嘯看了一眼后熠，雖然沒說話，卻手指一點，點在他的眉心。

等了足足兩個小時，羅美人老爺子又拿著四樣東西過來了。

把這些東西一股腦地扔給風鳴後，羅老爺子一指湖底：「去吧！這邊的空間裂縫爺爺會一直幫你開著，打得過就往死裡打，打不過就回來補充靈氣，休息一兩天再繼續，我不信搞不死那些神經病！」

風鳴看著手裡的一副眼鏡、一個口罩、一頂小蘑菇帽子和一個小鏡子，沉默。

要不是這四樣東西有驚人的靈力波動，他都以為老爺子是要耍他了。

現在，他就戴著蘑菇帽、眼鏡和口罩，懷裡揣著小鏡子去打怪獸了？

總覺得哪裡不對。

第四章　拉開帷幕

就算這些裝備看起來不像是正經裝備，風鳴還是在眾人的圍觀之下，老老實實地把所有裝備都穿到身上。

先是把黑色軟甲套進靈能總部為他特製的靈能衣裡，又把那面小鏡子掛到胸前。

根據人參老爺子的解說，這面小鏡子是可以在關鍵時候反射攻擊的，而且反射的力量幾乎沒有上限，是某個成了精的山神最為寶貴，整整打磨了上萬年的寶貝。要不是因為欠了人參老爺子人情，這次的事又直接關係到地球世界的存亡，那位山神大人是絕對不會把自己的寶貝讓出來的。

心口通常是致命一擊最常見的位置，所以這個小鏡子就放在這裡了。

然後就是蘑菇帽、眼鏡和口罩。

眼鏡可以看透所有幻境和魔障，口罩可以遮罩所有毒氣和大部分的魔氣。至於那個帶著粉色點點的蘑菇帽，則可以抵擋所有精神和意念的攻擊。綜合看來，這套裝備可是比在西方地獄東拼西湊成的裝備好多了。

風鳴覺得可能是心理作用，他穿上這一身裝備之後，都覺得很有力氣去和朱鴻、玄晙幹架了，不用說他要打的人其實是黑虎和玄蛇。

都不用風鳴用腦子猜，他有九成肯定在四象世界裡搞事的就是玄蛇和黑虎兩個傢伙。尤其是當他從人參老爺子那裡得知自己的血對擴大和穩固空間裂縫有增益作用的時候，他就知道那天那兩個傢伙為什麼會一言不合就開打，還用召喚獸狠狠地咬了他的後背。

也不知道玄蛇和黑虎這樣做，朱雀和玄武他們兩個知不知道。

風鳴覺得那兩個傢伙應該不知道，他們把所有精力都放在如何拯救那方世界的生靈和打開臨時通道的事情上了。

不過，或許他們也有察覺這兩個人並不忠心，但他們需要的也只是這兩個人暫時頂替青龍和白虎的位子，撐著四象天地，其他的也沒有什麼要求了。

高傲的人很難去注意那些他們不甚在意的小角色會做出什麼事情，他們的力量高出那些小角色太多，不需要去關注和考慮他們，但很多事情，最終的結局好壞卻都是由那些小角色們決定的。

風鳴決定這次去到那個世界之後，要直接把玄蛇和黑虎做的事情告訴朱鴻和玄晙，那兩個人若是直接處置了反派就算了，要是他們兩個不動手，那他就要自己找機會動手，滅了那兩個反派。

就像人參老爺子說的，打不過他還能跑，玄蛇和黑虎再厲害，也到不了這方世界。而且，空間之力除了逃跑之外，實在很適合偷襲，就不信磨不死他們。

於是風鳴就穿著一身可愛版防護服（？）進入了天池池底。

之前被他封起來的空間裂縫又被他再次打開了，他調動了全身的空間之力和另一個世界的空間波動相合，而後周圍的空間開始扭曲，整個人的身影也變得模糊。

后熠的雙眼一直死死盯著風鳴。

在風鳴身形消失的那一瞬間，他身如閃電一般衝上去抓住了風鳴的手，之後在風鳴的驚怒聲中和他一起消失在天池的池底。

「我靠！后熠這是幹什麼？為了追老婆，連命都不要了嗎？」白虎組的馮常隊長一個沒忍住，把自己的心裡話說了出來。

旁邊玄武組的胡霸天卻面帶佩服地點了點頭：「還是后熠這小子夠爺們兒啊。我之前就一直想說了，那個世界裡那麼多狡猾又強大的對手，就算是風鳴那小子穿上了頂級的裝備，也不見得能夠一個人幹翻他們一群啊。別說后熠了，我都想跟著他去那個世界裡狠狠幹一架。真把我們地球的人當做弱雞和智障了嗎？

不過后熠沒有掌握空間之力，他強行跟過去，會不會受到兩個世界的排斥或者攻擊？嘖，希望他不要受太重的傷。」

相比馮常和胡霸天的激動驚訝，池底的另外三人卻都一臉淡定的模樣。

人參老爺子看著那條裂縫，嘖嘖兩聲，然後瞪了一眼旁邊的墨嘯：「你肯定又幫他出歪招了。是不是覺得他那樣子像極了年輕時特別魯莽的你啊？」

墨嘯聽到這番話，竟然微微笑了起來：「他可沒我聰明，也沒我厲害。」

池霄：「……」不，其實在自我欣賞這點上，你們兩個還是很像的。

§

四象世界——

風鳴出現在那潭池水的潭底時，嘴裡的驚怒之聲都還沒說完呢。不過當他看到臉色蒼白、七孔流血的后熠的時候，所有口吐芬芳的問候都被他憋進了肚子裡，二話不說就帶著人上岸，然後開始仔仔細細地檢查作死的男朋友的情況。

好在男朋友皮糙肉厚、天生欠揍，雖然身體上出現了被空間之力攻擊的一些紅痕青紫，卻沒有出血和內傷，他七孔流血從某一方面來說，也是一種身體的自保和自我調節。總之因為肉身強大的緣故，他還真的跟過來了。

風鳴看著此時躺在地上對自己咧嘴笑的男人，回了一個更燦爛的笑容，上手就是一頓揍。把那個人的俊臉打成了豬頭之後，才黑著臉問：「帥哥，下次還作死嗎？」

沒有了俊臉的后隊一點都不猶豫地點頭。

在后熠以為自己還會迎來一頓狂風暴雨的暴揍的時候，卻感覺到唇上被人輕輕地觸碰了一下。

然後，他得到了一個深情的吻。

后熠覺得這時候就算自己掛了，也可能不會有遺憾。當然遺憾還是有的，但怕要等到這場大戰結束之後才能圓滿了。

后隊正想著他的圓滿，就被親完就扔了。

因為風鳴已經開始感應這方世界的空間波動，尋找他要偷襲搞死的那兩個偽神獸了。后熠也在這個時候坐起來，一邊幫自家的小鳥警戒放風，一邊吸收著這方世界混沌魔氣的力量。

墨嘯之前給他的覺醒血脈之法，他已經使用過了，他選擇了混沌魔氣作為刺激血脈覺醒的力量來源。雖然痛苦又易生心魔，但好就好在他體內的力量至剛至陽，對混沌魔氣的力量有所克制，他才能順利使用那種方法，並且讓他的血脈覺醒到了一半的程度。

他接觸到了更高一層的力量門檻，彷彿體內有一扇緊關著力量的大門被他發現，並被他輕輕推開了一道縫隙。

后熠甚至有種預感，等到他能徹底推開力量海的那扇門、吸收掉所有的力量、覺醒全部血脈的時候，那曾經只在神話傳說中出現過的「箭射九日」的壯闊畫面或許就能在他的手中再次上演。

只是他這個想法也有點遠了，不知何時他才能到達那個地步。

后熠瘋狂吸收和轉化著這方世界內的混沌魔氣，眼神也由最初的清明慢慢變得冷厲，甚至是瘋狂。在即將到達臨界點的時候，他悶哼一聲，停止吸收混沌魔氣，一動也不動地盯著在他面前的風鳴，原本有些危險的眼神卻漸漸變得專注又柔和。

在這個時候，風鳴忽然睜開了眼睛。

「我『看』到玄蛇和黑虎他們了。果然不是什麼好東西，他們竟然在一處非常大的空間裂縫旁，那裡除了他們，居然還有幾百個半魔化的妖魔，你一定想不到他們正在幹嘛。」風鳴的聲音很冷：「他們在那個地方對空間裂縫扔紅色的石頭，那石頭應該就是『生靈精血』的結晶。」

后熠皺起眉：「他們果然就是空間裂縫的主謀？」

風鳴點頭：「我們先休息一下，過一會兒就去打架。」

后熠看著手中慢慢凝結出來，那支圍繞著一層淡淡黑色魔氣的金色小箭，笑了。

玄蛇和黑虎正在他們選定最有可能變為通道的三處裂縫之一，看著那些妖魔們用生靈精血消磨空間壁壘、擴大這條裂縫。

忽然之間，玄蛇露出了一個不怎麼好的表情。

「我突然覺得很不安，彷彿有大凶之事將要降臨的預感。」

黑虎聽到他的話，皺起眉頭：「這方世界至少還有一個月的壽命，不至於現在便傾塌。等等，我忽然也有些不太好的感覺。不是天之將傾，而是——」

他的話音還沒落下，臉色倏然大變。

在輕微的空間波動扭曲之後，數道紫色的雷霆憑空落下，直指玄蛇、黑虎，那破邪純淨之力讓兩人面色大變，卻無懼色。

黑虎硬抗下一記雷霆，嘴角溢出一絲鮮血，「小賊好大的膽子！本座正愁找不到你，你就自己送上門來了！」

那道雷霆的速度太快，玄蛇也沒有躲開，不過他召喚出了自己的那條黑色靈蛇，幫他擋了一記落雷。

他原本以為這小子的主要力量是空間之力，就算有雷霆之力也不可能太厲害，結果那條黑色靈蛇在挨了一記雷霆之後，竟然繃直了身體，瞬間死了！這讓玄蛇驚怒至極。

風鳴看著那條咬了他後背、偷走他血液的黑色長蟲死了，恨不得大笑。

「讓你放蛇咬老子，不知道老子的血自帶詛咒，吸了都得死嗎？」

玄蛇和黑虎怒氣勃發，同時攻向了風鳴。

兩人的注意力全在風鳴身上，都沒有注意到身在不遠處的枯木林中，雙眼如鷹、目光如電的射日者。

他手中纏繞著混沌魔氣的弓弦繃緊，倏然放開，兩支覆蓋著黑色花紋的金箭直射而出。

后熠看著那兩支如鬼魅般的箭，緩緩開口：「魔神之箭。」

玄蛇和黑虎作為四象世界能暫時頂替青龍和白虎的存在，兩人所擁有的力量之強，不是任何一個普通生靈可以應對的。在他們的世界中，玄蛇和黑虎也不是沒有人反對和質疑，但最終他們都被那兩人用實力打敗了。

除了朱雀和玄武，他們在這方世界裡難找到敵手，因此哪怕是對風鳴的力量最為懷疑和忌憚的玄蛇，也並不認為風鳴一個人能在他和黑虎的雙重攻擊下全身而退。

就像黑虎所說，他們這兩天正在尋找和關注著風鳴的動向，準備在風鳴一來到這個世界就突擊他，不讓他破壞他們計畫已久的事。結果他們還沒有去找，風鳴就主動送上門來了。

在極短的時間內，玄蛇和黑虎對視了一眼，確定這一次無論如何也要把這小子留在這裡的想法，手上的攻擊就越發凌厲。

玄蛇手掌一揮，無數條黑色的靈蛇從他身後冒出。仔細看，那並不是真的數不清的靈蛇，而是由黑色混沌魔氣形成，栩栩如生、帶著邪惡力量的攻擊方式。即便這樣，這個攻擊展現出的鋪天蓋地的聲勢也讓人看得頭皮發麻。

風鳴看著那滿天布滿視野的黑色、各式各樣的黑色蛇群，整個人都不好了。

他有輕微的密集恐懼症好嗎？而且在多足動物和無足動物之間選的話，他一定會覺得無足動物更討厭啊！

想也不想，風鳴也放了大招。他可是水陸空三棲王牌混血，而且不論是群攻還是單攻，他都拿得出手好嗎？這些漫天的黑色蛇類看起來確實特別討厭，但是他們能比后熠巴亂射的箭多嗎？那些箭最小的可是比手指還細。

對付這些邪碎的東西，果然需要一陣狂雷清場。所以風鳴沒有躲開玄蛇的攻擊，而是在體內醞釀著一波狂雷的力量。

此時黑虎手中也多了一柄看起來威風凜凜的長刀，那刀刃只對著風鳴的心口而來，帶著鋪天蓋地的威煞之氣。

眼看這兩人的攻擊就要到風鳴的身上，玄蛇和黑虎忍不住露出了一絲冷笑。這小子怕也沒經過什麼大戰鬥，碰到這樣的畫面就被嚇得不敢走了，果然他們還是高估了這個小子的力量。

然而，冷笑剛浮現在他們臉上，一種極其可怕的危險感瞬間遍布了他們全身！兩人好歹也是活了數萬年的大妖，對於這種本能的危險感下意識就有了反應，選擇當即撤掉大部分攻擊，化為靈力屏障保護自己。

黑虎動了動耳朵，聽到了從身後悄無聲息而來的一絲破空聲——在要用刀刺入風鳴的心口還是揮刀防禦之間頓了片刻，咬牙憑空強移了他的身形，手上的攻擊更狠地往風鳴而去！

不過是某種暗器而已，只要躲開就行。但那個小子少有這種不知所措、適合攻擊的時候，只需要一刀，他就可以把那小子徹底了結了！

黑虎想得很好，後續發展的結果卻幾乎讓他送了性命！

風鳴在他的長刀即將觸碰到心口的時候竟然冷笑一聲，消失得徹底，而他認為只需要躲開就可以的暗器卻像附骨之蛆一般，在他強行移動位置後跟著他一同轉移，最終直直地沒入他的後心！

在那一瞬間，黑虎之前的驚懼之感更加明顯，甚至還多了一種自己即將隕落的可怕預感。黑虎終於不敢再拖沓，運起全身的靈力，要強行逼出那支沒入他體內的暗器。

然而，已經遲了。

黑虎無比震驚地發現沒入他體內的暗器竟然在體內化作一條金色帶著黑色花紋的小龍，瘋狂吸收和絞碎著他體內的力量！那條小龍每在他的體內遊轉一圈就增大一圈，不過是幾息之間，便已經增大到了一種可怕的地步。

黑虎嚇得聲音都變了調：「是誰？是誰在暗算我！你可知道你在幫的是我們所有人的敵人！你是哪一族的人！」

然而，后羿和風鳴都沒有搭理他們。后羿射出那兩箭之後力量被清空一大半，自然不會在這時候出來，風鳴就在這個時候乘勝追擊。

他不管基本上控制住后羿的魔神之劍的玄蛇，手中凝聚出一把被雷電包裹著的冰劍，狂風暴雨般地攻擊黑虎，讓他沒有辦法控制體內的力量，消滅后羿放出來的冷箭力量。

后羿的這兩支魔神之箭凝結了他體內大半的混沌之力和至陽罡氣，如果能像玄蛇那樣在第一時間竭盡全力防禦，頂多也只是難纏了一些，但對他們兩個萬年大妖來說卻不至於一箭就能夠滅殺他們。

然而，這一箭和后羿之前那些至剛至陽的箭是完全不同的類型，它雖能破魔，但因為是混沌魔氣煉化而成的箭矢，本身也具有可怕的吞噬、汙染之力。黑虎沒有在第一時間防禦這支暗箭，於是混沌之力和罡氣便進入了他的體內，開始吸收和破壞他體內的力量。這支魔箭在黑虎體內存在的時間越久，就會越難以拔除和消滅，最終這支魔箭得到了足夠的力量，就會直接破體而出，成為一支蘊含著可怕力量的血魔箭！

如果真的讓這支箭成了血魔箭，那它破體而出的時候，黑虎不死也會重傷。假若黑虎僥倖未死，那后熠可以控制這支血魔箭，在即將破體的時候自爆。到時候哪怕黑虎擁有再強大的力量，最終的結果也是九死無生。

黑虎很快就意識到了這一點，所以他的臉色變得更加難看。因為之前他和玄蛇在這方世界中勝利得太多，得意太久，總認為除了朱鴻和玄晙之外，無人是他們的對手，以至於即便面對著風鳴和偷襲的冷箭，他也沒有多在意。

然而，他那除了神獸之外再無任何人是他對手的意識，也不過是在這一片即將崩壞毀滅的天地之內。

天地將崩，這方世界裡還有多少生靈會努力修煉、尋求更強大的自身？就算是強大如朱鴻和玄晙兩人，不也是被困在這方天地中，進退不得嗎？所以，比起取得強大的力量，更多大妖所想的是如何延續血脈和求得一線生機，也讓黑虎和玄蛇高估了他們的強大。

不，應該說他們錯估了風鳴和后熠，這兩個來自那靈氣初生之世界的「孩子」和「初級血脈」的強大。

黑虎心中後悔，想著即便要捨棄體內的一部分力量和精血，也要把那支「暗箭」拔出來。

然而，像瘋了一般對他攻擊的風鳴不給他時間這麼做，這小子就像一個戰鬥瘋子，越打越狠，越打越讓他不得不分出大部分的心神，去應對他的攻擊。

在這種情況下，黑虎體內的那支魔箭又漲大了好幾圈，讓黑虎心中不好的感覺愈發明顯。

終於，在風鳴的攻擊又一次打斷他自救的時候，這位大妖憤怒咆哮起來。

「小子，你惹怒我了！！」

他這樣說著，身體開始瘋狂地生長變大，最終顯露出了自己本體最可怕的樣貌——那是一頭額上有第三隻眼，身形像一座巨山的可怕凶獸！

風鳴的漫天雷霆和冰刃打在這隻巨獸的身上，竟然都像在幫牠撓癢一般。那頭巨獸用森冷的紅色眸子看了風鳴一眼，只不過是揮出一掌，那掌風夾雜著金石之力，讓風鳴感受到了極為可怕的壓力。

好在他閃得很快，不然被那一掌打中，不死也得半殘。

風鳴這才不得不承認這些上古巨獸都有可怕之處，他此時在這巨大的黑虎面前，就像是一隻小蒼蠅。更重要的是，那頭黑虎額頭上的第三隻眼睛突然對他釋放出金色夾雜著灰色的光芒，這道光的速度太快，他都無法瞬移。那一瞬間，他的耳邊和眼前出現了可怕的幻境，且看不清周圍的景象。好在眼鏡和小蘑菇帽散發出了平和的靈力波動，他只是面色蒼白了片刻，就繼續行動自如了。

這個時候，變為原型的黑虎更加焦急了。終於，他忍不住咆哮一聲，呼喊玄蛇。

「玄蛇！幫我殺了他！」

他需要儘快拔出體內那支越來越可怕的箭！

在玄蛇陰沉著臉，也動真格地追擊風鳴的時候，靈山之上，朱鴻和玄晙終於站起，化作一道流光而來。

他們平日不管黑虎和玄蛇的作為，但先是一片狂雷在那片天空出現，而後又是黑虎的原形咆哮，難不成是哪方隱世大妖又出世了？

然而，等他們到了那被魔氣侵染的地方，所見到的畫面卻讓他們面色陡然變得冰冷銳利。

相比又突然出現在這方世界、和玄蛇打在一起的風鳴，讓玄晙和朱鴻更加在意的是這片區域的半空中，那散發著濃郁血腥之氣的空間裂縫！

此時，玄蛇心中驚怒懊悔到了極點！

大意了！！

風鳴和后熠的突襲完全不在玄蛇和黑虎的意料之中，更讓玄蛇沒想到的，是這兩個在他們眼中掀不起什麼大浪的必死之人，竟然能逼得黑虎顯露出真身，從而把朱鴻和玄晙引到這個地方來，直接打亂了他們所有的計畫。

玄蛇在朱鴻和玄晙出現的瞬間心中大駭，不管他和黑虎平常再怎麼不把那兩個神獸當一回事，覺得他們除了每日拯救生靈、支撐天地、研究控制混沌魔氣的方法之外不會其他的東西，但真正面對他們兩人的時候，那種在骨子裡的畏懼之感才是更真實的。

幾乎沒有任何猶豫，玄蛇放棄了正在和他戰鬥的風鳴。他甚至沒有機會去管時不時放冷箭偷襲他的后熠，只是面色非常可惜地看了看那巨大的空間裂縫，又用無比陰毒的眼神看了風鳴一眼，之後整個人的身形竟然開始變淡，像要直接跑路一樣。

風鳴沒想到玄蛇會在這個時候退縮，突然之下倒是來不及行動，只能看著他的身形越來越淡。只是朱鴻和玄晙不覺得來不及，在第一時間動了手。

朱鴻冷笑一聲，手中揮出一片赤紅的火焰。火焰憑空出現在玄蛇虛影的周圍，然後快速化為紅色的囚籠，想把玄蛇鎖在當場。那片火焰比起當初困住風鳴的火焰還熾熱鮮紅幾分，光是站在旁邊，風鳴就感受到了裹挾著天地毀滅之力的可怕火焰力量。

玄晙的注意力則在那個身形巨大、不斷咆哮著的黑色巨虎身上。他幾乎是一眼就看出了黑虎此時的狀況不對，不過他也沒手軟。大袖中拋出一片淡青色的光暈，那巨大的黑虎就被更龐大的青光罩住了。隨著青色光罩一點一點變小，巨大如山的妖獸也跟著一點一點變小了。

風鳴注意到黑虎巨大的眼瞳中流露出驚怒和無比懊惱的神色。想來黑虎也是和玄蛇一樣想直接逃離這個地方的，但因為有后熠那支力量詭異的魔神之箭在體內挾制著他，如果想要活命，就必須把那支魔箭從體內驅除出來，他沒有精力再躲避、破壞這力量強大的青色光罩了，所以在活命和被抓之間，黑虎不管再怎麼不甘，也只能選擇後者。

至少現在這方天地還沒有崩塌，打開臨時通道、送走那數十萬的生靈也需要四象的支撐。朱鴻和玄晙無論如何都找不到能替代青龍和白虎的大妖了，所以就算朱鴻、玄晙發現他們兩個背地裡做的事情，再怎麼惱怒憤恨，也不會在這個時候殺了他們。

只要活著，就有機會！

顯然黑虎想的沒有錯。即便是看到了巨大的空間裂縫，朱鴻和玄晙想到了什麼讓他們無比憤怒的可能，他們兩個也不能在這個時候直接殺死玄蛇和黑虎。從兩人怒而出手都不是殺招，而是困招，就能證明他們心中的顧慮。

最終黑虎被那越來越小的青色光罩控制，也變得越來越小，幾乎變成了一隻巴掌大的黑色幼貓大小，罩在他身上的青色光罩也變成了一個如玉雕一樣的瑩潤龜殼，上面閃著十分玄妙的紋路。

黑虎被抓之後低低地咆哮了幾聲，突然痛吼一聲，從後背處逼出了一根帶著黑色花紋的金色箭矢。因為黑虎本身變成了巴掌大小的樣子，那根有著黑色花紋的金色小箭也就變得細小如針。

玄晙在第一時間就發現了那根像金針一樣的小箭，他感受到那箭上帶著的精血之氣、混沌魔氣以及破魔至陽之力，臉上的表情倒是有幾分意外。

不等他說什麼，那邊卻傳來了朱鴻的暴怒之聲：「夠狠！」

他眉頭一皺，出現在朱鴻身邊，看到他手中的火焰鳥籠中，那個翻了肚皮的黑色小蛇。

比起一步錯步步錯的黑虎，玄蛇顯然更有決斷，甚至是幾分運氣。他在風鳴突然的偷襲攻擊之中，在每一個關鍵之處都做出了最正確的決定，包括這一次也是一樣——即便那赤紅的火焰帶著極其強大的力量，強行反抗、掙脫必然會受到重創，但玄蛇寧願拼著重傷，也不願意被抓。

只要他還在外面、只要他還活著，籌謀的事情就算意外被發現，不到最後都不成定局！一旦被抓住，即便不死也是籠中之鳥，再無選擇可言。

所以玄蛇最終還是逃脫了，他噴出一大口青色的精血在赤紅的火焰之上。凰鳴聽到了一聲極為痛苦的嘶鳴之聲後，玄蛇的身影徹底消失不見，而那由火焰形成的精緻囚籠中只剩下一條翻肚的黑色小蛇。

「……這是玄蛇的本命魂獸之一。」

朱鴻的聲音沉沉，整個人的氣勢在這時變得非常恐怖，甚至還帶著幾分邪惡。

「他為了逃跑，也是下了血本。」

玄晙見他這一副又要發病的模樣，伸手握住了他的手，「此人狡詐至極，你我不是不知。選他不過是因為他的力量足夠，血脈中多多少少和青龍有些關聯，能夠支撐這方天地而已，不值得在意。只是沒想到他的野心如此之大，膽子也如此之大，竟還籌謀著以血祭萬靈的方式破開空間壁壘。」

朱鴻面色陰沉：「就該一開始把他和黑虎做成靈柱，等臨時通道開啟後直接祭天的。都是你太過仁慈，我一早就說過不該給他們如此大的自由，全部圈起來，然後全部扔出去就好。」

玄晙看著樣子越來越邪性的朱鴻，忍不住想要苦笑，握著他的手源源不斷地傳出清明之力，心中也有些疲憊。

他們所做之事本就無法得一個圓滿，作為這一世界的四方神獸，能保全生靈、取得一線生機就已經是在和世界的意識相抗衡。他們的力量取於天地，自然也隨天地興亡而強盛衰弱。現在的他和朱鴻已然是強弩之末，這樣的情況下，他們要一邊維持生靈不完全被混沌魔氣侵染，還要尋找破開空間壁壘之法，還要說服絕大部分的生靈放棄生的希望，為後代血脈讓路，這麼多的事情壓在頭上，已經相當疲憊。所以哪怕知道玄蛇和黑虎並無澄澈之心，甚至不甘心在最後為了希望而死，但他們管不了那麼多了。

現在的這個局面已經是他和朱鴻盡最大的努力挽回的了，再多的，他們就算是神，也很難顧全。

偏偏在這種情況下，朱鴻被魔氣侵染的跡象越來越明顯，心性越來越難控制。五色石還沒有修補好，臨時空間通道還沒打開，甚至還有很多妖獸、魔獸不願意認命留下來，饒是玄晙心性堅如磐石，此時也生出了末路之感。

「阿泓，話不能這麼說。即便是挽救生靈，也該詢問他們本身的意願和想法，也不該用強制的手段替他們決定什麼，你又說氣話了。」

朱鴻聽到這番話，眼珠更紅了一分，「嗤，詢問他們的意願和想法？他們會表面上贊同你的決定，老老實實，但等臨時的空間通道打開，他們就會不顧一切，說翻臉就翻臉。這方世界裡的生靈不都是如此嗎？你存在了這麼久，還不知道他們那貪得無厭、虛偽自私的嘴臉？若不是他們如此不堪，不知好歹，你我四象和這方世界又怎麼會變為如今的模樣？

玄晙！你就是太過仁慈！為何要和他們講理？本君送他們一條生路，已是最大的仁慈，他們還想妄想什麼！」

眼看朱鴻神色越冷，甚至周身都開始釋放強大的靈壓，玄晙的心中陡然一跳。

「阿泓！！生死輪迴有始有終！世界如此，宇宙如此，沒有永恆！你入魔了！快醒醒！」

玄晙手中的青色靈力加大，輸送給朱鴻，另一隻手上青玉的龜殼依然被他緊握著。

這是最壞的情況，朱鴻本就嫉惡如仇、性如烈火，為了那些生靈，他吸取了太多的混沌魔氣。原本他以為阿泓可以撐到最後，可顯然，玄蛇和黑虎的事情、許多大妖對臨時通道不明確的態度刺激到了他，他快要入魔了。

若是朱雀入魔，這方天地的生靈們怕是真的沒有一絲活路了。

就在玄晙心中做了最壞的打算的時候，天空之中忽然聚起了層層雷雲。

風鳴緊緊抓著后熠的手，片刻之後，那雷雲之下顯現出金銀雙色交纏的閃電，直劈上半空中要顯露出真身的神獸朱雀！

轟！

一聲驚雷落下，人身不穩的朱鴻猛地被從頭劈到了腳，在玄晙可怕的眼神看過來之前，剛剛還滿身魔氣邪性的朱鴻瞬間炸了一頭的紅髮。

「你吃了雄心豹子膽，敢雷劈本君！！敢和本君打上一場嗎！！！」

玄晙看著朱鴻氣炸了的模樣，片刻之後低低地笑了起來。

剛剛那道天雷之力，破魔、誅邪、淨心，他該感謝那兩個小朋友。

風鳴和朱鴻最終還是沒有打上一場，其實就是沒有幹架成功，畢竟比起看不順眼的人互相打一架，他們還有更加重要的事情要去做。

黑虎被抓，但玄蛇逃脫了。

就算玄蛇已經受了重傷，但在這方廢棄荒蕪的世界中，想要再抓到他也會是一件非常耗時耗力的事情，很有可能在天地崩塌之前，他們都沒有辦法抓到玄蛇。

風鳴提出了自己可以在空間中搜索玄蛇的靈力波動，再偷襲他的想法。

朱鴻卻在這時冷笑了一聲：「你以為同樣的攻擊可以對他奏效？這次你和這個箭人能偷襲成功，就是因為他們沒有一點防備。但有了這次慘痛的結果，玄蛇自然不可能讓你再偷襲他。別以為你掌控了空間之力就無所不能了，上古大妖總有自己的保命之法和攻擊祕術，這是你這個活不到百年的小孩不能理解的。

而且現在抓不抓玄蛇不是重點。既然你已經來了，那就幫我們修復五色石，然後直接開啟臨時空間通道吧。這方世界撐不了多久了，我和玄晙也不想再等下去了。」

風鳴聽出了隱藏的意思，看著這個如烈火一般的人沒有說話。

后熠在這時開口：「兩位和這邊的生靈大妖們商量好了嗎？根據我們這邊的測算，風鳴拚盡全力構架出來的臨時通道最多只能持續一天的時間，甚至還不到一天。在這一天的時間內，你們能送出多少妖獸和靈能者我們都會接受，並把他們妥善安置。但除此之外，我們不會再給你們任何保證。而且，在臨時空間通道破碎之後，兩位答應我們的事情還請不要食言毀約，努力去做。」

這是人參老爺子提出的救世方法，需要四象獻祭自己、消弭世界意識，才能阻止世界意識在臨死前吞噬地球的瘋狂行為。

風鳴上一次和他們兩人談判的時候就提出了這樣的條件，朱鴻和玄畯兩人也同樣如上一次那般，沒有任何遲疑地開口：

「這是自然。只要你們能讓大部分的生靈孩子逃離，我們不會違背承諾。」

在這件事情上，風鳴和朱鴻玄畯沒簽訂任何契約，只是口頭的互相承諾保證而已。並不是他們都非常相信對方，而是一方的世界將崩、意識將消亡的情況下，所有契約都是無效的。

從另一方面來說，這只能看約定雙方的「品性」如何了。

好在目前為止，雖然風鳴對那兩位神獸並不是很喜歡，但還算相信他們的品性。因為如果換位思考，他本身是真的不太可能做到這種程度。

風鳴收斂了思緒，又提出一個問題：「你們和那些大妖商量好了嗎？他們真的都同意讓自己的後代或者血脈逃離，自己死在這個地方？會不會在我開闢通道之後，他們就不管不顧地直接衝出通道，去禍害我們的世界？」

朱鴻這次卻沒有給出篤定的回答。

玄晙道：「有了靈智，便會有求生的渴望，這是生靈的本能。我們不會太過苛責，但同樣也不會因為他們的渴望就改變什麼，能夠做到這一步，已經是相對而言的好結局了。大多數的大妖們都同意了這種方法，並且會在通道開啟的時候主動守在通道周邊，讓那些心性不堅或者還有僥倖心理的生靈不能擾亂規定。若是你堅持的時間夠長，能讓那些孩子全數離開，剩下的時間再由那些生靈自己看天命，是否能離開吧。」

風鳴看了一眼后熠，后熠點點頭。

「在通道開啟的第一時間，我們那方的世界也會有十位靈能者過來維持空間通道的穩定。而且在那一邊會有很多靈能者守衛著，還請兩位主動告知那些孩子和要過去的生靈，到了另一方世界的時候不要輕舉妄動，請服從我們的安排。」

朱鴻沒有說話，玄晙則是輕嘆一聲，點頭：「這是自然，畢竟那裡不是他們的世界。」

然後風鳴和后熠就跟著朱鴻和玄晙回到他們所在的青龍靈山。此時，青龍靈山周圍的景象比風鳴第一次來的時候更昏沉陰暗許多，他還在山頂的園子中看到了那天接待他的熊貓精和狐狸精孩子，但只有牠們兩個出現，其他孩子們已經不見了。而小熊貓精和小狐狸精比起上一次見到牠們，周身的靈氣更加暗淡稀薄，甚至還有黑灰色的混沌魔氣溢出。

風鳴知道這應該是牠們體內的混沌魔氣要贏過靈力的徵兆。

「……那隻小鳥和小烏龜呢？」

風鳴看著這兩個小傢伙忍不住問了一句。

結果小熊貓精像大人一樣嘆了口氣：「牠們撐不住混沌魔氣的影響，再醒著，就會變瘋變傻，所以兩位大人用密法讓牠們沉睡了。等到臨時通道開啟之後，就會由一位大妖叔叔帶著牠們離開。」

風鳴點頭。這倒是一個不錯的方法，能更快地帶走更多幼小的生靈，而且還能保證在一群孩子中有一到兩位守護的大妖，不至於讓這些孩子在幼年期就遭遇危險，在地球上活不下去。

「其實我和胡姬的靈氣也開始不穩了，我們兩個會在這幾天就陷入沉睡的。不過，因為聽大人說是你來了，我們兩個就想出來再看看你。」

熊貓精這樣說著，忽然特別認真地幫風鳴倒了一壺茶。

旁邊的小狐狸精也走到熊貓精的旁邊，兩人凝聚起周身的力量，下一秒就變成了還長著耳朵和尾巴的小男孩和小女孩。

風鳴和后熠都有些驚訝，這兩個小傢伙特別認真恭敬地向風鳴行了九十度的彎腰禮。

「謝謝你，年幼的帝江大人。」

風鳴的滿腔震撼變成了糾結：「什麼？」

小熊貓精看著他：「明明你也只是一個孩子，卻為了幫助我們，要破開空間壁壘。我聽曾祖說過，空間壁壘的力量很強，或許到時候你撐著空間壁壘，就會像在身上扛著好幾座大山一樣難受。雖然這樣……但、但你還是同意幫我們了，我們應該謝謝你。」

小小的男童這樣說著，最後一下子跪到地上。

風鳴一下子就站起來，衝到他面前想要扶他起來，小小的男童和女童固執地跪在那裡，甚至還想要向風鳴磕頭。

「我曾經只揹了一塊大石頭就覺得很累很累、很難受很難受，身上揹著好幾座大山的話，肯定會更加難受。但是、但是我和胡姫懇求你，如果可以堅持，請你多堅持一會兒好嗎？在你覺得到達極限之前，如果能多堅持一會兒，請你就多堅持一會兒，因為多出來的每一瞬，或許就能多救到一個人。這個請求或許有些過分，所以請接受我們的感謝、原諒我們的行為吧，因為我們也……也沒有其他的方法了。」

風鳴看著在他面前哭成狗的兩個小傢伙，忽然覺得自己的心和想要扶他們起來的手臂一樣萬分沉重。

不過，最終他還是把這兩個小傢伙扶了起來，然後聲音很輕，卻清晰地給了他們回答。

「好吧。我答應你們，我會努力多堅持一會兒的。」

風鳴轉身的時候，就看到沉默地站在園子入口的朱鴻和玄晙兩人，以及跟在他們兩人身後的十幾個健壯或蒼老，靈力波動相當可怕的存在。

他們的面容不同，身上的特徵也不同，只是在這個時候，他們看著風鳴的眼神幾乎是相同的。他們無聲、安靜地對風鳴彎了彎腰，又無聲地離開了。

那背影，決然又堅定。

風鳴心想，比起這些主動接受死亡的人，他只是堅持一會兒，也算好多了。

后熠的聲音卻在這時響了起來：「可你並不是這方世界的人，本來就不需要背負這樣的責任、經歷、即將要有的痛苦。」

風鳴卻笑了：「可這個世界和地球息息相關，而我是地球的人啊。」

而且，或許終有一天，地球也會有衰亡的時候吧。他希望那個時候，在地球之上的生靈們也能找到這樣的一線生機，找到願意幫助他們的那些人。

五日之後，風鳴和后熠幫助朱鴻和玄晙修復了五色石。

期間，玄蛇在與青龍山脈相對的枯骨山出現，撕掉了所有面具和偽裝，公開表示不能只有孩子存活，他們也有生存下去的權利，要抓取風鳴、取得帝江血液，開闢永久的空間通道。

四象世界的勢力一分為二。

與此同時，華國靈能研究總部聯合世界其他幾大國家的靈能研究總部，開始瘋狂研究空間毀壞和修復類靈器；世界各地的數千位頂級靈能者則是再次收拾背囊，祕密前往華國長白山祕境。

事關兩方世界存亡未來的終局，即將拉開帷幕。

§

有了風鳴的加入，五色石的修復比朱泓和玄晙設想得快了許多。

畢竟當初是被風鳴用體內的空間之力破壞的，自己修復起來也比較得心應手。

風鳴還有點不太好意思，畢竟當初這顆石頭是他自己親手廢掉大半部分的。不過想想，如果當時他不廢掉這塊石頭，西方的惡魔大軍就會憑著地獄之門湧入地球世界，那也是他絕對不能允許的，所以只能說此一時彼一時，什麼時候做什麼樣的事，就這樣了吧。

五色石算是開啟臨時通道的一個支撐點，有了五色石的支撐，再加上風鳴的空間之力連接兩界的臨時通道，差不多能持續一整天的時間。憑風鳴自己一個人也可以用帝江之力開啟空間通道，但只憑著他自己臨時開的空間通道，存在的時間可能會直接縮短一半。

如果沒有他的幫忙，朱鴻和玄晙想要單用五色石和其他力量開啟臨時通道，那臨時通道存在的時間會更短，最多也撐不過三個小時。所以，這才是朱雀和玄武接受條件的最主要原因。

三個小時實在太短了，短到他們連這一世界的孩子都不一定能完全送出去，有一整天的時間，至少孩子們是可以出去的。

風鳴看著手中那顆綻放著五種不同靈光的石頭，轉頭看向玄晙：「五色石已經修補好了，你們要通過臨時通道的人選準備好了嗎？」

玄晙看著那顆流光溢彩的靈石，神色莫名，之後他像是下定了決心一般點頭：

「三日之後，在小靈泉處開啟空間通道。在這期間，我和朱鴻會再次巡遊一番這方天地，尋找還有理智、存活下來的生靈。期間若是你有什麼事情，可以和犀照說，他會幫你辦妥。若是沒有其他事情，就請務必保護好自己的安全。

玄蛇在枯骨山立了旗，雖然他暫時沒有動作，但在臨時通道開啟的時候，他一定會率領眾多不甘心的大妖前來作亂。無論是想要占據臨時通道還是趁亂通過臨時通道、進入地球，他們光腳的不怕穿鞋的，在行動上一定會無所不用其極。如果能在臨時通道開啟之前抓到你，他們會更加方便。雖然你住在青龍靈山上，我們也不能完全保證你的安全。」

玄晙的聲音有些低沉，語氣卻相當誠懇：「此時正當亂時，我們也無法做到面面俱到，還請諒解並且保護好自己。」

風鳴倒是不怎麼在意：「你們有更重要的事情要做，就不用管我。我也不是隨隨便便就會被抓到的弱雞，而且我也不是自己一個人在這裡。我就在這裡老老實實地等三天，他們要是願意來給我送菜，那我也不會拒絕的。」

他孤身一人都敢往這個世界裡闖，更別說現在后熠還在他身邊。別說玄蛇派人來偷襲抓他了，他甚至在想這三天要不要找個時機，去偷襲一下玄蛇那邊的人。

這時候跟著玄蛇的傢伙，無一例外都是他們人類和地球的敵人。對待敵人就不需要講什麼手段和方法了，只要有效就行。

朱鴻和玄晙看到風鳴很是自然的樣子和眼中一閃而過的算計表情，多少都猜到了他可能不會安分待著。不過他們也不會管這小子，只要他自己心中有數就行。

到了現在，所有的一切都為了三天之後的臨時通道而讓道，他們也要去做四象最應該做的事情了。

於是在青龍山的山頂之上，風鳴和后熠看著朱鴻和玄畯淩空而起。在他們兩人身後陡然顯現出一紅一青巨大的四象虛影——渾身烈焰，幾乎燒掉半邊天空的朱雀，以及帶動了天地水靈的青黑色玄武，只是這樣遠遠看著，便讓人心生崇敬拜服之感。

巨大的朱雀仰天長鳴一聲，直飛向了西南的無邊黑暗區域。而青黑色的玄武伸長了脖子，抬起牠粗壯的四肢往東北無邊的黑暗而去。

他們顯現本象，就是為了要讓那些在黑暗中掙扎的生靈們能更清楚地看到他們，並且向他們發出求救之聲。雖然到了此時，這方天地的黑暗中還存有理智的生靈已經接近於無，但只要還有一個正在掙扎並保持清醒的生靈，那都值得他們在最後拉一把。即便這麼做會讓他們的本源之力再次減少削弱幾分，但他們兩人並不後悔。

玄蛇站在枯骨山上，看著天空中那巨大的兩個虛影離開，神色有一瞬間的複雜難明。

他其實也是受到這兩位大人的恩澤才能存活至今的，按理說，他不應該做出如此背叛的小人之事。但是啊，他無論如何都無法做到像兩位大人那樣心懷天地和萬物生靈，他更在意的是自己的小命、自己的榮辱、自己的未來。

如果他能活著，他一定會努力記住兩位大人的恩澤，並且成為他們忠誠的屬下。可這兩位大人卻偏偏要讓他去死，還是自我獻祭那種連神魂都直接泯滅，無法轉世的死法。

這種結局就不是他能接受的了，他一點都不想死，他想要活著。

他還沒有體驗到更高一層的力量和權力的滋味，還沒有讓自己的族群繁盛昌榮，還有許多許多的東西都沒有享受到，怎麼能就這樣死了呢？

所以無論如何他都要活下去，那些孩子和生靈們和他沒有任何關係，憑什麼要為了他們而犧牲自己呢？

甚至於另一個名為地球的世界。

他知道強行破開通道，會讓那個世界受到混沌魔氣的侵染，加速衰落，但這又有什麼關係呢？或許到那個時候，他已經具有更強大的力量，擁有了破開空間、直達寰宇之力，到那個時候即便是世界也無法再限制他了。

所以，沒有什麼好猶豫的。

「人不為己，天誅地滅。」

玄蛇神色平淡地說出這一句話，同時轉過身，看向身後的十位善於偷襲和隱匿的大妖：

「拜託諸位走一趟了。此次偷襲只需要取到那小子的血或者拿到五色石，我們就多了一條退路。之前我們想要用生靈之血強開空間通道的方法已行不通，臨時通道一旦開啟再關閉，這方世界必然崩毀。所以，我們必須要從臨時通道中過去。

有了五色石或者帝江之血，我們進入臨時通道的可能就會大大增加。若是不能傷到那個帝江小子也沒有關係，多殺掉一些孩子和那些冥頑不化的老東西們，也能為我們三日後的行動增加幾分力量。總之，各位可以去動動筋骨，但還是以自身的安全為重。」

那十位大妖一個個都露出了笑容：「這是自然。不過就是一個帝江和鯤鵬血脈的混血孩子而已，即便抓不住他，想要取他的血液也是輕而易舉的事。」

然後，這十位大妖就身形一閃便消失不見了。

玄蛇瞇起了眼。

希望他們真的能重傷那個帝江男孩，拿到他的血液，這樣他降臨的可能就更大了幾分。

但那小子不是省油的燈，若是失敗了？

玄蛇冷笑。

失敗了就失敗了，他還有其他方法，總能通過那條臨時通道的。

此時，風鳴正在小靈泉旁觀察這邊的空間波動。

這個小靈泉泉底就是聯通長白山祕境天池的地方。三日之後，他就會用五色石在這裡開啟臨時通道。到時候他或許要改一改位置，把通道從泉底拉到水面。

「也不知道那邊準備好了沒有？」

風鳴問后熠。后熠手中浮現一把纏繞著黑色花紋的金色長弓，同時顯現出十支帶著黑色花紋的長箭，一邊拉開弓弦一邊回答：「通道打開之後，池霄和胡霸天他們就會過來，到時候自然會和我們說那邊準備了什麼。」

當他最後一個字落下的時候，十支長箭也瞬間飛出，分別射向了十個不同的方位，直接暴露了九個暗中潛伏而來的大妖！

剩下的最後一個大妖在他黑紫色的利爪即將觸碰到風鳴的後背時，風鳴身形巧妙地一轉，手中強大的雷霆水源之力洶湧而出，直接讓大妖去了半條命！

風鳴看著他，以不可置信的表情嗤笑一聲：「傻了吧？老子就算是孩子也能打到你！」

在這十位大妖心中駭然之時，周圍接連出現了早有準備的十幾位大妖，直接把他們團團圍住。

「呵。」

風鳴抓住后熠的手臂，只一瞬間，身形就消失不見了。片刻之後，他們出現在枯骨山上。

又過須臾，枯骨山上聚集了層層黑雲，接連劈下無數道金銀雙色的閃電。

過來的時候，他並不知道這座山上有多少打算在三日之後渾水摸魚、製造混亂、不甘心的大妖們，但為什麼要去數有多少反對者和陰謀者呢？只要知道這裡是敵人的大本營就足夠了。

然後風鳴就握著后熠的手，引來籠罩住整個枯骨山的金銀雙色雷霆閃電，硬生生把這座山上的那些大妖們劈成了重傷。

大妖們幾乎還沒有反應過來就挨了雷劈，而那雷電之中帶著的聖潔審判之力和破邪至罡之力，就連附著在朱雀體內的魔氣都能劈散，更不用說是這些體內的混沌魔氣普普通通，還沒煉化的傢伙們了。

在這裡的大妖們大多都是只會吸收混沌魔氣，不守本心的墮落者，他們殘殺同胞，為了保持自己的神志清醒搶奪各種天材地寶，甚至煉化其他妖靈的神魂，周身的氣息比普通的魔物們還多了幾分邪惡血腥。

於是，他們在面對淨化破魔的雷霆之力時，幾乎不堪一擊。哪怕這些大妖們再怎麼狡猾，再怎麼有各種層出不窮的手段，當他們面對本源力量的剋星，做什麼都沒有用了。

所以，這片之前還充斥著各種肆意猖狂笑聲的「魔山」上，很快就被大妖們的驚怒慌亂之聲覆蓋。驚怒過後便是被無法躲避的攻擊重傷的嘶吼聲，這個時候反應過來的大妖生靈們想要離開，卻被那漫天的雷霆擋住了去路。

不過是一炷香的時間而已，枯骨山損失慘重。要不是風鳴的目標是玄蛇，這些大妖生靈們只是順帶的，他們恐怕每一個都活不了。

然而，即便風鳴放過了他們，后熠卻沒有半點憐憫同情之心地對見到的那些大妖們補了一箭。反正都是要死的，提前送你們去輪迴，不謝。

風鳴對此沒有意見，他也不覺得要對這些手上沾滿血腥的敵人留情，但他還是不太適應殺人。所以風鳴閉起雙眼，用靈能波動尋找應該在這座山上的玄蛇。

在被偷襲的時候，他和后熠幾乎沒有耽誤時間就來到了這座枯骨山上，如果那些偷襲他們的大妖是奉了玄蛇的命令而來，那麼玄蛇應該就在這座山上，沒有離開。

然而，風鳴的靈力波動覆蓋了整座枯骨山，並且來來回回尋找了至少五次，也沒有找到半點屬於玄蛇的蹤跡。他用靈力波動「看」到的另一個空間世界裡，也沒有屬於玄蛇的濃黑靈力了，這讓風鳴有些意外。

明明之前他還能找到玄蛇和黑虎的靈力波動，借機偷襲他們，可現在他卻找不到玄蛇的所在了。

風鳴想到玄晙說的，他們有相關的法寶和保命的技能，現在看來是真的了。但這樣一來，玄蛇這個傢伙就非常麻煩了。

三天後，他們在明，玄蛇在暗，要怎樣才能抓住他，或者阻止他做一些事情呢？

風鳴睜開眼睛，努力轉動自己的腦子。

「玄蛇跑了？」

后熠看他的樣子，問了出來。

風鳴點點頭：「嗯。」

后熠笑了笑：「跑了就跑了，跑得了一時，也跑不了一世，他還是會去空間通道那裡的，只要在那裡攔住他就好了。」

風鳴站起來：「也只能這樣了。」

不過，他還是覺得得用一點方法才行。

§

因為有風鳴和后熠這麼反偷襲的操作，枯骨山那邊接連三天都安靜如雞。

別說那天的雙色雷霆讓許多看到的大妖和生靈們都本能地產生了畏懼之感，更重要的是，他們當中最擅長偷襲和隱匿的十個大妖都偷襲失敗，反被抓了起來，剩下的那些傢伙又不是徹底被魔氣侵蝕了腦子，他們只是想要在臨時通道開啟的時候製造混亂，衝進通道，去另一個世界中稱皇稱霸、作威作福，要是現在和那兩個傢伙槓上了，不管輸還是贏，都沒有半點好處。

所以，還是老老實實地待著吧，等著就好。

四象世界中已經充斥著混亂腐朽的混沌魔氣，即便有日升和月落，也很難再看到它們真實升起落下的樣子。陽光透不過黑色的魔氣，月華也無法落在萬物生靈的身上。

風鳴是看著青龍靈山上的水滴時壺算著時間的，然後他驚訝地發現，這個世界的時間其實和地球非常相近，每天似乎都是二十四小時，白天和夜晚各占一半的樣子。

還在強撐的熊貓精毛毛告訴他，其實在很久很久以前，他們所在的這方世界也是一方極為美麗，極為可愛的世界，只是時間總是不會停留，一切也不可能永恆。

風鳴無法想像這個世界美麗的樣子，但他想到了地球美麗的樣子。不過，現在地球或許也因為那些還沒有被修補好的裂縫，變得憔悴疲憊了一些。但沒關係，只要度過這次的難關，以後就會好的。

三天的時間，就那樣一晃而過了。

第三天清晨，風鳴是在一陣淅淅瀝瀝的聲音中甦醒的。

他有些驚訝地看著窗外落下來的淡灰色雨滴，仰望天空，竟感覺到幾分蒼涼。

風鳴腕錶的時間顯示為八點整的時候，名為犀照的大妖領著其他幾十位大妖和僅存的那些孩子生靈，到達了小靈泉旁邊，風鳴和后熠也早已站在這裡了。

此時，朱鴻和玄晙兩人竟然都還沒有回來，那些等待著的年幼生靈和大妖們臉上都露出了幾分焦慮之色。

風鳴站在小靈泉中央的那棵巨大枯樹上，看著周圍聚攏的那些孩子和妖獸生靈們，粗略地估算了一下，這裡少說也有十萬生靈在等著。

當他閉上雙眼，用空間波動去感應整個空間的生靈的時候，那龐大的數字讓他原本堅定的心都忍不住震顫起來。

猛地睜開雙眼，風鳴露出了非常明顯的悲傷和不忍之色。

他不光「看」到了隱藏在各個角落，用渴望的眼神看著這個方向的妖獸魔獸、螻蟻生靈，還「聽」到了他們完全無法掩飾的渴望和期盼之聲。當然，還有各種不甘和咒罵的聲音、神色莫名的視線，和縈繞在這整片區域的各種混亂紛雜的情緒，一時讓風鳴有些承受不住。

這或許是這個世界最後的「聲音」了，可面對數百萬生靈或者魔物，他僅僅一人，實在無能為力，於是只能閉目塞聽，快步向前。

后熠感受到戀人情緒的變化，伸手緊緊握住了他的手。

在風鳴回握他的時候，天地之間忽然風雲震動，在狂風和灰色的雨幕之中，清越的鳳鳴之聲響起，而後是一片青光從天而降。

伴隨著那道聲音，從空中落下了十幾個光團。

光團落下，就變成了十幾個神色警惕的半大孩子。那片青光則在所有人的上空旋轉，慢慢擴散再擴散，一直擴散到覆蓋了整片山谷區域，甚至覆蓋了大半座的靈山，才帶著一股磅礡的氣勢從空中緩緩而下，最終穿過目光驚嘆的眾人，落在所有人的腳下。

那一瞬間，風鳴感受到下方的土地發生了變化，連帶著整片山谷和泉水的氣息也都跟著改變。

風鳴仔細盯著大地看了一會兒，才忽然明白那是玄武布下的最後一道陣法。

依然是那穿著一身紅衣和青衣的兩人落於他面前，依然是一個高傲、一個淡漠，風鳴卻從他們這樣的表情上看到了慈悲。

他忍不住覺得自己眼睛有病。

然後他聽到玄武用有些疲憊的聲音道：「我已布下了青玄之陣，大部分的混沌魔氣被隔絕在外，不會瘋狂湧入通道。有惡意者，不得靠近我所在之位，雖然不一定能完全防下所有，但至少能保你安全。所以接下來，你可以開啟通道了。」

風鳴深吸口氣，也沒有猶豫，直接從樹上飛離，懸停於有空間裂縫的小靈泉上方。之後雙手托著五色石，靈力開始在體內瘋狂地湧動、運行起來。

他再次來到了力量之海，看到那扇被推開一半的厚重力量之門。

不過，此時他的目標不是推開那扇門，而是讓門外的力量之海中屬於帝江血脈的力量慢慢釋放。

風嗚沉浸於他的意識和力量之海中時，在后熠和朱鴻、玄晙等其他山谷內的人眼中，少年周身散發出了他們許久都沒有見過，強烈、純淨的靈光。

當那道光芒達到頂峰的時候，少年的背後顯現出了極為美麗又強大的半透明羽翅。

他們見過朱雀大人的羽翅，如火焰一般強烈危險又美麗，也見過許多鳥族大人的羽翅，各有各的美麗和作用。然而，他們還是第一次見到這樣的羽翅，如果不認真去看它，或許就會錯過了它的美，當你把目光投向它的時候，會在第一時間感到目眩神迷。

轟——

彷彿在空中響起了無聲的可怕巨響，當所有人回過神來的時候，小靈泉的上方已經多出了一扇厚重華麗的大門。

然後，大門被打開了。

帶著另一個世界的靈光和希望。

第五章　四象崩

從空間通道被打開的那一瞬間開始，風鳴手中的五色石主動懸停在那扇打開的大門上方，靜靜地釋放著光華，像是黑夜中的一點明燈。

風鳴也在第一時間感受到了來自兩個世界空間壁壘的壓力，覺得那隻小熊貓精在騙他。這何止是感覺身上揹了幾座大山啊，此時的他就像是被壓在五指山下的大猴子，真的幾乎連動都動不了。

這個時候，風鳴看到站在他下方的后熠心中稍安，此時才驚覺后熠拚著受傷都要跟過來是一件多麼重要，也讓人安心的決定。如果這個時候沒有后熠在他身邊，他真的會有種惶恐感。

風鳴被空間壁壘禁錮了行動，但說話、扭頭還是可以的。

他看向玄晙和朱鴻：「稍等片刻就開始吧。」

這是他們之前就說好的，通道打開之後會有地球那邊的靈能者先行過來。一方面是測試這臨時的空間通道是不是真的能走，另一方面，地球的靈能者過來也會對風鳴的安全更多一層保障。

朱鴻、玄晙頷首。

周圍那些因為看到通道，或激動或震撼的妖獸生靈們雖然恨不得現在就衝上去，但沒有兩位大人的允許和命令，他們最終還是激動地站在那裡，沒有動作。

忽然有一個看起來外貌只有十來歲，頭上有著尖尖獸耳的孩子指著空間通道開口：「好像有什麼東西過來了！」

所有人的目光齊齊盯著那長寬各三公尺的方形大門。

果然有什麼過來了。

風鳴第一眼看到的是一根華麗的三叉戟，上方還凝聚著讓他感到親切的水源之力。拿著三叉戟的池霄竟是第一個從空間通道過來的人，他身形筆直，無所畏懼地從通道中走了出來，完全不需要左顧右盼地尋找，一轉頭就看到了在半空中的風鳴。

四目相對的瞬間，風鳴眼中露出了笑意，池霄冰冷的面容上竟然也浮現出淡淡的微笑和安心。他先輕輕點頭，接著看著腳下那不澄澈的潭水，三叉戟在水面上一點，這片潭水慢慢地結成了一層冰霜，之後越結越厚，最終凝固成無人能輕易打破的堅冰。

這強大的水之力讓朱鴻和玄晙都多看了他幾眼，連帶著在場的不少大妖們也都心生警惕和感嘆。

他們原本以為那邊的世界靈氣初現，所以那方世界的生靈即便再怎麼快速修煉和血脈進化也不會有至強、能輕易威脅到他們生存的存在。但現在看到這個拿著三叉戟，似乎能掌控水源之力的人，他們就明白那邊的世界雖然只是剛出現靈氣，它的生靈和子民也不是弱者——不說擁有帝江血脈，能掌控空間之力的風鳴、那位周身都縈繞著強大罡氣和神力的神箭手，現在又過來一個人，也不弱於他們很多。

池霄安靜地走到了后熠旁邊。

在池霄後面過來的人，並不是風鳴想的胡霸天或馮常這兩位四方組組長，也是一個熟人，卻是讓他覺得出乎意料的熟人。

理查還是那一身神聖騎士的裝扮，他手中握著騎士長劍，一步一步地走出空間通道。他同樣第一眼就看到了半空中的風鳴，英俊溫雅的臉上露出一絲笑容，躬身行禮：「能看見您還安然，想必是上帝聽到了我的祈禱。此次，在下會用生命護您周全。」

然後，他邁著有力的步伐走到了后熠的另一邊。他周身那神聖又淩厲的淨化之力，讓不少被魔氣侵染的妖獸生靈們都覺得不適。

再之後，馮常、胡霸天、圖長空、花千萬等十位大靈能者相繼而來。

除了理查之外，風鳴竟然還看到了之前和他們一起進入地獄之門的歐洲空間魔法師。那位空間魔法師比之前見到的時候胖了一圈，紅光滿面的樣子，看到風鳴，他十分高興：

「喔！我的朋友，我就知道你一定還活著！能在這裡看到你真是太讓人高興了。接下來你放心吧，無論是你們國家還是世界的各個大國，都已經加緊研究出不少可以支撐空間的靈器，應該能幫你減輕一點壓力。當然，還有全世界總共三十九位空間靈能者和七隻空間系靈獸都全部到達長白山祕境了，他們在外面尋找支撐空間通道的方法，而我會在裡面幫助你。你並不是一個人，所以不要害怕！整個地球就是你的後盾！」

風鳴聽到這番話，忍不住笑了起來，同時眼睛又有些發酸。

每到這種時候，就會尤其感受到「故鄉」的重要和溫暖。有它在，彷彿所有的一切都不困難了。

等十位大靈能者在后熠的身邊、風鳴的下方站定，風鳴看向神色複雜的朱鴻和玄畯：「接下來，請排隊有序地進入吧。」

池霄在這時候開口：「各位去了另一方世界之後，會有專門的人員接待各位安頓。雖然我們並不能完全確定各位會被分配到哪個地方，甚至哪個國家，但我們可以保證通過的孩子們只要不危害人類、濫殺破壞，就會得到和我們本土世界靈獸相同的待遇。

以及，我們也會有許多不知道的事情，和對於靈能的使用方法需要各位的說明。諸位可以放心，我們所求的是和平的共同發展和生存，不崇尚殺戮。」

玄畯最終點點頭。

「我代表這一界所有的生靈，感謝你們，也……信任風鳴和你們。」

他看了一眼風鳴，忽而輕嘯一聲，站在山谷水潭周圍的數十萬妖獸生靈們齊齊一震！

再然後，便又無聲無息地離開了。

妖獸生靈們早已經按照最初安排的佇列，排成了三隊。排在最前面的是容貌差不多十六七歲的少年們，他們或男或女，身上都揹著一個精緻、加上無數重防禦的背囊，那裡面是他們族內最為幼小，無法自己行走的族人。他們則是族裡去另一個世界的人中最大的人，也就是最年輕的族長了，他們被委以重任。

由這些少年領頭，他們身後跟著模樣四五歲到十來歲不等的族內孩子，有的孩子無法化成人形，便以原形緊緊跟在族內兄弟姊妹的身後。

大一些的孩子們已經知道他們要面對的是什麼，也明白從此以後或許是天人永隔。他們即便心中再沉痛難過，也只紅著眼眶，戀戀不捨地看一看同樣滿臉淚水地看著他們的家人，然後咬牙拉起弟弟妹妹，大步往前走。

一些幼小的孩子並不明白發生了什麼，在被帶離親人的時候就已經很是不安。當他們看到前方的哥哥姊姊走進通道就再沒回來的時候，突然之間明白了分離的意思，開始大聲哭鬧。

「嗚嗚嗚！母親！母親！」

「回去！我要回去！哥哥壞！」

風鳴並不能完全聽懂這些孩子的話，但他聽得懂哭喊聲和呼喊父母的詞語。其實根本不需要去聽他們的語言，只看他們想要衝出隊伍的動作就能知道他們的想法和訴求了。

那些被呼喊的親人大部分都努力閉著眼睛，不再去看自己的孩子，也有一部分靈獸受不了地嚎啕大哭，甚至有一個背後長著四隻手的女子直撲到了朱鴻和玄晙的面前，四隻手緊緊地抓著兩位大人的衣角，不停磕頭：

「大人！大人！求求您了，求求您讓我也過去吧！我的孩子太小了！他們一個剛出生，一個才三歲啊！他們離開我，活不下去的，大人！大人啊！我並不是貪圖活命，我不是怕死，可是我不能看著我的孩子在另外一個完全陌生的世界裡掙扎啊！朱雀大人！玄武大人！求求您了，求求您了啊！」

女人的哭喊聲讓原本沉寂的山谷都帶上了悲意，從一早就開始落下的雨水更讓這份悲痛突顯得極致。

可朱鴻和玄晙沒有一人憐憫這位可憐的母親，哪怕他們兩個為了這方世界的生靈幾乎耗盡了自己的一切。

「大人！您真的這麼狠心嗎！」

那女人久久得不到回應，原本就不穩定的周身靈氣開始變得更加混亂，雙目也開始發紅。她的族人心中緊張，這是將要成魔的樣子啊！

玄晙開口想要說什麼，朱鴻卻直接攔住他，而後手一揮，把那女人打到空中。打散了她周身的力量之外，還把她囚禁在火焰籠中。

在下方山谷人心不穩、開始混亂的時候，他倏然升空，冰冷的聲音響徹寰宇。

「天地將崩，僅餘一線生機。若接下來誰再生亂，我即刻打破這空間通道，都死了罷！」

他看向對他眼中露出恨意的母親，目光沒有半點閃躲。

「妳是母親，此時此地，下方有更多母親。妳要明白，比起徹底隨著世界消亡泯滅，能夠有生死掙扎的機會，也是他們的福氣，莫要擋下妳血脈求存的路！活著，便是最大的幸運！」

朱雀的話音響徹整座山谷。

無論是山谷內排隊等待離開的妖獸生靈們，還是隱藏在暗處的那些心懷不軌者，聽到這聲音都是心中一震。

原本還在哭鬧的那些孩子們似乎也感受到了氣氛的凝重和決然，懾於威壓和長輩們那嚴肅的神情，整個場面又恢復到了最初的安靜。

如死水一般的安靜，只是偶爾還能聽到一些低低的、壓抑的哭泣聲，但在這雨幕中也漸漸被遮掩掉，慢慢消失不見了。

風鳴開闢出來的臨時空間通道長寬各三公尺，是可以允許至少三個，至多五個人並排走進通道之中的。但因為空間的不穩定性和危險性，最終孩子們排列的隊伍是最少的三人並排，接連不斷地進入空間通道。

在第一隊孩子進入空間通道的時候，原本就覺得自己被重重大山壓制、禁錮住的風鳴更感受到了一陣可怕的空間壓力。同時，他清楚地感受到體內的力量在以不快不慢的速度減少，他的臉色微變。

如果按照這速度消耗下去，他開闢的這個空間通道最多只能存在三個小時的時間，這個時間和他預計的最短時間差了一半還多。

為什麼會這樣？是他體內的力量太少？還是開闢連接兩個世界的空間通道，消耗的靈力太多了？但三個小時絕對不足以讓在這裡等待的所有孩子離開，如果連孩子們都無法保全，不說朱雀和玄武會怎麼想，這方世界的大妖們恐怕也不會願意認命。

一旦亂起來，至今所有的努力就全白費了。

風鳴微變的表情只有少數幾個人注意到，這時候卻不適合做任何交流。

那些大一點的少年們領孩子離開的速度已經很快了，但他們不敢快速奔跑。萬一他們的奔跑引發了空間震動，讓這空間通道變得更加不穩定和危險，就會為身後的其他族人和孩子帶來危險。

這是他們唯一的一條逃生路，不能有任何差錯。所以，不管心中再怎麼焦急不安，逃離的少年們領著孩子的行動都是整齊又安靜的，在這種整齊和安靜之下加快了速度。

一個小時過去，風鳴的額頭上已經滲出了細小的汗珠，他早已經撤除了靈力防護，空中的雨水落下，打在他的身上讓他顯得有幾分狼狽。

在這裡準備的孩子們已經進入了五分之一，所有人依舊沉默著，注視著孩子們離去。也同時在戒備著，不光是戒備直接站出來表示反對的玄蛇那些人，還戒備著隨著時間的推移，最後死亡的威脅越來越近，心中忽生暗鬼的同伴們。

所有人都知道，當面對死亡威脅的時候，有太多人無法堅守本心。

第二個小時還算順利地過去了，雖然中途突然有幾位母親和幾個距離空間通道的大門非常近的妖獸生靈想要衝進孩子的隊伍裡，但他們在第一時間都被周身的同伴攔了下來，甚至沒讓后熠和朱鴻他們出手。

孩子們勉強進入了五分之二。

風鳴在這一個小時的最後幾分鐘內，閉上雙眼，身後陡然顯現出了第二對金色的羽翅。

當這一對羽翅顯現出來的時候，不少鳥族的大妖都驚呼出聲。他們感覺到那是同樣屬於鳥族王者的血脈氣息，還有不少水族的大妖也神色驚疑不定。

最後，還是他們兩族內最為年長的老者目露精光地開口，那聲音中竟然還帶著幾分自豪和崇敬。

「神獸鯤鵬！」

那是鳥族中的王者，也是水中的霸主。

正在往通道內走的是一群身上長著鱗片，還有各種尾巴的水族妖獸孩子，他們抬頭看著那對可以控制雨幕的金色翅膀，一個個都露出了崇拜的神色。

領頭的一位少年和少女拉著族中的弟弟妹妹們往前大步走。

「記住，那是鯤鵬大人！如果我們的世界不崩壞，他在我們的世界會是我們的王。」

「那姊姊，去了另一個世界，他就不是我們的王了嗎？」

領頭的少女沒有回話，只是拉著族人往前。

有了鯤鵬之翼，風鳴感覺到體內流逝的靈力漸漸被補充了一些。只是比起流逝速度越來越快的靈力，這些補充的靈力實在有些不夠看。

但風鳴依然在心中鬆了口氣，不管怎麼說，在這雨幕中，他或許還可以撐上三個小時，讓這一方世界的孩子全部逃離。

這已經比他最初預想的強撐四個小時的想法好多了，如果雨一直下，不出其他意外，他或許還能再多撐半個小時，讓這些妖獸、靈獸、生靈中一些手握傳承和知識的重要人物也離開。因為風鳴突然想到，這方世界和地球之間或許有存在什麼關係。

他之前忽略了很多，比如西方世界所謂的「地獄」是這裡，比如在這方世界的東部區域，他見到的那些妖獸、靈獸和一些長相古怪的生靈們，如果仔細從外貌上來看，他們和地球上的一些動物和植物的外形是非常相像的，更別說接待他的小熊貓精、狐狸精、犀牛精兩姊弟，還有他不小心帶回地球的小蜜蜂們。

即便成精了，但那也是非常近似於地球生靈的存在，為什麼他們隔著空間壁壘，明明是兩個不同的世界，生靈的模樣卻如此相近呢？

如果是真正不相關聯的兩個世界，生靈萬物不同才是最正確的，可這個世界裡的生靈和地球上的生靈非常像，甚至這方世界裡，還有神話傳說中才有的「四象」神獸的存在。

之前風鳴並沒有細想這些，總覺得這不過是世界裡的生靈進化必然而已，但現在他支撐著空間壁壘，無所事事就忍不住翻來覆去地想了。

即便是生物的進化，也會在每個進化的路口選擇不同的道路，哪怕在九十九個進化路口中選擇了同樣的方向，只要在最後一個路口選擇另一個方向，結果就會是翻天覆地的不同。而生靈的進化之路，又何止一百個路口呢？

可即便是這樣，這方世界裡的生靈和吸收了靈力覺醒的人類、動植物卻那麼像。

即便是這樣，這方世界還有和人類世界同樣的神話傳說，甚至是四方神獸。

這簡直就像是……

風鳴懸浮於空中，看著那些緊張、揹著行囊的孩子們，腦海中就像是忽然炸起一道驚雷。

「……這簡直就像是，時間長河中的另一個自己啊。」

他低低地呢喃出聲了。

在他呢喃出這一句話的時候，從今早便顯得越發灰暗低沉的天空中，陡然被一道灰白的巨大閃電撕裂開來，沉悶的驚雷聲響徹了整片世界。

就像在回應著什麼一般。

也在眾人震驚於天空雷霆的時候，風起了。

先是一片微風，之後是吹落了腐枝枯葉的強風，最後是陡然散開的狂風，在暴雨之中擾亂了原本的安靜。

朱鴻和玄畯在第一時間冷了臉色。

后熠面前那把帶著黑色玄文的金色長弓顯現。

池霄用三叉戟撥開了空間通道和風鳴周圍暴雨的雨幕，理查舉起了手中的長劍。

就連風鳴也從剛剛自己那有些荒誕的猜測和想法中回過神，盯著下方突然亂起來的隊伍和闖進來的那些妖獸們，緩緩閉上了眼。

這片山谷中，終於多了雷雨之聲以外的聲音——那是廝殺和嘶吼咆哮的聲音。

突然出現在山谷中的妖獸和完全魔化的怪獸總量破萬。那些完全魔化的怪獸剛出現在山谷內，就被玄晙布下的巨大陣法彈出了山谷，只留下神智還算清醒，卻周身血煞氣濃郁的一些大妖獸們。

這些大妖們一出現就像瘋了一般衝向空間通道，他們的神色猙獰，還帶著一股置之死地而後生的決然。

他們知道只要衝進了這條空間通道就是他們的勝利，哪怕出去之後還要面對未知的世界和可能未知的敵人，但只要有一線生機，他們又顧得了什麼！這方世界即將崩壞，沒看到連天都已經快要墜落了嗎？只有在世界最終才會出現的「破滅之雷」都已經顯現，留在這裡必然是死路一條了！

他們不想死，所以要不顧一切地衝！

他們也已經很仁慈了不是嗎？孩子們已經出去了五分之二，這些孩子也足以延續一部分的血脈了，剩下的就該把機會留給他們，弱肉強食，適者生存，這才是這個世界的真理不是嗎？而且，如果這些人聰明的話，就更應該放他們離開不是嗎？他們才多少人，幾千而已，就算讓他們全部進入空間通道，也耗費不了多長時間的。

衝在最前方，速度最快的那個大妖幾乎已經碰到了空間通道的邊緣，他臉上顯露出不可抑制的狂喜之色！

近了！近了！他很快就能離開這方天地，去另一個靈氣初生的世界稱王稱霸了！

然而，就在他的頭已經伸入空間通道，脖子、身體正在進入的時候，一道金色箭光帶著可怕的力量無比精准地刺穿了他的心臟，連帶著他的身體、頭顱及四肢都極快地泯滅在那金色力量之中。

甚至在他身後緊跟而來的另一個大妖也被金色的力量吞噬，尖叫嘶吼著，失去了自己的性命。

多麼可怕的力量！這讓衝向空間通道的每一個大妖都心生恐懼。

然而，更讓他們心驚膽寒的是，明明如此強大的力量殺死了兩個厲害的妖獸，卻沒有傷到下方瑟瑟發抖、抱成一團的孩子們分毫。

后熠手持長弓，正對著那空間通道的入口，聲音冷冽。

「不要耽誤時間，走！」

還在和其他大妖戰鬥的族人們也一個個對孩子們大喊起來：「走！快走！按照排好的隊形和順序走！不要耽誤時間！你們後面還有很多同族和友人在等著！」

於是領頭的少年少女咬牙站起，拖著還在害怕的族中弟妹們往空間通道中走，他們注意到在空間通道前方突然多了一道水幕，也咬牙穿過了水幕，進入空間通道裡。

就這樣，暫停了幾分鐘的隊伍再次流動起來，只是他們比起一開始有序進入的時候更慌亂一些，速度也時快時慢。

風鳴依然緊閉著雙眼，眉頭微微蹙起。

空間通道的壓力又增加了，這個時候那些大妖們依然在瘋狂地前仆後繼，衝向那道空間通道，哪怕他們已經見識到后羿那一箭的威力，哪怕他們已經被那些孩子的族人們層層攔住，變得傷痕累累，即便血液從傷口不停落下，原本健康的身體在快速衰弱，這些大妖面上的神情卻更加瘋狂。

留在這裡也是死，拚搏一把也是死，那還不如直接死在希望面前！就算身體沒有了，他們的神魂說不定也能通過這個空間通道，去另一個世界輪迴呢？於是爭鬥變得更加殘忍和血腥，原本空間通道所在的那層冰面乾淨整潔，如今染滿了血跡和斷臂殘肢。

後續排隊的孩子時不時被滴在身上的血液和攻擊嚇得尖叫連連，但即便害怕到渾身發抖，即便親眼看到自己的族人親人為了攔截那些想要衝入空間通道的大妖們而身死，孩子們也只能一邊嚎啕大哭，一邊咬著牙衝進空間通道。

比起前兩個小時平靜安然地通過空間通道的那些孩子，從這一刻開始，進入空間通道的孩子們在心中深深地刻下了這份恐懼和與天爭命的殘忍。他們小小的心靈不能理解，活著竟然是一件這麼辛苦和困難的事情。

一個小時的時間，突如其來、想要趁亂衝入空間通道的成千上萬大妖們被大多數此界的妖獸生靈殺得一乾二淨。但這也不過是山谷青色大陣內的安寧而已，風鳴感受著整片空間的波動力量，似乎有什麼可怕的力量正在聚集。

空間通道所在的那片冰面上，血跡已經被大雨沖刷乾淨了。參加攔截戰鬥的妖獸們收拾著同伴的屍體和骨血，再次沉默地看著他們的孩子慌張地走進空間通道。

現在已經是空間通道開啟的第三個小時，孩子們進入空間通道的數量達到了總數的一半。因為那些大妖們的阻撓，這一個小時的行進速度和數量都少了不少。

風鳴感受著體內的靈力，眉頭越皺越緊，忽然開口：「速度加快一點，不然可能撐不到所有孩子離開。」

不光是他開啟空間通道的時間可能不夠，還有這個世界本身或許正在慢慢甦醒。風鳴不敢讓自己多想，但腦子控制不住地想著。

在山谷的眾多妖獸們聞言一驚，排隊在後面等待的妖獸生靈孩子們暗暗抓緊了同伴的手，決定一會兒再次加快速度。

孩子們的速度加快，又平靜地過了十五分鐘。

在大家多多少少鬆了一口氣的時候，閉著雙眼的風鳴忽然「看」到了一絲不平常的波動。

他忽然低頭。雙目雖然緊閉，卻像實際注視著空間通道前方的那一群孩子。

那彷彿是五色鳥一族的孩子，領頭的少年和少女身後揹著兩個背囊，手上還各牽著十幾個幼童。其中一個幼童的懷中還有一隻黑色、有著金色尾羽的幼鳥，縮在幼童的懷中渾身顫抖，似乎在害怕著一切。

那個幼童抱著幼鳥穿過了水幕，然而在他即將進入空間通道的時候，一道銀色夾雜著灰色靈力的雷光從天而降，狠狠劈在那隻幼鳥的身上！

「啊——！」

抱著幼鳥的幼童驚慌失措地大喊起來，與此同時，應該直接被劈死的幼鳥猛地睜開雙眼，露出了一些狠戾而猩紅的顏色，如同一道利箭一般衝入了空間通道！！

「那是玄蛇！！！」

有人在最後一刻認出了黑色幼鳥的氣息，驚呼出聲！

玄蛇進入空間通道的瞬間，似乎整個四象天地都劇烈震動了起來！風鳴感受到那可怕的壓力，在他身上的強大力量正在加速甦醒。然而，此時他卻管不了那強大的意識，他只知道絕對不能讓玄蛇從四象世界進入地球！！

不光是因為玄蛇是四象世界中暫時頂替「青龍」神獸的存在，他一旦消失，天地將會即刻崩塌。還有地球本身的天地趨於平衡，若是突然多了一個堪比「偽神獸」的存在，誰也不知道會不會影響到地球的世界！

於是在玄蛇衝入空間通道的瞬間，風鳴也徹底張開了他的六翼之翅，體內三種強大的血脈之力剎那間融合在一起又迅速分開。融合的瞬間，風鳴身後半透明的空間之翼陡然搧動，在所有人都看不見的世界相交之處帶起了可怕的空間亂流！

「啊！通道斷開了！」

這次被驚嚇到停止動作的孩子們看著空間之門，突然喊出聲。

山谷內的所有人看了過去，發現在空間之門的後面果然顯露出一個半透明的空間通道，漸漸隱匿於空間，不知通向何方，但卻在剛剛陡然斷裂，從斷裂處跌落了一個黑色、已經化為原型的長蛇身影。

在那條黑色長蛇出現的時候，原本隱隱震動的天地終於緩緩歸於平靜，不再有即刻傾塌之象，但掉在冰面上的玄蛇卻雙目赤紅，形色瘋狂。

他臉上的狂喜之色還沒有完全消失，和剛浮現在臉上的震驚與絕望混合在一起，看起來竟有幾分驚悚的恐怖和滑稽。

他巨大的蛇頭仰天看著風鳴，發出瘋狂的質問：「你做了什麼！我明明已經進入了空間通道！我明明已經看到了另一個世界的光，感受到了那撲面而來的純淨靈氣，為什麼現在又出現在這裡！你這個該死的小子到底做了什麼？為什麼要和我過不去？我明明已經成功了！！」

風鳴的嘴角溢出了一絲鮮血，額間的空間印記在此刻尤為明顯。他艱難地伸手抹掉了唇角的那絲血，對玄蛇露出一個惡劣之極的笑：「哈，我就是和你過不去，你咬我啊？我就算放這個世界的所有人去地球，也不會讓你過去。就算毀了空間通道，我也不會讓你去！」

玄蛇被風鳴的話激到了極點，終於忍不住心中的憤怒和絕望，咆哮、張著血盆大口衝向風鳴，彷彿要把他吞噬殆盡！

在他衝向風鳴的時候，朱鴻和玄晙同時動手，如火焰般的靈力和青色的玄光同時朝玄蛇而去，后熠、池霄和理查也同時毫不猶豫地展開攻擊。

然而，所有人的攻擊都沒有落到玄蛇的身上。

或者說，有一個更可怕的力量在他們之前，從天空而降、從大地升起，從他們所在的這一方世界的每個角落倏然成型，帶著這一方世界最強大的意識和力量，瞬間湮滅了黑色的巨蛇。

那是讓這方世界的所有生靈都感到靈魂震顫的可怕力量。當這股力量出現的瞬間，山谷內的所有妖獸生靈跪地不起。

「祂」並沒有顯露出任何模樣，沒有人能確定「祂」所在的位置，但包括風鳴、后熠這些地球的生靈都知道——

「祂」甦醒了。

「祂」無處不在。

這一瞬間，風鳴臉色陡然蒼白到了極限。

他感受到了這方世界意識的排斥與壓力，有那麼一瞬間，他想要帶著后熠和池霄、理查他們奪路而逃！然而在那之前，他看到了站在空間之門前，一臉驚惶和茫然的熊貓精毛毛以他身後那些早已嚇得變為原形，瑟瑟發抖的毛球們。

風鳴握緊雙拳，口中猛地噴出一口鮮血，斷裂的空間通道被他重新連接起來。

他對瞪大雙眼看著他的毛毛和孩子們大吼：「跑！！快跑起來！！」

風鳴的聲音在一片如死一般的寂靜中尤為清晰。

也是他的聲音，讓那些沉浸在「祂」的恐怖中的大妖和生靈回過了神。

因為「祂」的降臨，讓這方世界所有的生靈們感到了死亡的逼近，那種或許下一刻就會和玄蛇一樣化為天地齏粉，深入靈魂的恐懼讓他們不敢行動。但當他們看到在空間通道前那些更加恐懼的孩子們時，動也不能動的大妖和生靈們硬生生咬緊了牙關，用盡所有的力氣和勇氣站了起來。

就算是下一刻他們就會死亡和消失，他們也要讓孩子們安全離開！

於是，大妖、生靈們一個個手牽著手，先緩慢地、顫顫巍巍地往空間通道的方向走去，然後越走越快，越走越快，最終他們承受著天地的威壓，走到了空間通道前方。

最前方的是一位白髮蒼蒼，有濃重黑眼圈的老者，他喘著粗氣，對不知所措、震驚地看著他的熊毛毛艱難地露出了一個笑容：「乖孩子……去、去了那邊，一定要小心謹慎，帶著弟弟妹妹們好好活著！現在，祖爺把傳承的力量給你，快跑吧！帶著大家……往新的世界跑吧！」

他這樣說著，手中一團像太極一樣的光團被打入了熊毛毛的體內。

熊毛毛看著生機一瞬間消失了一大半的祖爺，雙眼通紅，他卻不能在這個時候哭鬧，他只能深深記住祖爺的模樣，而後仰天大吼一聲，陡然變成原形，叼起那些走不動的族弟族妹們，推著他們跑入空間通道。

當他跑入空間通道的時候，那位白髮蒼蒼的老者是面帶微笑的，而後在笑容之中，他抬頭看著面色慘白的風嗚，目露感激。

「大人莫怕，食鐵獸族大長老熊熙助您一臂之力！」

說完，他便把體內僅剩的力量聚集，之後也如同剛剛的玄蛇一樣，身形化為齏粉，消散於這天地風雨之中。風鳴卻忽然感到此方天地對他加諸的壓力稍微輕了那麼一分。

雖然杯水車薪，卻讓人心中酸澀莫名。

然而之後，護在風鳴身周的那「杯水」卻不止一杯——

在熊熙大長老之後，山谷內的眾多妖獸生靈全都聚集到空間通道周圍。如果此時他們強行進入空間通道逃命，風鳴沒有足夠的力量驅逐他們。但所有的大妖都沒有這麼做，他們只是如同熊熙，把自己的力量傳遞一部分給走不動的孩子們，催促他們狂奔進空間通道，當心中掛念的孩子們成功逃離之後，他們都面帶微笑地自我消解了。

他們自我消解的那些力量沒有直接被這世界吸收，反而全都聚集在了風鳴身邊，和整個世界意識抗衡。

此時，整個四象世界已經開始崩塌。

風鳴在半空中能看到遙遠的地方山川崩裂、河海倒灌，一切都在被毀滅。

毀滅之後，那裡就變成了一片虛無。

從「祂」消解、吞沒了玄蛇的力量開始，「祂」便開始積聚這方世界的力量，要進行最後一搏了。於是，世界萬物開始在「祂」的意識之下，一點一點地重新歸於混沌。

當「祂」甦醒之時，滅世已然開始。

毀滅的力量從遠處的四面八方洶湧而來，原本這方天地中，所有力量都該歸屬於「祂」，無論是熊熙的力量，還是那些自我消解的生靈力量。

他們生於這方世界，即便死亡也該歸於這世界。

然而，這片山谷卻成為了逐漸黑暗混沌的世界中，唯一的一抹亮色。

當那來自於世界，可怕的毀滅意志降臨的時候，朱鴻和玄畯臉上沒了所有的神色。

他們只看了一眼沒有逃離的風鳴、圍在一起，為風鳴製造出一道屏障的后熠和池霄等人，最後目光落在即便到了最後，還掙扎地往前跑的孩子生靈們，緩緩地、緩緩地微笑了一下。

之後朱鴻淩空而起，空中響起一聲清越的鳥鳴，整座山谷被紅色如火的強大靈光籠罩住。

玄畯則是一步一步走到整片山谷的正中央，他所過之處青光乍起，當他站穩的時候，原本震動的大地也平穩起來，被覆蓋了一層青色的靈光。

那紅色和青色的光芒一上一下，嚴絲合縫地包裹住了整片山谷區域。

光芒內外彷彿兩個世界。

哪怕這方世界此時如何動盪消亡，山谷內的一切都完好無損，風鳴甚至還感受到這片區域的靈力在復甦！

然而，他清楚地知道這不過是萬物寂滅之前，生靈臨死的奮然一搏而已。

此時，山谷內要逃離的孩子剩下不到五分之一。他們幾乎每一個都滿臉淚痕和驚恐，卻都咬著牙，拚命地往空間通道裡衝。

他們的父母和族人在一個個地自我消散，他們卻不能阻止，不能傷心，更不能停頓，要向前跑，一直向前跑！

他們要記住父母和族人臨死前唯一的要求，他們要努力活著，要好好活著！才能不枉費這與天爭命的拚死一搏！

時間一分一秒過去，風鳴從未感到如此急迫。隨著時間的流逝，他感到來自於這方天地的排斥和壓力越來越重。

他抬頭四顧，無論是撐著天空的朱鴻還是穩著大地的玄晙，都已經露出強烈的疲憊辛苦之色。想必他們和自己一樣，都在等著孩子們全部離開吧。

然而，在僅剩下最後幾百個孩子跌跌撞撞地跑向空間通道的時候，掛在空間之門上方的五色石陡然碎裂化為齏粉，同時整片天空和大地也突然瘋狂地震動起來！原本籠罩在整片山谷，把這座山谷都隔絕在崩壞和毀滅之外的青紅色屏障瞬間碎裂，空中和大地上的朱雀、玄武身形不穩，再也無法壓抑、對抗天地的傷痛，嘴角溢出一絲鮮血。

風鳴噴出一口鮮血，帶著強烈的不甘從空中跌落。

剛剛那一瞬間，似乎整個天地的意識都壓迫到了這片山谷中，彷彿之前「祂」並不在意這小小一片區域的存亡，只專注地凝聚著自己的力量。但從剛剛那一刻開始，「祂」終於意識到了這片區域的反抗。

世界的意識被冒犯了，於是所有壓力在那一刻洶湧而來！

哪怕朱雀和玄武撐起了一片空間，哪怕有數萬，甚至更多的大妖靈獸們自我消解，對抗這方天地的排斥與威壓之力，但「祂」是一整個世界的意識，生靈在「祂」的面前是一群螻蟻。

風鳴覺得自己已經到極限了，可他和朱鴻、玄晙的約定還沒有完成。他盯著那幾百個神色迷茫又極具驚惶的孩子們，又看看孩子旁邊雙目通紅，渾身顫抖著的那些大妖和生靈，伸手抹去嘴邊還在不停往外冒的鮮血，努力地想要再次站起。

后熠卻在旁邊一把拉住了他，聲音都帶著壓抑不住的森然：「五色石已碎！！你還想幹什麼！難不成你要用自己的力量強行開闢空間？你真以為憑你一個人，就能對抗一方世界嗎？」

風鳴喘著粗氣咬牙道：「那我該怎麼做？趴在這裡等死嗎？讓你們和我一起死在這個世界？」

后熠的雙瞳漆黑無比。

他沒有回答風鳴的話，風鳴卻從他的沉默中明白了他是這個意思。

甚至不光是后熠，就連在旁邊的池霄、理查等人在他問出那句話的時候，也都緘默不語。他們並不是不能回答，而是主動選擇了不宣諸於口的最壞結局。

這次輪到風鳴的雙目通紅了。他身體輕輕顫抖著，似乎連呼吸都不穩起來，猛地從空間裡拿出幾根人參鬚塞進嘴裡，狠狠咬下，瞬間就掙脫了后熠的懷抱。

「你們想死，我還不想死！！而且我還答應了朱鴻跟玄晙，那些剩下的孩子也不能死！不就是世界的意識嗎？祂要弄死我，也不能指望我乖乖就範！」

在這一瞬間，風鳴體內被人參鬚補足的靈力狂湧，一閃身便出現在那些被大妖們團團包圍保護著的幾百個孩子的上空。

背後六翼同時張開到極限，在剩下所有人的目光之中，在他的上空似乎有一片空間顯現出來，之後是無數珍貴和充沛的靈氣傾瀉。

風鳴左右手橫在胸前，彷彿雙手頂起了千萬鈞的壓力，慢慢地雙手拉開。

隨著他雙手的動作，又一道半透明、連門型都沒有的空間裂縫被他硬生生以雙手撕裂開來！在他這樣行動的途中，周圍充滿靈氣的各色寶石、藥材、靈物都在瘋狂地被他汲取靈氣，變為凡物。

然後在那道連門都不是的空間裂縫前，風鳴對僅剩的那幾十個大妖和數百孩子狂吼：「給我進去！！」

大妖們雙目通紅、咬牙用最後的力量裹挾起那些孩子，像風一樣衝進了空間裂縫。

這個時候，風鳴又去看后熠和理查等人：「走啊！我最多再堅持一分鐘！！」

這時候，一方天地的意識都重重地壓在這片山谷中，周圍的群山和枯樹也開始漸漸分解，化為混沌。理查等人沒有空間之力，竟然被禁錮在原地，一動也不能動！

風鳴瞬間雙目通紅，這時，一紅一青的身影出現在他身邊。

玄晙青色的袖袍對后熠和池霄他們狠狠一揮，這些人便盡數打破了世界的禁錮，被直接送到空間裂縫之中！

然而，風鳴用盡力量也不夠支撐到第八人進入空間裂縫。后熠在空間裂縫即將閉合的瞬間扯過身旁的池霄，狠狠地把他踹進空間裂縫中，之後在池霄不可置信的目光中咧嘴笑道：「鹹魚！以後老子的工作也交給你了，別給我偷懶啊！」

說完這番話，他轉身抱住了渾身虛脫的風鳴。

此時，這方世界竟只剩下他們腳踩著的這一小塊土地還完好無損了。其他的一切，盡數化為混沌虛無。

風鳴癱在后熠懷裡，眼裡還有一分強烈的不甘。

他不可惜自己留在這裡，他全身上下的力量都消失殆盡，真的動不了。但后熠，后熠……他要是再多撐十秒，只要十秒，后熠就能離開！

后熠卻把人緊緊抱在懷裡，低笑起來：「滿好的，就算你還能開門，我也不會走。我好不容易找到最心愛的人，哪能把他自己一個人留在一個崩壞的世界？」

風鳴抿唇。

「……算了，這也算是同年同月同日死了。」

在他說完這句話的時候，他和后熠兩人卻被青紅色的光芒包裹起來。

風鳴忽然在這一片天地混沌中，看到了那有如永遠不滅的烈火，和如巍峨青山一般的兩尊巨獸！

這兩尊巨獸一個展翅於天地之南，一個昂首於四方之北，炫光煌煌，氣勢巍巍，如神如幻象。兩尊巨獸彷彿隔著億萬的空間和時間和他對視了一眼，嘶鳴一聲就往此方世界的最高遠之處而去。

天地之間無聲的力量如水波般炸開，那是四象之威。

然而，依然不夠。

若是四象齊聚，就算是這方天地也要退開一線之地。但此時四象僅存其二，風鳴和后熠依然能感覺到那無法彌補的力量差距。

忽然間，風鳴感受到體內的血脈在沸騰。一瞬間，他聽到了關押在體內那扇大門後方的巨獸的嘶吼聲。

在他的怔愣之中，力量之海內那扇半開的大門終於被徹底打開了。

風鳴並不是第一次被超出自己身體極限的強大力量衝擊神智。在他剛覺醒的時候，就曾發生過靈能暴動，被大翅膀直接帶著飛上天，和太陽肩並肩的經歷。

第一次被超出自己可以承受的力量衝擊時，他的意識在最後階段消失，同時他也第一次看到了力量之海中的那扇門。之後又有幾次靈力暴動、力量爆發，風鳴也只當做那是血脈力量的覺醒，並不覺得有什麼不妥的地方。

然而，在上一次他將三種血脈之力混合、半推開那扇門的時候，他卻感受到了危險。

他似乎「看」到門後有一個非常可怕的凶獸，更確定了如果沒有萬全的準備，就永遠不要推開那扇門，否則他固然能得到強大的力量，但同樣也會因那股力量失去自我。所以，風鳴並不明白他的血脈之力為什麼會在這個時候突然沸騰，更不明白他明明已經精疲力竭了，為什麼還有力量能打開那扇他決定永遠都不推開的大門。

在這一刻，他只覺得自己非常難受。

他渾身上下都充滿了力量，讓他覺得自己即將爆炸；他的內心湧起了強烈的不甘和憤怒，讓他恨不得毀滅一切；他的腦海中突然有一個聲音在咆哮叫囂著——

天地若何！！天地殺吾，吾便毀天滅地！！

在聲音響起的瞬間，風鳴的雙眼陡然爆發出懾人的光亮，周身突然形成一個強大的空間漩渦，開始搶奪這方天地空間中所有的力量！

隨著天地中的混沌之力被那個漩渦吸收得越來越多，風鳴的模樣也發生了驚人的改變！

他額間的空間印記有如實質，原本的短髮開始拉長，卻不是之前那頭黑色的長髮，而是髮梢染上赤紅如血的色澤。他緩緩地閉上眼，嘴角不由自主地上揚，雙手也緩緩張開。

原本應該出現在他眼下的鱗片生長出來又迅速剝落，背後的三對羽翅齊震，片刻後第一對天使之翼和第二對鯤鵬之力竟然開始縮小，第三對無形的空間之羽則開始無限膨脹。甚至到了最後，「風鳴」那上揚的嘴角中哼出了輕快、曲調莫名的歌。

他沒有睜開雙眼，在他身邊的后熠卻感受到了從未有過的震驚以及……恐慌。

即便眼前這個人有和風鳴一模一樣的面孔、身體，可他絕對不是風鳴！！

后熠想要做些什麼，但從「風鳴」身上傳來了龐大的威壓，讓他分毫動彈不得！后熠強掙，嘴角、雙耳竟流出淡金色的血液。

直到這時，閉著雙眼的少年才緩緩睜開了眼睛。

那是一雙怎樣的眼睛啊，漆黑深幽，就像這方世界。偏偏裡面還帶著邪惡的笑意，似要破壞他所見到的一切。

「風鳴」身後開始浮現出巨大的虛影。

那虛影六足四翼、身形巨碩，卻沒有頭顱和耳鼻。「祂」身上如火焰一般的紋路似在跳躍變幻，在這漆黑的混沌世界之中，更有一種無邊凶邪之氣。

只一眼，后熠便知道這巨大的虛影是什麼了。

——這才是真正的十二祖巫之首，能控制空間之力的「魔神」帝江！

此時的風鳴自然也不是風鳴，而是那可怕的上古魔神。

后熠咬破自己的舌尖，努力對抗除了這方世界壓制在他身上的力量之外，來自於魔神帝江的第二重力量。

他感受到自己的血液似乎在發燙、奔湧、燃燒著！可他顧不了這些，他知道絕對不能讓魔神帝江的虛影繼續擴大，甚至沖上天地盡頭，否則他或許會永遠失去他最愛的人。

於是后熠捂住自己的心口，壓抑地對面前的風鳴嘶吼出聲：「風鳴！醒過來！你不能就這樣認輸！」

「風鳴」的身體微微一頓。

原本面帶著幾分笑意的「風鳴」終於正視了后熠。

這麼弱小的羿的血脈啊。看在他和羿也有幾分交情的份上，就……送他去輪迴吧。

於是后熠就看到「風鳴」低頭對他輕輕一笑，伸出食指在唇邊按下。

下一秒，他彷彿聽到了極其可怕，在空間中無所不在的刺耳尖銳的聲音，然後好像「砰」地一下，他體內有什麼東西炸裂開來了。

當劇痛襲來，血液布滿他全身的時候，后熠才驚覺他似乎受重傷了。可他好像又不覺得多麼痛苦，他只想快點喚醒風鳴。

然而，意識被壓在力量之海的風鳴在這一刻心神大震，目眥欲裂！

此時，風鳴力量之海內的三種力量已經不再平衡。天使和鯤鵬之力被壓縮到了極限，似乎再一點就要被徹底消除，帝江之力卻幾乎充斥了整個力量之海的空間。

風鳴非常清楚，一旦他體內只剩下帝江之力，他就會成為意識永遠被囚禁在這裡的囚徒。甚至連他是否能存在，都取決於此時占據他身體的帝江殘念。

對，在那凶獸破門而出的時候，風鳴就已經知道它是什麼了。

那應該是一代一代留存在血脈中的帝江意念，只不過因為帝江的血脈太過強大，而他在覺醒的時候又一點一點增強了自己的血脈力量，他血脈中的帝江殘念才會如此強大。即便如此，殘念終歸是殘念，哪怕他體內有帝江的血脈，甚至算是帝江的後代，他也不會把自己的身體貢獻出來，讓那絲殘念取而代之。

這是他的戰場，這是他的力量海。他絕對不能被自己的力量控制打壓，他才是自己血脈的主宰！！

風鳴閉上雙眼，不再去看鮮血淋漓的后熠。他盤坐在力量之海內，意識與看起來無比弱小的天使和鯤鵬之力融合，開始控制那洶湧狂亂的帝江之力。

在「風鳴」伸出手，要徹底按死后熠的時候，他臉上的笑容微微一僵。

不過很快又露出嘲諷之色，一個弱小的靈魂意識也想妄圖控制他的力量！

在這個時候，渾身浴血的后熠周身也陡然爆發出了強大的靈壓威勢，身後瞬間顯現出一個高大神勇的虛影，那虛影手持長弓，箭尖直指「風鳴」！

后熠的身體也在這一刻緩緩地發生著改變。

當那虛影出現的時候，「風鳴」終於笑不出來了。他的雙眼死盯著后熠身後巨大的虛影，就像在看什麼極其礙眼的存在。剛剛他還在嘲諷這個后羿血脈的弱小，現在這弱小的傢伙竟然也開啟了力量之海，找到了血脈中最強大的神念力量。

同樣都是神念，但后羿人族的血脈終歸比他濃郁一些。甚至他面前的這個人族引發出來的血脈之力比他想像的還要強大，很有可能是后羿的直系血脈。否則，這小子也不可能在他攻擊之下活到現在，甚至修復了所有的傷。

這樣想想，這小子就更讓人覺得礙眼了。

在「風鳴」打算再次徹底滅殺這個后羿直系血脈的時候，他的身體忽然僵住不能動了。

他周身的氣場開始變得混亂，身後巨大的漩渦也突然不穩定起來，甚至連背後的三對羽翅也開始了某種力量的搶奪。

「豎……子！」

「風鳴」眼底閃過冷光。看在那小子是他血脈的份上，他只是把他囚禁起來，沒有滅殺，然而此時看來，還是死人更方便一些。

於是「風鳴」緩緩閉上雙目，然而就在這時，完全開啟了血脈之力的后熠猛然睜眼。

他就像身後巨大的虛影，忽而在手中現出長弓金箭，那支金色的箭被后熠握在手中，緩緩注入了強大的神念之力，它的光亮把整片混沌世界都照亮了。

然後，這一箭的箭尖直指風鳴！

靜坐在力量之海中的風鳴正在努力地控制著三種血脈之力的平衡，三種血脈在他的周圍形成了神奇、彷彿陣法的脈絡。當狂暴的帝江之力流轉到他周圍的時候，會被神奇的脈絡捕捉，變為純淨的靈力，與天使與鯤鵬之力融合。

因為他的存在，原本混亂暴烈的力量之海開始漸漸平靜下來，風鳴也感受到三種力量似乎開始緩緩地合而為一。漸入佳境之時，他卻陡然感受到了強大可怕的神念出現，一睜眼，果然看到了另一個「自己」。

然而，那滿面妖邪、殘暴之力的人絕對不會是他。

轟然之間，他和「他」的神念撞擊在一起。

只一擊，風鳴便覺得自己的神魂似乎要被吞沒了，然後他才意識到，即便是帝江的一絲神魂殘念，上古魔神的力量也絕對不是他能相比的。

他搞不好很快就要被吞噬了。

這時，一道金色的箭光忽然在力量之海中出現，那支箭矢無視了一切的阻擋，直直沒入帝江神念的後心！風鳴看到那熟悉的金色箭光，微微愣了一瞬間，立刻就抓住這極為難得，或許也是唯一一次的翻盤之機！

雷霆天使和鯤鵬血脈的力量瞬間被他激發到最大，風鳴的周身開始顯現出玄妙的陰陽脈絡圖案。

此時，在外界的后熠也緊張地看著風鳴的模樣。神念之箭只能用一次，若是超過一箭，有可能會直接對風鳴的力量之海造成不可挽回的破壞。

這是他剛剛血脈完全覺醒、得到傳承時知道的事情，所以現在他就只能等待。

他看到風鳴身後吸收力量的漩渦開始瘋狂震動，之後巨大的帝江虛影開始動盪不穩。

忽然！帝江虛影的左邊顯現出了一個手持長劍的天使虛影，右邊則先是顯現出一條無比巨大的鯤虛影，而後魚尾一擺，便化為了一隻遮天蓋日的鵬鳥！鵬鳥的虛影甚至超過了帝江之影，顯得無比桀驁又氣勢恢弘。

然後，這三個虛影竟開始緩緩地合攏。

它們合攏的速度非常慢，但帶動整片天地的力量卻異常可怕。如果不是身後有后羿之影存在，后熠覺得他或許會和風鳴周圍的那些混沌一樣，全部成為他的力量。

此時，風鳴周圍的混沌甚至都被他清空，變成了一片虛無。

似乎過了許久，又似乎只是過了一瞬，混沌中的三個巨大虛影合而為一，最終顯現出來的是一尊十分震撼又有些詭異美感的虛影——

「祂」人身魚尾、背生六翼，面容美似妖邪，卻偏帶有一種聖光之氣。當「祂」睜開雙眼之時，似乎整個天地都已在「祂」掌握中。

在那巨大的虛影之下，后熠看到了和虛影同模樣的風鳴。只是，當這個風鳴睜開雙眼的時候，只一眼，他就落下了心中的大石。

這是他的風鳴。

甚至，后熠在一瞬間便懂了風鳴這一眼的意思。

他笑了起來。

之後在這一片混沌、萬物不存的四象天地中，除了天空盡頭依稀能看到的四象神獸巨影，又有兩尊足以撐起天地之力的強大巨像顯現。

他們一個挽弓，矗立天地之東，一個展翅，睥睨混沌之西，下一瞬間便如朱雀與玄武，帶著無盡威勢直沖九霄！

轟——

四象世界，「四象」終歸。

於這混沌中，彷彿響起了一聲極為不甘的怒吼。

許久之後，終是一聲亙古長嘆。

§

此時，長白祕境內已經聚集了數十萬的人。

他們絕大部分都是從空間通道中逃出來的妖獸靈獸孩子們，還有華國和一些國外的靈能者們。

長白天池上空的臨時通道早已關閉，卻沒有一個人離開。

他們都死死地盯著天池，期待還有奇跡發生。然而，他們沒有等到奇跡，只等到了一場地動山搖。

站在最前方的羅笙面色陡然一變，大袖一甩，把所有人都逐出了祕境，然後留下一句讓池霄等人心中大慟之言。

「臨界已崩，絕無生機！去罷！」

第六章　新生和變化

在二二二二年九月九日的那一天，地球上的所有人都聽到、感受到了那來自未知區域的劇烈震動。

彷彿和他們相隔不遠處，有大地和山海在碎裂震動，以至於在抗擊那些被黑色靈氣汙染的魔獸的人們都露出了無比驚懼的表情，一時之間竟忘記了戰鬥和反擊，只震驚地蹲在原地，等待著可能隨時到來的危險。

那股震動一直都在，彷彿大地都不平穩，狂風要撕開空間。然而世界各地的人等了很久，也沒有等到腳下的大地陡然陷落、空中忽然裂開大縫、衝出某種魔鬼怪獸的情況。

他們只是感受到一場災難在降臨，卻不知道那些災難到底發生在哪裡。

更讓這些普通人和靈能者驚疑不定的是，那些原本變得瘋狂的魔獸、正在攻擊人類聚集地的動植物在感受到全球震動的時候忽然四肢僵硬，變得比他們還要驚恐。

原本的瘋狂和嗜血不見，取而代之的是渾身顫慄、哀哀嘶鳴，那景象出現在人前，反而更讓人們確定有什麼可怕的事情發生了。

但一直到九月十二日，那不知來自何處的震動和崩裂還在繼續，只不過比起九月九日的全球震動，後續的那些震動明顯在縮減中。

絕大部分的人類的都不明白到底發生了什麼，只不過，他們的首領告訴他們這是災難即將結束的前兆。

竟然是一件好事。

人們半信半疑，但隨著每天震動的減少，大家倒是都多了幾分期待。

國內的靈能者們卻都清楚到底發生了什麼。

他們知道那來自另一個空間的震動是讓整個地球生命得到延續的好事，只是他們卻都高興不起來。

因為他們失去了最閃耀和喜愛的兩個人。

對一些人來說，這更是沉重又悲傷的打擊，讓他們很難在短時間內調整好情緒，不遷怒於他人。

九月九日，池霄暫代青龍組隊長一職，統領四方組和全國警衛隊擊殺因為魔氣侵染，突然增多的魔獸、魔植，維持全國穩定。

九月十日，總計十一萬「臨界」孩子被聚集在長白山腳下，開始接受華國和其他各國的區域生存分配。

因為最後風鳴又送回了幾十個倖存的大妖，在他們的安撫之下，孩子們還算配合。然而，來幫忙的幾個大國卻吵得面紅耳赤。

「我不贊成這樣的分配！我們也是前來幫忙的大國之一！我們地廣人稀！剛剛還遭受了一場大火，導致生靈數量猛減，這些可愛的生靈孩子們當然應該多分給我們一些！一千人我們絕不同意！」

「算了吧，你們幫上了什麼忙？就貢獻了一個只會啃草打洞的空間靈獸？別往自己的臉上貼金了。你們那裡的兔子災難還沒解決呢，能讓鬣狗和土狼一族的孩子過去還是因為你們那裡兔子多，不然你們連這兩族都別妄想了，地廣人稀的地方可不是只有你們那一洲而已。」

「最重要的是，你們以為那兩族的孩子很好對付嗎？醒醒吧！他們是孩子，但也是妖獸！別看他們長得小，但據說都是活了好幾百年的魔獸，你們那一點人，搞不好還不夠他們殺呢！就這兩族，別吵了。」

說話的男子膀大腰圓、氣勢強盛，正是米國的靈能者負責人：「我倒是覺得給我們一萬人太少了。我們可是一個種族平等且相容的大國家，而且我們的生活環境和條件很好，再加上這次為難，我們也出了不少人幫忙，我覺得至少要三萬人才行。」

華國靈能總部的屠部長聞言，露出了一個十分有禮貌的假笑，還沒說話，被嗆的澳洲負責人就跳起來嘲諷了：

「別笑死我了！如果說華國是一個相容並包的大國我還相信，就你們那個地方，也好意思說平等？根本就是以權利和財富說話的！那些小傢伙們到你們那裡，還不知道會被欺負成什麼樣呢！」

歐洲的異能者隊長和教廷牧師看著臉色越來越冰冷的理查大人，努力不讓自己說話。

他們因為是友好合作關係，得到了一萬五千名孩子的安頓權利，但天使大人隕落、理查閣下一出那個世界就噴出一口鮮血的模樣太過恐怖，他們實在高興不起來。

偏偏這時候還有人來找麻煩。

「我覺得你們這兩個地方離華國都太遠了，這些孩子就算要去他國生活，也應該生活在距離比較近、環境比較適合的地方才對嘛。我覺得五色鳥一族和巨熊一族都應該讓我們領走，畢竟我們國家和華國很近，而且我們的神話傳說中，還有五色鳥和巨熊的傳說呢！說不定他們本來就是和我們有相近的血脈呢？歐洲那麼冷，萬一冷到他們怎麼辦？」

理查看著那包著頭巾、上躥下跳的男人，忽而冷笑一聲，直接站起。他的氣勢太強，瞬間就讓人閉上了嘴巴，不敢多言。

理查看向胡霸天：「我先回去了。我不認為……雷霆大天使和后熠先生會那麼輕易隕落。上一次在『地獄』中，天使大人就生存了很多天，這一次，那數千條空間裂縫還沒閉合，誰又能確定大人不會再從裂縫中出現？我會在全歐洲關注空間裂縫周圍的情況，希望貴國也能如此。」

胡霸天也是從昨天出來之後臉色就非常難看，在聽到這些人的爭論後恨不得化作原形，直接一巴掌拍死他們。此時聽到理查的話，他臉上才露出一分真誠的笑意：「你放心，后熠和風鳴都是我們國家非常重要和寶貴的人才，在沒有定論結果之前，我們一定不會放棄。而且，后熠是我兄弟，我自然會非常注意。」

理查聽到這番話才點點頭，直接轉身離開。

剛剛那些爭論的幾個國家最後都沒有得到他們想要的結果，因為孩子們並不是貨物，雖然他們會因為風鳴和自家兩位大人的緣故，同意去不同的區域生活，但他們也有選擇的權利。更何況他們不是單純弱小的動物，雖然數量不多，但聯合起來能造成的破壞力是不可估量的。而他們的長輩並不是完全不在，即便是只有幾十個年長的長輩，這些大妖也足以為孩子們爭取到一定的利益。

最終，「臨界」的生靈們得到了權力，可以自己選擇這些國家提供的居住地。

讓其他國家和勢力非常鬱悶的是，將近九成的孩子都希望在「帝江」、「鯤鵬」大人居住的國度居住，剩下的之所以不選擇華國，也是因為氣候環境的限制。

但肯定不能讓華國占這麼大的便宜啊！別說這些孩子們長大以後都會是國家的戰力，更重要的是，他們手中有非常值得靈能研究部門研究的傳承！

據說華國的靈能研究總部只不過研究了風鳴幾天前帶回來，關於淨化血脈的一枚玉牌，就對現在靈能者們最大的生命威脅「混合血脈覺醒」有了突破性的進展。知識和力量的傳承才是最大的寶藏，怎麼能讓華國一國獨占！如果是這樣，那幾十年之後，靈能時代的霸者就提前確定了。

所以經過最後的拉扯、各種誘惑和保證，那些大勢力和國家的負責人總算帶走了近三成的孩子們。

即便這樣，那些離開的孩子們還是在第一時間用密法為親密的友人和族人做了印記，才安心地離開。甚至有非常聰明的孩子已經盯上了人類的手機、電腦等聯絡和智慧裝備，可見雖然他們是孩子，對新的世界完全不了解，還要負責傳承，但這些經歷了天地之災的孩子們卻都記住了族中長老、親人的話——要好好努力活下去。

之後華國喜提七萬多名「臨界」孩子。

數量有點多，華國高層痛並快樂著。

不過，好在華國的地方也大，能鎮住場面的靈能者們也很多，再加上無論怎麼守護，在時代和環境的改變中死亡的普通人也確實不少，華國上層也很快就把這七萬多個孩子按照族群和習性，安排在不同的名山大川裡。

當然，因為種種原因，這些剛來到的孩子們還會受到監管和一些常識教育，在沒有通過安全評測之前，是不能擅自離開劃分的生存區域的。

但孩子們完全不介意啊，他們剛到這個地方休養生息，老老實實地生存都來不及了，哪裡會搗亂？而且，他們也不是不知感恩的，他們都知道為了他們的生存，兩位大人付出了多少，還有那位「帝江」大人付出了多少。

熊毛毛帶著一群弟弟妹妹進入青城山自然生態區之後，還沒有建房子、找洞穴，就先從懷裡拿出了兩個木製的四象神獸像，還有一根淡金色的羽毛。他把那根羽毛恭恭敬敬地放在最漂亮的石頭上，然後對身後一百來個，大小不一的黑白孩子們道：

「都過來拜拜兩位大人和風鳴大人。沒有他們，就沒有我們。從今以後，食鐵獸一族都要對大人們的血脈尊敬，誰做忘恩負義的傢伙，我就把他扔到人類的動物園裡！讓你們都和那些沒有腦子的食鐵獸一起當智障！」

黑白孩子和腦袋上長著耳朵、屁股上長著尾巴的男童女童們，頓時老老實實地對那幾尊木雕像和羽毛虔誠地拜拜，讓偷偷摸摸過來觀察、保護他們的郭小寶和紅翎等人心情複雜無比。

「……我之前還在想，他們要是不能生活，就把他們送到大熊貓基地，現在看來我……」

郭小寶正說著，忽然林中響起了一聲野獸的咆哮，有個渾身冒著黑氣的魔化山豹凶殘地撲向了那群孩子。

郭小寶的心臟都要停了，紅翎正要出手，就見到帶頭的熊毛毛和另外一個大約十二三歲的少女大吼一聲，一巴掌就拍碎山豹的腦殼。

看著一瞬間變成普通熊貓三倍大的巨型食鐵獸，郭小寶對於「孩子」這個詞產生了深深的懷疑。同時，他覺得國家安排給他的工作和任務已經不需要他了——這群孩子雖然外表看起來真的又萌又軟又可愛，但真的也只是看起來而已，他們根本就不需要保護，自己就能在地球上活得很好了。

除了郭小寶和紅翎等青城的靈能者們，國家內其他各個山林、保護地、安置區域的靈能者們也同時有了類似的想法。
雖然他們沒看到一個小少年、小少女突然變成巨型野獸，一巴掌拍飛豹子的畫面，卻也看到了各種一招斃命的變身大招，甚至有非常凶悍的犀牛妖獸一族主動要求駐守在空間裂縫旁，表示他們願意幫國家穩定空間裂縫周圍的猛獸和植物的平和，主動清理魔化的野獸和植物。
而且，他們還表示他們對魔氣的適應性更好。
直到這個時候，地球的人們才意識到這些孩子的真正實力有多可怕。好在雙方之間本身就是善意交好、努力共存的態度，才不至於出什麼亂子。又因為來的大部分都是孩子，只要和他們接觸交流的人不帶惡意，還是很容易交流的。
於是，從九月十日開始，跨越一個世界而來的生靈們，終於開始了在地球的生活。而他們也在之後的一個月裡，積極地和地球的人們一起對抗因為混沌魔氣變凶險的動植物們。
彷彿一切都在變好，但一個月後，各國研究所拿到這一個月的地球靈氣和魔氣的資料報表之後，所有知情者都露出了難以接受的神色。
在九月十日到十月十日的一個月裡，地球突然出現的那數千條空間裂縫並沒有合攏，依然在釋放著黑色的混沌之氣，影響著周圍的環境和生物們。
但好在這數千條空間裂縫也沒有增加和擴大，它就像是地球沒有辦法癒合的傷痕一樣，醜陋地顯現在那裡，無法消除。
這應該是一件好事，至少給了各個國家和靈能者研究部門一定的時間，讓他們研究製作、彌補空間裂縫的方法和物品。這樣雖然會有一到兩年或者更長的艱難期，但這些空間裂縫終歸是可以慢慢解決彌補的，只要把它當做一次破壞性很大的自然災害就可以了，人類終歸是有韌性和決心的。

然而，如今拿到的靈氣和魔氣資料報表直接打破了各國高層稍稍升起的僥倖之心。

金教授在靈能者研究總部對屠部長和華國軍方高層、池霄等大靈能者神情嚴肅地道：「根據我們一個月以來的監測和分析，在這一個月之內，地球的靈氣增長達到了歷史最高值，而同樣的，魔氣值也在增加。」

屠部長皺起眉頭：「我記得，之前不是有報告說空間裂縫周圍都很穩定，而且監測到空間裂縫周圍的混沌魔氣在少量但穩定地減少嗎？為什麼魔氣值卻在增加？而且，靈氣值增長的速度快了一些應該不是什麼壞事吧？在現在這種魔獸動亂的時候，靈氣值增長應該能讓普通人更容易覺醒力量？」

金教授用深邃蒼老的眼睛看了一眼屠部長：「這就是我要跟大家說的更嚴峻的問題了。無論是靈氣值增長還是魔氣值增加，都不是一件好事。魔氣之所以增加，並不是因為空間裂縫洩露出來的混沌魔氣增多的緣故，相反的，空間裂縫周圍的混沌魔氣確實是在減弱的，但讓地球魔氣值增加的並不是從空間裂縫洩露出來的那些魔氣，而是被魔氣侵染之後，變得異常強大又嗜殺作亂的那些魔獸。

那些被魔氣侵染的動植物攻擊的靈能者或普通人越多，他們的力量就會越強大，他們的壯大並不會讓靈氣增多，反而會聚集起更多魔氣力量。所以，空間裂縫現在已經不是我們需要考慮的最重要問題了，我們需要警惕的是那些被魔氣侵染之後，發生了各種異變的動植物。

地球本體的意識或許已經發現了這一點，它本身的意識自然不會允許這些不在『它』計畫內的魔獸和魔植出現，所以地球的靈氣增長就變得更加快速，以便催生出更多的靈能者，這也就是靈氣值瘋狂增長的原因。」

金教授總結了一句：「簡單地比喻吧，地球世界就像是一個人，那些裂縫中出現的魔氣就像是人體內的病毒，為了戰勝這些病毒，人體會自動生出更多殺毒細胞，那就是地球上的靈能者，可這不是一個健康的狀態。」

靈氣增多，雖然增加了靈能者出現的機率，但有了速度，就很難有最好的效果。我們的另一份調查研究資料顯示，在這一個月內，全國一共新增了兩千八百六十七位靈能覺醒者，這個覺醒數量是之前半年才能達到的覺醒數量。但這兩千八百六十七人裡，成功覺醒的只有六百五十人，剩下的多多少少都有覺醒的問題。有同時覺醒了幾個血脈，引發靈能暴動的、有覺醒到一半就失敗，只能保持半人半樹樣子的，甚至還有一個靈能吸收得太多，最後活生生爆體而亡的，三千人成功覺醒的概率不到百分之二十五。」

金教授的聲音帶上幾分沉重：「之前平和期的靈能覺醒者有至少一半的覺醒成功率。靈能者增多了，對於普通人而言，他們安全覺醒的機率卻少了。」

屠部長和在座的眾人都緩緩地皺起了眉。

屠部長忍不住捏了捏眉心，聲音有些疲憊：「之前平和期的時候，我們為了維持普通人和靈能者之間的穩定及社會安定就很困難了，如果靈能者在短時間內大幅度增加，社會治安很難保持穩定。甚至如果出現了強大的靈能者，還有可能威脅到政體。

偏偏現在又是非常時期……魔獸和魔植肆虐，國家不可能把那些覺醒的靈能者召集起來，進行監管和思想培訓，如果有人趁亂想要做什麼，確實會非常麻煩。我甚至還能想到在這段時間內會有多少混亂組織想要藉機出頭，得到利益。」

金教授點點頭：「所以我們才說現在的狀況很糟糕。如果空間裂縫不能在短時間內閉攏，魔氣會因為魔獸魔植繼續增加。一旦魔氣增加，地球的靈氣也會快速增加。到最後，地球原本的和平演化就會變成一場『你死我活』的生存大戰。

或許這對於地球本身是快速處理病毒的好事，但對於人類來說，卻是一場完全無法停止的大災難。因為到那個時候，人類要面對的就不光是被魔氣侵染的動植物，還有因為靈氣進化的靈獸靈植，也會成為爭奪靈氣和地盤的顯著敵人。」

聽到這裡，池霄忽然開口：「既然這樣，只要把那些魔獸和魔植殺光就可以了？」

金教授看向他搖頭：「只要那些空間裂縫還在、混沌魔氣還在釋放，被侵染的魔獸和魔植就無法殺絕。不過，我建議接下來的重點工作還是獵殺魔獸和魔植，至少這是能稍稍緩解靈氣增長的唯一方法了。」

說到這裡，金教授的眼中閃過一絲痛惜。

這個時候如果風鳴還在，那麼這一場肉眼可見的大災難就能被他輕易化解——不需要他再去進入另一個世界拚命冒險，不需要他用盡自己的力量撐開空間通道，只需要他閉攏修補那些空間裂縫就可以。

只要魔氣不再洩露，哪怕被魔氣侵染的動植物還在繼續擴散魔氣、侵染其他地球生靈，只要源頭沒有了，最多一年的時間，他們就能把所有魔獸和魔植消滅乾淨，讓地球靈氣重歸於穩定和平了。

可惜，那麼耀眼美麗的少年啊……

金教授沒有繼續說下去，在座的眾人卻都不約而同地想到了同件事。

后老將軍忍不住重重地按了按自己的心口，沒有讓自己露出更大的異色。池霄微微閉眼，想到最後那個人把他一腳踹進空間通道的樣子，最終站起了身。

「不管如何，我們都不能坐以待斃。我建議和民眾們說清楚這件事情，全民齊心合力，總能渡過難關。我還要帶領小隊出任務，沿海區域已經出現了好幾隻魔化又進化的大魔獸，需要迅速處理。」

屠部長聞言，點了點頭：「去吧……辛苦你了。」

原本后熠統領四方組的責任，現在全都壓在了池霄的身上。他最近這一個月肉眼可見地消瘦和疲憊很多，卻沒有人能夠幫他。

軒戈一直鎮守著西域雪山，根據前兩天的報告，他才屠了九隻魔化大妖。

西域邊界和雪山從來都是危險又重要之地，不能無人鎮守。軒戈不能動，華國的神話系靈能者就只剩下池霄一個了，自然所有的重擔都壓在了他的身上。

屠部長想到這裡又忍不住捏了捏眉心，為了「臨界」和他們這個世界的人類安危，他們實在付出了很大的代價。

他們失去了最珍貴的兩個神話系靈能者啊。

這場會議結束，屠部長和金教授坐在會議廳裡都沒有離開，兩個老人慢慢地幫自己泡了一杯茶，相顧無言許久。

金教授才道：「一個月了啊……」

屠部長點點頭。

「……一個月了。」

即便心中有所期待，那期待也漸漸化為更深的悲傷。

十月十日晚上八點，華國大將軍在全國電視臺公布了靈能研究院的結論和推測，號召全國人民團結起來，一起滅殺對抗魔化動植物，為人類自己爭取更多的時間。

歐洲、俄國轉發了這次演講，之後人們開始更有組織和計畫地滅殺魔化動植物，雖然災難凶險，卻是一場無法逃避的生存戰鬥。

人的潛力是無限的，一個月之後，華國的魔化動植物數量得到了基本的控制，雖然沒有大幅度減少，但至少也沒有增加，魔氣和靈氣的增長也下降了一些。華國人民看到這樣的結果之後，總算微微鬆了口氣。

然而就在當晚，在臨海東城、國內最大的空間裂縫上方，忽然出現了一頭身形無比巨大，口中能噴出可怕冰刃的三頭魔化巨鳥！！那隻巨鳥騰空而起、叫聲尖銳，雙翅一搧便掀起了颶風，三首低垂便吐出陣陣冰雹。

一出現就顯露出強大又可怕的力量。

「隊長！靈能監測部傳來的訊息，這隻、這隻三頭魔鳥的靈能等級……靈能等級是……」

池霄仰頭看天，聲音篤定：「神話超S級。」

烏不急抹了一把臉：「對，這下怕要死不知道多少人了。」

就算他們現在正在飛快地往那邊趕，也來不及了。

站在烏不急旁邊的花千萬和林包在這個時候沉默不語。

如果隊長還在……只需要一箭就能——

在他們兩人這樣想的時候，忽然看到漆黑的夜幕中，金色箭矢從猙獰的空間裂縫裡如最璀璨的流星劃破了天幕。與金色箭矢一同出現在夜幕群星之中的，還有那身背六翼，如明月一般的少年身影。

「天啊！」

無數人在這一刻失聲驚呼起來。

「那是風鳴！！」

之後喜極而泣。

少年在黑色的天幕中美麗而耀眼，滿天的繁星都不及他的光芒。

也因為他的出現，之前因為天空中那隻巨大又凶殘的三頭魔鳥驚恐萬分的東城人們，也在這一瞬間放下了心——那可是他們華國最厲害的神話系靈能者之一！還是全國大賽的冠軍！曾經解決過許多窮凶極惡的靈能者，還有覺醒動植物。

這兩個月來，網路上一直都有小道消息，說他們的大天使嗚嗚和后熠隊長一同出任務犧牲了！還有人說他們進入了空間裂縫裡，再也出不來了，反正都沒有好話。但大家才不會相信那些！大家都堅信后熠隊長和風鳴天使不會有事的。

雖然他們這兩個月都沒有出來，那肯定是他們在出緊急任務，又或者受了一點傷，不方便出來，但他們相信肯定還能再看到這兩個人的！

你看！現在不就見到了風鳴嗎！！除了完好無損的大天使嗚嗚，他們還看到了金色的箭！那不是他們崇拜的后熠隊長的箭嗎！

從空間裂縫中破空而出的金色箭矢一箭刺入了三頭魔鳥最中間的腦袋，而後金色長箭爆發出耀眼的光芒，炸裂開來，瞬間把三頭魔鳥中間的腦袋炸成了碎末，連帶著旁邊的兩個鳥頭都因此受了傷。

三頭魔鳥爆發出無比憤怒的嘶鳴聲，猩紅銳利的鳥目精准地盯上從空間裂縫中一躍而出的后熠。巨大的雙翅狠狠一搧，帶起了無數颶風、漩渦，捲向后熠，還有幾處龍捲風則是朝人群之中而去，彷彿要殺死那些尖叫歡呼著的弱小人類。

然而，這些颶風只在天空中持續幾秒就消散了，甚至沒能刮過風鳴所站的位置。

風鳴看著那些龍捲風嗤笑一聲，背後的六翼相繼舒展開來，三對羽翅在夜色中都散發著瑩瑩光芒。它們齊齊向前一搧，看起來無比可怕的數十道龍捲風瞬間被定在原地。風鳴再一搧，這些足有幾十米的龍捲風在頃刻之間消散得一乾二淨。

原本狂風大作的天空瞬間變得寧靜美好。

三頭魔鳥似乎沒有想到被牠忽視、也帶著翅膀的小東西能消除掉牠的攻擊，原本還看向后熠的兩個頭、四隻眼齊齊轉向了風鳴。牠張開巨大的鳥嘴，又噴出堅固又鋒利的上萬冰錐。

在下方看到這一幕的人們都忍不住驚呼出聲，生怕他們的天使鳴鳴沒辦法打敗這個可怕的魔鳥。然而，口中的驚呼還沒有喊完，那些朝風鳴而去、鋪天蓋地的冰錐竟在空中硬生生轉了個方向，齊齊地往三頭魔鳥而去！

再然後就是手持雷霆之劍，渾身自帶三色聖光的風鳴在空中上演了一幕「天使打鳥」的史詩級大片。天空之中時而電閃雷鳴、時而暴雨狂風捲過，明明三頭魔鳥的體積足足有一百個風鳴那麼大，最終還是被沒有牠腦袋大的風鳴在天空之中追著打。

這讓抬頭望天的東城市民們看得目瞪口呆，其中有一個拿著手機不停拍攝的東城市民看著風鳴追著三頭魔鳥打的畫面，總覺得畫面有點熟悉。

他正百思不得其解，努力思考到底在哪裡見過這樣的畫面的時候，旁邊一個身體大上一圈的大媽忽然一拍大腿道：

「哎喲，我覺得我們這個天使嗚嗚比起那個西方什麼天使，更像我之前養的看家大白鵝！我家那隻大白鵝可聰明了！從小就知道看家護院，還特別愛乾淨，羽毛特別白！大白牠一歲的時候，就會拍著翅膀打架啦，隔壁比牠大了七八圈的胖狗都打不過牠呢！你看看嗚嗚那三對小翅膀撲搧的樣子！多漂亮！看看那被他追著打的三頭魔鳥！哎喲，孬種，就跟隔壁那隻哈士奇一模一樣！」

也不知是不是大媽的語言太有感染力，形容得太過形象生動，原本還覺得風鳴英姿颯爽、聖潔高貴的周圍一圈人忽然覺得，在天空中飛的不是神話系靈能者和三頭魔鳥，而是一隻追著三頭哈士奇跑的大白鵝。

迅速搖頭回神，大家臉色非常古怪地拒絕去想剛剛的畫面。

好在這個時候，風鳴已經把三頭魔鳥打到殘血，一直在空中都沒動、當背景板的后羿再次一箭射去。這一次，就把出現時還不可一世、驚天動地的魔鳥帶走了。

魔鳥如小山一樣的身軀從空中墜落，還沒等下方的市民們驚慌地想要逃走，魔鳥的身軀便漸漸被金色的箭光籠罩，化為極細小、被淨化的光點。

從魔鳥出現就驚慌失措的整個東城的人們，到這個時候終於徹底放下了心，一個被爸爸扛在肩膀上的小女孩仰著頭，看著從空中落下的星星點點的金色光芒，聲音清脆地問：「爸爸！

是下雪了嗎？還有金色的雪啊？」

她的爸爸剛想說那不是雪，而是靈光的時候，在空中聽到小女孩聲音的風鳴歪頭想了想，金色的鯤鵬之羽輕輕搧動，天空中小小的水珠就和金色塵光凝結到一起，真的變成了金色的初雪。

「哇──！」

孩子們一個個抬頭望天，忍不住開心地叫喊起來，金色的雪花讓他們迅速遺忘了今天晚上見到那隻三頭魔鳥的驚恐和害怕。

大人們抬頭看著在空中走到一起，合力封閉起在他們心中是災難之源的空間裂縫的兩人，最終一起歡呼雀躍了起來。

「大家快看啊！！我的天啊！風鳴和后隊長一起把空間裂縫封住了啊！！」

「老天，我竟然親眼見證了這歷史的一幕，這夠我吹噓一輩子啊！」

「我就說我們鳴鳴才沒有死！他那麼厲害、那麼優秀又那麼溫柔的一個人，怎麼可能輕易死掉！就算落入了空間裂縫裡，他也能夠安然無恙地回來！哈哈哈哈，什麼都不說了，回去我就在靈網上發紅包！發紅包！！！」

「風鳴回來了！后隊也回來了！他們兩個是一起回來的啊啊啊啊！困羽之箭官方發糖！海天之戀和天使騎士的邪教呢？給我出來挨打！！！」

不管東城的人多麼高興，靈網上又是怎樣的一番驚喜震動，風鳴和后熠一同修復了東城的空間裂縫之後，就直接趕往國內下一個空間裂縫了。原本國內的空間裂縫都被風鳴堵上了，但在天地崩壞的時候，那些裂縫又開了，或許是曾經被打開過的緣故。

此時在夜空中，下方的人們並沒有看清他們兩人的外貌變化。

后熠還算好，不過是雙眼變成了完全的金色，身型看起來比之前健碩完美了幾分，還是有人樣。但風鳴就是只有個人形了——他的三對翅膀收不回去，手臂上還有金色的魚鱗，耳朵和眼形比起人類，更像是海妖，眼珠一紅一金，還時不時就想哼歌。

哼歌就哼歌，但他哼出來的歌帶有極強的精神攻擊力，對后熠哼一哼還好，要是其他靈能者和普通人，他一哼就得跪。

這還是風鳴在空間縫隙裡努力吸收、化解世界之力，收回了金色魚尾的情況，不然這一副尊容，三對翅膀再加上金色的魚尾巴，他是真的會待研究院不出來。

這也是風鳴和后熠會在兩個月後才回來的原因之一。

第一個月的時候，他們兩人努力地在空間縫隙之中掙扎生存。第二個月就是控制體內因為血脈完全覺醒和吸收了四象世界混沌之力所產生的強大力量。

即便他們兩個已經努力控制了一個月，現在縈繞在他們兩個周身的力量還是非常強。他們此時都不能和普通人接觸，否則真的一根手指就能殺人，所以，還是先去把空間裂縫封了，卸掉一些力量再幹其他的事吧。

風鳴和后熠想得很好，決定要做一整晚的勤勞修補工。

這就讓等他們主動回來報告的屠部長等人急得團團轉了。

「那兩個小子回來了，怎麼還不過來向我報告？幹什麼去了，怎麼這麼組織無紀律呢！」

「報告部長！監測到風鳴和后熠出現在滬城裂縫上空，開始修復滬城的空間裂縫了！」

「報告部長！網路上有拍到風鳴和后熠出現在蒙城！他們把蒙城上空的空間裂縫修復好了！」

「報告部長！風鳴和后隊出現在青城……」

屠部長聽著這些報告，嘴邊還想數落的話就被他吞進肚子裡，許久之後他才微微地眨了眨眼，露出了一個極為欣慰又有些心疼地笑，擺擺手：「好啦好啦，不用跟我報告了，今天晚上大家都回去休息吧。等明天，我們再一起見見那兩個消失了兩個月的英雄。」

這個時候，之前抬頭望天的朱雀組隊員們一個個都震驚地張大了嘴巴。

花千萬、林包和老富已經激動得語無倫次，三人齊齊看向池霄。池霄對他們點頭：「你們的隊長回來了，你們也回去吧。」

老富當即複製出一架直升機，帶著花千萬和林包跑了。

池霄看著還能在天空中看到的兩個身影，瘦削的臉上終於露出了一絲久違的笑容。

這個時候，龍城天團和一百零八羅漢群組裡也都開心到炸開了。

風鳴和后熠用一個晚上的時間刷足了存在感。這天晚上，他們從南邊到北邊、從海洋到山顛，把華國國內出現的幾十個空間裂縫都補完了。到了最後天將黎明的時候，甚至每個區域的靈能者和普通人們都早早聚集在空間裂縫旁，舉著手機、相機、直播球和各種網路設備等著他們，就為了拍下他們的身影，然後在靈網上炫耀一波。

到這個時候，大家竟然都不再害怕空間裂縫周圍那些魔化的動植物了，魔化動物和植物哪有失蹤了兩個月的后隊和天使鳴鳴好看啊！而且有什麼好怕的呢？就算有危險，后隊和風鳴肯定會第一時間救他們。所以到了後期，空間裂縫周圍就總是有靈能者和普通人圍觀了。

幸好風鳴和后熠發現得及時，於是這些人拍到的畫面就是——半空中的兩個人形光團。

『我們天使鳴鳴自帶天使聖光就不說了，為什麼連后隊也發光看不到臉啊？樓主，你是不是用假照片唬我們？』

『我點開了十個不同靈網上傳的影片和照片，就是為了看看我家后隊和鳴鳴的盛世美顏！結果呢？我只看到了人形光團？？？？你們想要騙點擊量和流量也不至於這樣吧？』

然而，拍照片和影片的網友們也沒有辦法啊！他們也很無奈啊！他們已經用最好的相機和直播設備拍了，但就是只能拍出兩團光，要怎麼辦？就算是視力最好的靈能者，也只能勉強看清兩人的身形，而不是臉，普通人和相機就不要挑剔了。

而且，就算只有兩個人形的光團，大家不也看得很起勁嗎？明明是淩晨三四點，靈網上的活躍人數卻達到了這兩個月以來的最高峰。

那些說他們騙人的網民們也非常口嫌體正直，一邊嫌棄只有光團，還不是看到影片和相片就嗷嗷叫地貢獻點擊量。

反正，華國人民激動了一整晚。

歐洲那邊，基本上在風鳴和后熠出現的時候就已經把這個消息報告給教皇陛下和理查騎士長了。

教皇陛下一下子就露出了一個非常和藹喜悅的表情，在胸前做著虔誠的禱告感謝。而理查呆愣片刻，最終忍不住用手輕輕捂了捂眼睛，當他再抬頭的時候，依然是那位無堅不摧、最為強大的神聖騎士。

當風鳴和后熠一起把華國最後一條空間裂縫合攏之後，已經是淩晨五點，起得早的大爺大媽們都已經出來散步了。

風鳴也感覺到了熬夜工作一晚的疲憊，好在修補空間裂縫按照他的想法，消耗掉了很多他無法收攏外洩的靈力。雖然現在外表還像個邪魔妖精，但至少哼歌不會殺人？反正，風鳴抓住后熠就直接一閃，回到了龍城自己的家裡。

照風鳴的想法，兩個月沒有回來，家裡多少會積累一些灰塵，不過他決定不管那些灰塵，先休息。然而，回到家中看到的卻是乾淨整潔的房子，連沙發、被套都被人清洗過了。在風鳴懷疑是大伯母來家裡充當田螺伯母的時候，他聞到了一股甜蜜的花香。

「嗯？」

他家裡應該就只有一朵花，那朵花還是從長白祕境裡帶出來的食人花，別說散發香味了，風鳴還勒令它每隔幾天就得洗洗嘴巴漱漱口，所以香味肯定不是它發出來的，那到底……

風鳴一轉頭，就看到窗臺上那排整齊地生長，顏色不同、香氣四溢的漂亮小花。

但花不是重點，重點是在小花上蹲坐著的一群有小小翅膀、只有拇指大小，像是小精靈的小蜜蜂……精們？

坐在所有小蜜蜂精最中間的，是風鳴熟悉的小女童。她看到風鳴和后熠出現在這裡時，雙眼都冒出了亮晶晶的喜悅光芒，但風鳴看過來的時候她反而有些害羞地捂住了自己小小的下半張臉。

風鳴看著那一群成精小蜜蜂們，覺得幫他收拾家的可能不是田螺伯母，而是蜜蜂小童。

風鳴坐在沙發上，小女童就搧著背後的翅膀，領著另外七八個大一點的男童過來。

風鳴看著她笑了一下：「是你們幫我打掃了家嗎？謝謝你們。」

小女童就飛快地搖搖頭，還在空中激動地畫八字形：「大人，你不需要謝我們，是我們全族的人都該謝謝您才是！一個月之前，我聯繫到了我的族人們，他們告訴我在那一邊發生的所有事情了。我們一族因為體積小，所以總是會被忽略，而且又被安排在最後的位置，那時候空間通道明明已經關閉了，可是您還是強撐著打開空間通道，把我們族人都救回來了！萬幸，我爺爺也被救回來了。雖然他現在失去了大部分的力量，可是有他在，我們都很安心，我們會努力在這個世界好好生活，也會和人類友好相處的。

我一直都想要感謝您的付出，可惜您一直都沒有出現，爺爺說您或許永遠都回不來了。但是……我覺得不應該那麼早放棄希望，我就想，一定要幫您把家裡收拾好，這樣如果有一天您回來，就不會覺得離開很久啦。」

風鳴聽到這番話，輕輕地笑了起來。他不是第一次覺得這些妖獸孩子們可愛，但他現在是真的覺得這隻小蜜蜂特別可愛了。

所以，他伸出了手指，輕輕地和小女童的手相碰，「嗯，妳做得特別棒。我回來以後，覺得家裡真的很舒適。」

小女童又忍不住臉紅，小小尖叫了一聲，這次她在空中畫了好幾個八字，然後像打了雞血一樣握緊了小拳頭：

「大人，您平安無事地回來了是最好。我已經和爺爺還有其他同伴商量過了，以後我們一族就跟著大人您一起活動啦！我們願意當您的守護獸一族！和大人在一起，我們比較安心！」

風鳴就愣了一下：「不是，難道國家沒幫你們分配住的地方嗎？」

小女童搖搖頭：「不是啊，我們太小啦！其實住在哪裡都可以的。而且我們一族總共過來了五百多個族人，現在只是分出一百個族人過來，和我一起追隨大人！保護大人的安全，負責大人的生活！大人您放心，我們金靈蜂一族是非常能幹的一族！我們的攻擊力高、速度快，所有族人都很勤勞，還會釀造靈花花蜜！不論是打群架還是做生意，我們都可以！爺爺說剛來這裡人生地不熟的，還是需要大人幫我們打開市場呢。」

風鳴：「……」

旁邊的后熠就笑了一聲。果然薑還是老的辣，有個老頭果然不一樣，能抱上風鳴的大腿，對這一族以後的發展絕對很好。

風鳴原本還想要拒絕，但在金蜜蜜和其他十幾個長著小包子臉的小傢伙們一同在空中搖搖擺擺、畫圈作揖的請求之下，還是同意了。

主要是他和金蜜蜜也算是有緣，而且這一群小蜜蜂的話，就算跟著他也不會太讓人注意。如果是熊毛毛那一群食鐵獸精就肯定不行了，他要是收留牠們，怕是得牢底坐穿。

「這裡的靈氣不是很充足，你們怎麼生活？」

金蜜蜜就拍了拍身後的透明小翅膀：「我們沒有那麼多要求啦！只要找幾塊比較好的靈石放在我們周圍，我們就能自己改變環境的。而且大人的家剛好是住在頂樓，我們已經在頂樓種了很多靈花啦。還有這些靈花是我們選出來的最好靈花，種在家裡對身體很好呢！」

風鳴這才明白為什麼家裡有一股甜蜜的香味。

「那以後就要辛苦你們了？」

金蜜蜜激動地上下飛：「不辛苦不辛苦！能天天看到大人就很開心啦，我們會努力打掃環境、為大人做飯做衣服的！」

風鳴聽到這裡，趕緊搖頭：「打掃環境和做飯、做衣服就不用了，你們自己按照自己的習性生活就好。」

然後，金蜜蜜就露出了不可置信的表情，彷彿風鳴在嫌棄牠們。

風鳴：「……」

最終，風鳴不堪那十幾雙「我們這麼能幹，您竟然不願意用我們」的眼神攻擊，還是勉強答應了一週打掃環境一次、每天一頓飯的勞動請求。

躺在床上的時候，風鳴都忍不住對后熠感嘆：「這真是一群勤勞的小蜜蜂啊。」

不過，后隊此時想的不是勤不勤勞的問題，而是——

有這一群小蜜蜂在頭頂和窗臺待著，今天先不說，以後每日和諧運動的時候要怎麼辦？好不容易大戰結束了，難道他不該過著老婆工作熱炕頭的美好生活嗎？他明明都已經光明正大地躺在自家小鳥兒的床上了，為什麼還熱不了炕頭？？？

后隊思考了半天人生，轉頭還想對他家小鳥兒說點什麼，就發現小鳥兒已經沾床就睡了。還因為收不回背後的三對翅膀，眉頭微蹙，覺得有點不舒服。

后熠看著他的臉就有些沉迷了，然後瞬間忘掉頭頂和窗邊的小蜜蜂們，伸手就把他家小鳥兒撈到懷裡，用一種痛並快樂的表情，讓風鳴做出了痛並快樂著的姿勢——趴。

伸手輕輕撫著風鳴的後背，后隊的腦子裡開始瘋狂設想各種黃色廢料。

明明掙扎了兩個月，身體應該很疲憊，可他就是怎麼樣都睡不著，還越來越有精神！然後，他有精神過頭，風鳴又覺得「被頂得不舒服」了。

風鳴沒醒來，但是三對翅膀開始輪番擊打后熠的臉，最後風鳴把自己包成了羽毛「球」，翻身睡著了。

后熠：「……」

咳，他家小鳥兒可能睡得還不夠熟，不然在夢裡怎麼還能打人呢。

而在羽毛「球」裡的風鳴睜開雙眼，翻了個大白眼，又笑了一下，重新閉上眼。

一覺睡到第二天中午，在冒著奇香的花蜜大餐裡，后熠和風鳴終於重新上線了。

然後，手裡的備用電話就被打爆了。

第七章　孩子們的生活和報恩

后熠一開機就有電話打過來，接通之後，聽到了后老將軍中氣十足的咆哮聲。

『你這個不知道要回家的臭小子現在在哪裡！外面都因為你和小鳴鬧翻天了，多少人急著找你們，怎麼一下子就不見了？不管你之前在哪裡，一個小時之內趕緊給我趕回來，一堆事等著你處理和彙報呢！』

后熠黑著臉和他親爺爺回了幾句，然後果斷掛掉了電話，半點沒有尊老愛幼的行為。

等他掛完電話，屠部長的電話就立刻打了過來。與此同時，風鳴也接到了研究所總部金奶奶的電話，比后熠不知道溫柔了多少地點頭表示等等就去研究所，掛了電話之後，大伯母和圖途、蔡濤他們的電話就打了過來。

反正兩人光是接親友的電話就接了半個多小時，好不容易打完電話，門又被敲響了。

風鳴還沒站起來去開門，一隻勤勞的小蜜蜂男童就飛快地到了門邊。見到風鳴點頭之後開了門，果然出現了風勃的那張臉。

風勃在門被打開之後就做出了擁抱的架勢，準備給兩個月不見的自家堂弟來一個結實、來自兄長的擁抱。

結果雙手伸出去就撲了個空，差點直接撲上地板，讓他頓時愣了。

他還來不及思考沒人在這裡，到底是誰開的門這個不能深思的問題的時候，就看到了坐在餐桌旁邊，那個和他堂弟有七分像的妖異男青年。

要不是轉眼就看到了后隊長，風勃估計會在第一時間轉身就跑，然後打報警電話——他的弟弟不可能這麼不像人！搞不好是被什麼可怕的妖怪附身了！

好在風勃第一時間穩住了，在聽風鳴說完那兩個月的經歷之後，風勃看著自家弟弟，特別違心地道：「沒事沒事，這樣子也滿好看的！特別有個性！沒什麼見不得人的！而且不是過段時間就能恢復正常了嗎？剛好你可以在家休息，不著急。」

風鳴看風勃的表情，撇了撇嘴，故意把自己那張妖異的臉湊近他堂哥，看到堂哥眼珠亂轉的表情才嘿嘿笑了兩聲，然後心情還不錯的他又想哼歌了。

這麼一哼，風勃差點跪下，最後還是后熠伸手捂住了自家小鳥兒的嘴巴，示意風勃趕緊離開，這才化解了一場人命危機。

之後在龍城天團聊天群組裡，風鳴就把自己的「混血王子」改成了「哼歌王子」，上面還加了備註「我一哼哼你就跪」，讓圖途等人一臉懵。

然後風勃就發聲了。

金口玉言：相信我，剛剛我已經看過他了，他最近力量不穩定，還是過一個月之後我們再

一起吃飯吧。不然半途他哼個歌，我們都得跪。

兔爺：你說得這麼聳人聽聞，兔爺我倒是不信了，非得中途去找找他！

熊大：加我一個。

武功再高也怕菜刀：我。

楊伯勞：嗯……我就算了吧。找跪這種事情，還是不要集體一起行動比較好。

金口玉言：我等著你們五體投地。

不管群組裡面怎麼說，風鳴和后熠在吃過甜蜜大餐後，直接瞬移到研究總部和靈能總部彙報他們這兩個月的經歷。

屠部長和金奶奶等總部的人見到他們兩個的樣子，還驚訝了一下，在確定這個模樣並不是永久性的，只是暫時無法控制血脈覺醒的力量而顯露出來的之後，放心之餘，金奶奶恨不得直接拉風鳴去研究總部研究，不過到底還是沒去成，因為兩人還有更重要的事情要做。

屠部長看著就算休息了一晚，臉上還有疲憊之色的風鳴和后熠，心中有些心疼和愧疚，還是開口了。

「你們能回來實在是太好了，不然這場危機我們都不知道要持續多久才能了結。關於靈氣和魔氣增長的報表，你們也應該看到了，就算在十一月裡，我們動員了全國人民一同獵殺魔化的動植物，也只能保持在魔氣不再增長的程度。這樣是沒辦法解決問題的，只要裂縫還在，混沌魔氣還連綿不斷地從裂縫中滲透出來，地球全球的加速異變就無法停止。我們國家還算是好的，像其他無法號召全民和政權混亂的區域，那裡的魔化動植物數量更多，也魔化得更加厲害。」

屠部長說著，嘆了口氣：「據我們所知，印國那邊三天前出現了一頭可以噴火的凶殘巨象，已經滅殺了不知道多少人。整片世界都是相連的，如果只有我們國家維持穩定，但其他區域的魔氣和靈氣瘋狂增長，最終也是會影響到我們的。所以就要辛苦你們兩個了，尤其是小鳴啊。」

風鳴就明白屠部長的意思了。他得當一個勤勞的世界修理工泥瓦匠，把全世界的幾千條空間裂縫都補上才行。

想這麼做，要耗費的靈力倒不是問題，反正用光了力氣，休息幾天就可以了。但要想修補完全，至少也得幾個月的時間才行，這樣的話，國家給不給出差津貼啊？

風鳴就抬頭看屠部長，面帶笑容地提出了他的疑問。

雖然他努力想讓自己做出乖巧的表情，可惜他此時的容貌太過妖異邪魅，問出這句話的感覺實在是不怎麼乖巧，反而帶著「爾等凡人也配讓我工作」的王霸之氣。

屠部長抽了抽嘴角。他好歹也是見識過大風大浪的人，直接點頭：「肯定會給出差津貼，而且還會給三倍的工資補償，等事情結束之後，國家還會徹底算一下你們兩個的貢獻，發獎金給你們。還有，失蹤那兩個月的各項補償撫恤金也會在這兩天發放。」

你要相信國家絕對不會讓功臣寒心。而且小鳴，你會瞬移嘛，就當作是去全世界旅遊了。

國家公費報銷你的所有開銷，只要你在三個月之內完成對空間裂縫的修補，其他你想要做什麼事，國家都不會強制你的。」

屠部長這樣說完，就看到風鳴臉上露出了很是愉快嚮往的表情，心裡的石頭就落了地。雖然小鳴變得更強大了，但他只要還是個愛國尊法的好同志，他強大就是國家強大嘛！

只要想到他們華國又有了四位神話系靈能者，之前那些表面上讓他們節哀，暗地裡幸災樂禍的國家高層現在的表情，屠部長就恨不得幫他們的白鵝鳴鳴填充小金庫。

然後屠部長就坑了靈能總部和研究院：「你放心，只要你這次好好幹，之後你使用的任何靈能裝備和藥劑，國家都不收錢！每個月還會寄新產品給你，很快，你就能重新填滿你的空間了。」

屠部長他們多少知道最後風鳴是動用了自己的小金庫，開闢空間的。

風鳴一聽這番話，差點想哼暴躁的歌。

他想到了從血脈徹底覺醒之後，自己那變得沒有邊際、可以按照自己想法擴大縮小，卻一根靈草都沒有，空空如也的隨身空間。當時氣血上湧，覺得要熱血一回，回頭一看就知道當時熱的不是血，而是進到腦子的水。

風囤囤面無表情了。

屠部長發現自己好像說到不該說的傷心事了，趕緊咳了兩聲，轉移話題。然而傷心已被勾起，風鳴後面全程癱著臉，讓屠部長差點就受不了，要發錢發卡給他了。

不過，最終屠部長找到了讓風囤囤表情變好的方法——

「我們幫助其他國家也不是免費的，之後再給你一千顆靈石總行了吧？」

風鳴這才勉為其難有了笑臉，然後和后熠收下了一張全球空間裂縫地圖，回后熠的家了。

兩人原本打算在家裡休息一兩天再走，結果硬是被后老爺子和后奶奶叫去吃頓團圓飯。風鳴覺得自己現在這妖異的樣子不適合見人，后熠就自己回去了一趟。

家裡該怎麼樣還是怎麼樣，老爺子和奶奶的身體好像比之前更硬朗了些——老爺子掂著拐杖，拍他的步伐跨得更大了。然後在飯桌上，后熠才知道是風鳴留了兩根萬年人參鬚給老爺子和奶奶，心裡忍不住微暖起來。

等他要離開的時候，他的繼母和繼妹都臉上帶著討好的笑找上他，卻被后熠無視，直接離開，留下兩人心中惱恨無比。可現在又有什麼辦法呢？后熠越厲害越強大，她們兩個就越不受待見，並且會招來各種冷眼和嘲諷，就算物質上沒有被虧待，但這種時時刻刻都存在、來自外界和心理的壓力讓她們永遠無法安寧，也不知道這樣的生活是幸還是不幸。

§

十一月十五日，失蹤了兩個多月又高調回歸的風鳴大天使？大天鵝？終於在靈網上發了最新的一條消息。

『風鳴V：明日開始當一個世界修理工，徵集全世界美食美景大全。感謝，比心～』

這條消息一發出來，就引來了無數的回覆。

除去那些尖叫、捂臉、捂胸口和要求照片的，就是真．世界美景美食大介紹了。

餘冬冬：嗷嗷嗷我來回答！最美純淨南極走一趟啊，嗚嗚！冰天雪地小企鵝，感受世界的清靜！

檸檬茶：不不，其實還是北歐比較好，南極純淨但是沒有人煙沒有美食，北歐還是有美味烤肉和美酒的！

月下流光：哈哈哈！我竟然真的來了？我來說個地方，日國的北海道溫泉滑雪是真的好，鰻魚大餐相當推薦喲！

反正很快，風鳴就知道去修補空間裂縫的時候要順帶去哪裡吃吃喝喝玩玩了。然後，風鳴在一堆回答裡找到了一個關注到重點的提問。

『不是，比起全世界美景美食，我更想知道世界修理工是什麼意思？』

風鳴看著這個留言笑了笑，很快他們就會知道了。

然後在接下來的幾個月時間裡，大家確實知道了「世界修理工」是什麼。

風鳴和后熠先去歐洲。很快，歐洲各國就有空間裂縫被修補好的消息和許多照片傳出來。

風鳴的靈網上很快就多了許多推薦景點的打卡照片，偶爾還會有他和后熠的背影在照片中出現。

瀏覽率和點讚數最高的，是風鳴和理查一起在某條漂亮的河邊喝咖啡的唯美照，雖然這張照片上的兩人依然都是背影，卻給人一種莫名溫暖守護的感覺。

然後就是東南亞區域。東南亞的靈網上一堆人喊著「天使」、「神使」每天興奮地拍拍，讓華國人民看到了還以為在歐洲的「蜜月旅行二人組」。

『姊妹們，不要停留在歐洲了，快點去印國靈網，那有最新的糖和糧啊！』

印國靈網差點癱瘓。

然後華國的人們看到了風鳴和后熠一邊修補裂縫，一邊大戰跺一跺腳就能讓大地震動的巨大白象影片。

影片中一開始還有不少印國人在尖叫，甚至咒罵，但到了最後，這些印國人都一個個熱淚盈眶地跪著喊「爸爸」了。在印國所有強大靈能者都對那頭巨象束手無策的時候，風鳴和后熠輕而易舉就搞定了魔化的巨象。

然後，讓華國網友們大笑、印國網友們鬱悶的畫面就發生了——

當巨大的魔化大象被打倒之後，風鳴、后熠、印國的頂級靈能者隊伍以及高官，對魔化巨象的分配發生了爭執。印國靈能者表示，雖然你們幫了我們很大的忙，也幫我們合上了空間裂縫，但巨象是我們國家的，死也是我們的啊。

風鳴對此二話不說，就要重新打開裂縫，印國的人才趕緊尖叫著制止：

「噢，親愛的風先生，你不要這樣，我們也是怕你搬不走這巨象的屍體啊！你看你們才兩個人，怎麼說都不好扛著這像小山一樣大的巨象離開啊！還不如把它交給我們，我們到時候會把最寶貴的材料送到兩位手上的！風先生，你要相信我們確實是好意，這巨象實在不好搬運啊！」

結果，印國高官剛說完，風鳴就微笑著把像小山一樣的巨象收起來了。

收、起、來、了！

印國所有在場的人看到瞬間空空如也的大地和巨坑，下巴都要掉下來了。然後，風囤囤露出了一個十分友好的笑容：「放心，我我有特殊的搬運技巧，不用貴國友人操心了。」

風鳴說完，拉著后熠就瞬移跑了。

許久之後，那段影片裡才傳來心痛發狂的嚎叫跺腳聲，然後就是說錯話的高官被打得不輕的畫面。

風鳴這個時期的靈網照片就是印國的各種風景照了，還有一頭魔化巨象特別可怕、黑漆漆的象牙照片。

華國同胞們在靈網上刷了一排的「哈哈哈哈哈！」和「幹得漂亮！」。

在「看家鵝風鳴鳴」之後，「一點不留風囤囤」的外號迅速占據熱搜。官網還特別皮地點了個讚，表示「囤」和「積」這種行為是傳統美德。

之後，風囤囤和被粉絲暗自貼上「疑似妻管嚴」標籤的后隊又去了非洲、美洲、澳洲等不同區域和國家。

在非洲，他們見到了大力神黑人的一群兄弟，幫他們閉攏了空間裂縫，還順帶宰了一頭非洲魔化巨獅。黑人札克果然是全村的希望，風嗚最後還捐了幾百箱泡麵和幾百桶乾淨的水，得到那個村莊毫不保留的尊敬和喜愛。

札克表示，以後他們會努力學習和鍛煉，總有一天能走出村子，讓所有人生活得更好。風嗚送了他一支靈網手機，決定以後有事可以帶著黑人兄弟們一起出出任務，賺賺錢。

在美洲，他們只是幫忙合上了空間裂縫，畢竟美洲的靈能者們已經夠厲害了。

日國最麻煩的魔化動植物竟然是一條八頭蛇，也不知道基因是怎麼突變的，反正那樣子像極了日國神話裡的八歧大蛇。要殺死的方式也是一樣，必須同時射殺八歧大蛇的八個頭才行。然而，后熠的九支射日箭一出來，還有一支沒派上用場。后隊表示你們的蛇太不會長了，九才是極數，估計就是少了一個頭才會這麼弱吧。

所有日國人：「……」

要不是看你厲害，真的要跟你拚命啊！

最後，風嗚和后熠來到了澳洲。

澳洲最厲害的魔化動植物是一頭巨大袋鼠，風嗚拍下了后熠和巨大魔化袋鼠的肉搏之戰！這個影片的點擊量在一夜之間登頂熱搜，在影片中裸著上半身和魔化巨袋鼠戰鬥的后隊長絕對是讓男人看了流淚，女人看了尖叫的完美身材。這一戰從夕陽打到日落，完全是力與美的碰撞。

然後，后隊的粉絲也在這段影片公開後再度超越了池隊，無數的女粉男粉們在后熠的靈網下尖叫。

『啊啊啊啊我被帥軟了腿！！后隊我要嫁給你啊啊啊啊！』

『看完影片以後渾身激動得顫抖，真男人就是后隊那樣的！！』

『一想到后隊要是我老公，我渾身都軟了，嗚嗚嗚！又英俊又野性，還這麼強大，這是我夢中的太陽神啊啊啊啊！』

然後，在看不見底的留言中，后熠發了條動態。

『后熠V：十動然拒。我的身體和心靈只屬於一人。』

靈網上停滯片刻，之後瞬間炸裂，靈網工程師們跪了一地。

然而，在靈網上一片血雨腥風討論的時候，在澳洲的大草原上和星空之下，風鳴感受了一把全網盛讚的，如太陽神一樣英俊、野性、強大的身體♂。

從太陽落山到太陽升起。

媽的，他確實軟了，因為某人幾乎一直硬著啊！！

黑著眼圈爬起來，風鳴心想，這他媽的身體和心靈誰想要就拿去吧，反正他要不起！

在后熠伸手還想拉他的時候，風鳴轉頭對后熠冷笑一聲，在后熠十分不祥的預感中比了個中指，瞬間就沒了蹤影，還在空中留下一句話：「傻子！！老子會飛！！」

§

風鳴和后熠是一起出國修復空間裂縫的，卻不是一同回來的。

他們修補完全世界數千的空間裂縫，耗費了整整三個月的時間，雖然有時候會到相對的國家休息遊玩，但更多裂縫是在人跡罕至的各個區域，所以說到底，修復空間裂縫並不是一件容易的事情。但因為有風鳴的空間瞬移能力，把原本要持續一年多，甚至更久的艱苦工作縮減，也變得輕鬆了不少，所以華國靈能總部的人看著靈網上的那些照片，還是很羨慕的。

「唉，真希望我也能和風鳴一起去修補空間裂縫，看看世界各地不同的風景和魔化動植物啊。」

「你這個靈能等級剛到A的弱雞別做白日夢了，沒看到風鳴在靈網上的那些戰鬥影片嗎？那些在空間裂縫周圍的魔化動植物都非常厲害，別說你一個人了，我們整個隊伍去圍攻那個袋鼠和巨象都不可能贏！但是后隊一個人就幹掉了巨大袋鼠呢。」

「唉，那我好希望能變得像后隊一樣強大啊！不過，現在比起討論后隊的強大，靈網上全都在討論后隊的愛人是誰呢！哈哈哈，這個更精彩啊！各式各樣的人因為各式各樣的理由都上榜了，現在呼聲最高的是朱雀組的池隊，和靈能排行榜上前三的大美人呢。」

「我覺得火薔薇最美！美豔的大美人配野性英俊的后隊！！」

「啊啊啊，這樣一說，我更羨慕后隊了！什麼時候我才能成為像后隊那樣的大英雄和靈能者？」

值班室的兩個靈能者正討論得熱火朝天，突然就接到了通訊電話。電話上顯示的青龍標誌讓兩人瞬間一顫，差點沒嚇得原地跳起來。

迅速調整好呼吸之後，兩人接通了電話，片刻之後都是一臉呆愣。

「啊！收到！好的，后隊！我們會馬上聯絡青龍組去接您的！請您稍等！」

「請問后隊，風鳴隊員是否安全？是否需要我們協助？」

「好的，明白！」

等掛了通訊電話，兩人面面相覷。

總覺得后隊在電話裡說他和風鳴走散，風鳴就先回去了的情況有點假。就后隊那雙能對九天射日、再厲害不過的眼睛，能把風鳴搞丟了？而且風鳴有三對翅膀，在空中視野那麼好，還會找不到后隊嗎？

最重要的是，哪家隊員找不到隊長會直接回家啊？不怕惹隊長不高興，然後一直被壓著不讓升職嗎？

這兩個靈能者設身處地地想了想，發覺如果他們是風鳴的話，還……真的不怕。

「啊，現在我不羨慕后隊了。」

「我明白明白，我想當鵝人。」

「也不一定是大白鵝或者天鵝，有翅膀的都很好。」

「如果是獨一無二的神話系就更好了，對吧？」

「對對！」

這個時候，真．獨一無二的神話系的風鳴正在家裡數錢。

是不是覺得這畫面有點熟悉和感動？至少風囤囤看著滿屋的各種靈植、動物材料，看著閃著誘人光芒的各種靈石礦石，看著他在三個月裡辛辛苦苦重新囤積起來、整個隨身空間的各種寶貝，感受到了無比的喜悅和感動。

啊，他終於又是原來的那個風囤囤了，終於不會再覺得空間特別空曠，家底薄到讓他心生危機感了，也終於不會每次看到自己的空間就心塞到不行，什麼都吃不下去了。

他看看巨大的黑色象牙、巨大袋鼠防禦超強的育兒袋，再看看八歧大蛇的一半蛇皮，心想這些不知道能幫他製作成什麼樣的裝備。不過，至少象牙是可以做一把華麗麗的象牙彎刀，育兒袋的話，做個背包也可以啊。

風鳴這樣想著，忍不住笑出了聲，手上還抓著幾塊凝聚了空間之力和混沌魔氣的灰黑色「魔石」。

這種石頭在最近這兩個多月的時間內形成了不少，因為蘊含混沌魔氣而遭到大家的厭惡，但風鳴卻覺得可以在這個時候多囤積一點，畢竟世界的空間裂縫已經被他補完了，混沌魔氣只會越來越少，最終恐怕只會在特別特殊或危險的地方才會有類似的腐朽陰邪靈氣。到時候，由這些腐朽陰邪的靈氣形成的「魔石」估計會比較值錢。

畢竟物以稀為貴，而且就算是毒藥，也能拿來治病救人，這些混沌魔氣說不定還有其他比較好的價值作用呢？而且就算是哪裡都不能賣，賣給研究院也是可以的。所以風囤囤就特地找出空間的一個小角落，放置這些「魔石」，準備以後高價賣出。

數完了錢和寶貝，風鳴才心滿意足地從自己的空間裡出來。

對，他現在可以自由進出隨身空間了，除了沒有靈泉、靈田，他是真心覺得他不輸那些小說裡的金手指。

只不過，聽金奶奶說現在各個國家已經開始研究靈能空間折疊技術，估計等幾年或者十幾年後，這世界上的所有人都有機會得到一個屬於他們自己的「隨身空間」吧。

風鳴坐在床上，臉上露出了一個嚮往又欣慰的笑容。

再這樣發展下去，這個世界的人類又能創造出怎麼樣的燦爛文明呢？

當興衰交替，未來的這一方生靈又會怎麼求存？

他想到在最後時刻跨越時間和空間的長河看到的畫面，慢慢地閉上雙眼，微笑了起來。

他從不後悔在四象世界裡做的事情，哪怕那件事曾經差點要了他的命，只是在面對終結的時候，他多少有些遺憾和不甘。然而，看到了「不知多久的未來或者過去」之後，他想，他要感謝做了這個決定的自己，他抓住了那一線生機。

他也要感謝孕育和接受了他的相生相依的兩方世界。

萬物枯榮、此消彼長，不過都是生命的輪迴，世界上的所有生靈如此，寰宇之中的世界也是如此。

§

風鳴在家睡得很舒服，半點都不擔心那個被他扔在澳洲大草原上的另一半。

哼，他不是身強力壯，堪比太陽神嗎？那就身強力壯，沒有遮掩地在大草原上奔跑吧，反正以那傢伙的生存能力是無論如何都餓不死自己的。至於沒有遮掩……老三偷偷摸摸幹的事，關他風鳴什麼事？

然後當天晚上，他就高高興興地和風勃、蔡濤他們一起開心聚餐了。時隔將近半年才能好好聚一聚，大家都非常開心。

風鳴中途去上廁所的時候刷了一下好友動態，他絕對不承認自己是想透過動態找找某個箭人的情況。結果，他打開之後差點尿到自己鞋子上——

他的螢幕上，被某個人的裸照刷屏了。

白虎組馮常：哈哈哈哈哈哈哈！哈哈哈哈哈哈！快看照片，我用最快的手速和眼力拍下來的！我去，后羿你也有今天！哈哈哈哈哈哈！

玄武胡霸天：不是，老馮，你怎麼拍到這張照片的？你不是在西邊出任務呢嗎？這地方是澳洲吧？

白虎組馮常：哈哈哈哈！我原本要搭老富的複製直升機去京城的，結果中途老富他們就接到電話，要去接自己隊長了。我尋思著反正我也沒什麼事，剛好還能過去跟后熠打一場，就跟過去了，然後……哈哈哈哈！我就看到那個裸奔的全網男神了！

玄武胡霸天：……看不出來后熠還有這樣的愛好。

朱雀組池霄：哼，色迷心竅，吃了悶虧而已。

青龍組花千萬：池隊一語中的。我從沒想過我們后隊能這麼蠢，果然是被美色迷了心竅。

青龍組林包：色字頭上一把刀，古人誠不欺我，更何況還是最快最鋒利的刀。我不能笑！

青龍組老富：唉，老房子著火嘛……

青龍組后熠：好了，都給我閉嘴。以及馮常，刪掉我的照片，不然我就把你和糞坑大魔獸打架的照片傳上來了！

白虎組馮常：來啊！互相傷害啊！！你以為我只有你這一張醜照嗎？

風鳴：「……」

風鳴看著在靈能者四方組裡瘋傳的照片，突然有那麼一點小小的心虛，感覺好像坑了自家另一半。

嗯……不過，就算是裸照和偷拍，這張照片還是滿好看的。

風鳴：「……」算了，等后熠回來，還是讓他上床睡吧，原本是打算讓他睡地板的。

後來后隊果然因為照片睡了床，並且還成功地憑著這張照片多睡了好幾次的床。

這張后隊裸照不知怎麼地，莫名其妙就流了出去，然後私下被某些人高價收藏和轉發，甚至後來還出高價懸賞——

『一億跪求后隊真人等身伴侶娃娃！求求求！』

然後，因為一次潛入任務看到這個訊息的風鳴就沉默了。他覺得，他好像還坑了自己。不過現在嘛，風鳴一邊收藏照片一邊想，之後他可以自己拍高清全身裸照的，嘿嘿。

等一行人聚會完，也到了晚上十二點多。圖途和風勃已經醉成了一隻死兔子和死烏鴉，被熊霸那個醉得暈乎乎的傢伙扛著走出飯店包廂。楊伯勞、蔡濤相對來說比較清醒，各自找了一輛計程車，準備一起回去。

臨走的時候，楊伯勞轉頭看風鳴：「你確定要自己飛回去？」

風鳴也有點暈，擺手：「不過一個瞬移的工夫而已……不、不用擔心，我沒醉。」

楊伯勞想了想，最後還是上了車：「有事就打電話叫人，不要亂飛啊。」

風鳴哼了一聲，他怎麼可能亂飛？

找了個沒人的地方左右看了看，他張開自己隱形的翅膀，一個閃身就回家了。

「？？？？」

風鳴站在房間裡，看著黑漆漆空間裡的十幾個鼻青臉腫、傷痕累累，還抽噎不已的小少年和孩童們，腦子愣了一瞬。

然後，酒瞬間就醒了——這不是他家！！他真的亂飛了！！

楚。

風鳴頭一次覺得自己的視力有點太好了，不然也不至於把這漆黑屋子裡的慘狀看得一清二楚。

他應該是在一個像倉庫的廢棄大屋裡，裡頭堆著許多破舊的布匹和紙箱，角落散發著難聞的氣味。屋裡的孩子總共十八個，最大的看樣子只有十二歲，最小的大概三四歲。

這些孩子們大部分都雙眼無神、瑟縮畏懼，像是長時間處在驚嚇和恐懼的環境之中。稍微大一點的孩子則是畏懼中又帶著敵視，還有一言不合就動手的決心。不過，醒著的幾個孩子看到風鳴突然出現在倉庫裡，竟然沒有一個害怕得尖叫出聲。

風鳴看著這些孩子還有點暈，一時之間搞不清楚狀況，也沒開口說話，但腦子卻在飛快地運轉。

這些孩子是被拐賣的？還是被抓起來的童工？他現在是在哪裡？剛剛好像感應到外面有兩個人在守著，要不然那兩個人抓起來問情況？還是要乾脆一股腦地把這些孩子們全打包帶走？

風鳴正在思考，突然，被最大的孩子抱在懷中的最小傢伙叫喚了起來。

對，不是說話，是叫喚，「呦～呦～」的清軟叫聲。

當風鳴聽到那小傢伙的叫聲時，差點忍不住說一聲我靠。

他瞬間把目光鎖定在那個小傢伙的身上，結果發現那個小傢伙一叫，整個倉庫裡的十幾個孩子全都驚醒了過來，並都在第一時間靠近那個小傢伙的周圍，擋在那個小傢伙的面前，非常戒備恐慌的樣子。

可就算是這樣，他們依舊沒有大聲喊叫出聲，也沒有開口求助於門口看守的兩個人。

風鳴簡直要瘋了，他閉上眼睛，輕輕感受了一下倉庫中的靈能波動。

然後，他確定那個開口叫喚的小傢伙真的是個小妖獸。看他三頭身的腦袋上那兩個鼓起來的玉白色小包包，風鳴差不多猜到這小傢伙的種族了。

他深吸一口氣，把整個倉庫都罩上一層空間壁壘，隔絕了外部探聽和攻擊的一切可能。

然後他才大步走到抱著小傢伙的大孩子面前，伸手把小孩提起來。

一直都沒說話，盯著他的小少年瞬間就跳了起來：「你是誰！！不許你傷害呦呦！」

其他十幾個孩子也都非常凶狠地用腦袋撞向風鳴，還企圖用小拳拳砸風鳴的胸口，可惜都被擋在了空間之外。

倒是被風鳴提在手裡的小不點完全不怕，他呦呦兩聲，還特別渴望地伸手向風鳴求抱抱。

眼睛裡還有一點金豆豆，彷彿之前受了天大的委屈。

風鳴嘆口氣，也不嫌棄小傢伙身上的破衣服髒兮兮的，把人抱在懷裡。小不點用熱乎乎的小手抱住了風鳴的脖子，還一個勁地呦呦直叫。好半天，小東西才抬起了腦袋，指著自己頭上小小的包包撇嘴。

風鳴仔細看了看，小東西額頭上的包包似乎有點紅，周圍還有被掐被擰的痕跡。估計是被抓來之後，被當小傻子對待了，頭上本該長角的地方被當畸形虐打。他手上聚集著靈氣，輕柔地撫摸了他的小包包，小傢伙又開心地呦呦地叫了。

這個時候，在旁邊擔心風鳴會傷害呦呦的十幾個孩子也一個個停下了動作，驚訝地看風鳴和呦呦互動，然後那個最大的孩子才小心翼翼、帶著無比期待的神色看風鳴：

「您、您是呦呦的家人嗎？我們都是被拐賣來的！您能突然出現在這裡，都能把我們都救出去嗎？求求您了，救救我們吧！如果您一次救不了那麼多人，就把甜甜、芳芳、呦呦、仔仔他們帶走可以嗎？我們都是在這裡為他們乞討的乞兒和小偷，但年紀小的他們會被賣掉！我、我們已經找不到自己的家人了，但他們還是有機會重新見到家人的！」

那小少年抬頭看著風鳴，越說越難過，越說越不確定，最後拉著周圍的孩子們要對風鳴跪下。

風鳴差點被他們閃到腰，手上一用力，孩子們就被一陣微風托了起來，然後一個一直沒有吭聲的小女生忽然抬頭開口：「靈能者！！」

其他孩子們也都知道風鳴是他們在螢幕和廣播裡聽到的厲害靈能者了。

「你們不用害怕，詳細地把這裡的事情跟我說。我會把你們全都帶出去，然後幫你們重新找家人的。我可是厲害的靈能者，既然我出現在這裡，那就是上天讓我來幫助你們的。」

風鳴這樣說著，還從空間裡拿出了一大堆食物給這些孩子們吃。他能看出這些孩子們大都營養不良，有幾個在剛剛說話的時候，肚子還發出咕嚕咕嚕的聲音。

風鳴突然出現在這間倉庫中，已經讓孩子們覺得非常驚奇了，這個時候又嘩啦啦地倒出了一大堆好吃的，就算再有戒備心的孩子也都發出了一陣驚嘆。大家伸手就抓住麵包和小零食，迫不及待地往嘴裡塞，邊吃還邊發出狼吞虎嚥的聲音，倒是聽得風鳴心中有些酸。

然後風鳴聽這些孩子們說了他們被抓來的過程，還有這個人口販子集團的事情。

年齡最大的小少年已經被抓來這裡三年了。說起他被抓的過程和經歷，臉上都是憤怒和悲傷的表情。

「我是八歲的時候被抓的……那時候，我只是在商場裡和媽媽分開了，然後我突然就聞到了一股香香的味道，那味道特別像我最喜歡吃的炸雞腿，我就跟著那味道走了。等我回過神的時候，我走到了一片很黑的地方，被兩個力氣特別大的人抓了。被抓之後，我好幾次想要逃跑……可是逃不掉。」

小少年忽然紅了眼眶，渾身顫抖起來：「這附近有特別可怕、會吃人的陷阱！我之前是和東東一起跑的，可東東一腳就踩到了陷阱，裡頭有一朵很可怕的食人花，他就被吃了。我跑得快，沒有掉進陷阱裡，可是被特別高的釘子牆擋住了路，最後還被釘子老大抓回來了。」

旁邊那個說出靈能者三個字的小女生在這時開口：「釘子老大也是靈能者，他手中能射出釘子，就像子彈一樣可怕。」

風鳴看向這個小女生，有些驚訝地發現她周身竟然有隱約非常弱的靈力波動，這應該是快要覺醒靈能異變或者靈能血脈的情況。

而且，這個小女生這麼關注靈能者的事情，她很有可能知道自己快要覺醒了。

「妳是怎麼被抓來的？」風鳴問她。

小女生抿了抿唇：「我是被奶奶丟掉的。」

「奶奶覺得我是個不值錢的丫頭，想讓媽媽生弟弟，但媽媽不願意，奶奶就把我丟了……我知道媽媽肯定還在找我，所以我不管怎麼樣都要回去。」

風鳴又想嘆氣了。

然後他沒有再問這些孩子們是怎麼被抓來的，改問這些孩子們這個組織裡的成員情況。

這些孩子們被抓來之後，一個個都變得非常謹慎，而且細心聽話，他們一個個回憶拼湊，竟然七嘴八舌地就把整個人口販子的情況說得一清二楚。

這是一個由靈能者領導的罪惡組織。大概是從三年前開始發跡，因為組織裡的兩個頭領在三年前覺醒了靈能。

其中最大的頭領就是釘子老大，他的手中可以射出金屬的釘子傷人。後來靈能等級增強了之後，就能在自己觸碰到的牆面和地面埋金屬釘子，算是一個厲害的攻擊靈能。

但讓他們能這麼輕而易舉地誘拐婦女和兒童的，卻不是釘子老大的靈能，而是釘子老大的女人，孩子們叫她香姨。

那個女人的靈能是散發出異香，但那香味並不固定。至少風鳴從孩子們的口中，就聽到了「炸雞腿」、「橘子糖」、「紅燒肉」、「巧克力」等好幾種把他們引誘過來的味道。而琪琪，就是快覺醒靈能的小少女還說，她身上還有非常好聞的花香、香水的味道，所以風鳴覺得那個叫「香姨」的女人香味，很值得靈能研究所研究一下。

除了這兩個最厲害的靈能者之外，這個至少二十人的人口販子還有三個靈能者，分別是一個一拳能把牆壁砸一個洞的力量型靈能者、跑得比汽車還快的速度型靈能者，以及比較棘手的西瓜蟲靈能者。

風鳴在聽到西瓜蟲這三個字的時候，還以為自己幻聽了，結果小少年表示，這房子外面有好多西瓜蟲守著，他第三次逃跑的時候就是被這些西瓜蟲發現，然後被抓回來打斷了腿。

風鳴看著小少年已經畸形的雙腿，眼神沉沉。

不過他伸手去摸了摸小少年：「沒事，別害怕，等出去以後，會有醫生叔叔和阿姨幫你把腿治好的。現在的科技和靈能研究都很發達了，很多絕症都不再是絕症，治好你的腿也只是一張B級恢復靈能卡的事。」

小少年非常崇敬地看著風鳴點點頭：「嗯，我相信大哥哥。」他眼眶又紅了，「謝謝大哥哥來救我們。」

倉庫裡的一群孩子們就齊齊點頭，對於他們來說，深夜裡忽然出現在倉庫中的風鳴就像是一個暗夜中的騎士，為他們帶來了像作夢一樣的希望。

風鳴也總算知道為什麼這些孩子完全逃不了了。他剛剛用靈力仔細地掃了一下，果然倉庫立面和周圍都有讓人非常不容易發現的西瓜蟲存在，也幸好他沒有直接碾死那些蟲子，也沒有直接帶孩子們離開，不然肯定會被發現。

不過，就算他帶著孩子們離開了，那些人也無可奈何。但這樣一來就打草驚蛇了，那些人手上的孩子和女人們可不止這些，他們至少有三個不同的據點。

風鳴就打了電話給他的前隊長泰南。

這種事情不需要用到可能還在澳洲大草原的箭人，只需要他配合龍城各區的警衛隊，就可以一網打盡。雖然他自己一個人就可以解決，但還是要通知一下本地警衛隊。

風鳴打完電話就對孩子們道：「接下來哥哥就要去打壞人了，你們安心在這裡等著，等等就會有員警叔叔來救你們。另外，你們就聚集在這裡，不要動也別亂跑，我幫你們罩了一層保護罩，只要在這個大圈裡，誰都傷害不了你們。」

孩子們看著那個在地上，似乎在夜裡閃閃發光的圈圈都瞪大了眼睛，其中一個臉上有肉的小男孩還突然說了一句：「孫悟空！」

風鳴就笑了起來：「對，你們就是被孫悟空大聖保護的小唐僧啦，可別傻到跑出圈圈了啊。」

孩子們集體點頭。

小女孩琪琪還有點擔心：「你能打過釘子老大嗎？」

風鳴抱著還緊緊摟著他脖子不放的幼年小鹿，舉了舉手臂：「我一個能打他十個，戰無不勝！」

孩子們就齊齊歡呼了起來。

然後風鳴就抱著小鹿走了，他已經從這些孩子口中知道小鹿的角會在他願意的時候散發出治癒的力量，這些孩子們會這樣保護著小鹿，就是因為他治好了好幾個發燒生病的孩子。只是小鹿的特殊力量在今天被發現了，所以他們一直抱著、守著小鹿，怕他被賣掉。

風鳴看著用自己的小包包蹭脖子的小傢伙，笑了一下。或許就因為這小子感受到了本能的危險，才會把他「召喚」到這裡來的吧。

他就算亂飛，也不可能這麼精准地飛到倉庫裡，小傢伙應該有「靈能共鳴」一類的天賦。他應該在被抓之後一直釋放著共鳴，可惜或許是因為力量太小，沒有被人發現，又或許是因為這附近太偏僻，沒有其他靈能者出現，所以才會這麼久都被困在這裡。

「你也不容易啊。」

還這麼小，小角都是小包包呢。小鹿就又蹭了蹭風鳴的脖子。

風鳴拍拍他的小屁股：「走，哥哥帶你去打壞蛋。要把他們打到屁滾尿流，懷疑人生！」

「呦呦！！嗷嗷！！」

或許對其他人來說，想要找到這群人的老大和老巢是一件很困難的事情。甚至一旦出去想要不驚動別人、不走漏消息都不可能，但對風鳴來說，這是一件很簡單的事情。

他先用靈力波動探查了整片倉庫的情況，弄清楚了整個倉庫的布局之後，直接找上了倉庫裡最厲害的看守頭子，然後沒有驚動埋伏在外面的西瓜蟲，瞬移到看守頭子的屋子裡。趁屋子裡的兩人還沒有反應過來，他直接手一揮，把他們冰凍了。

小鹿看著那兩坨大冰塊，高興得想呦呦兩聲，不過在風鳴拍了拍他的小屁股之後閉上了嘴巴。

屋子裡的兩個人有一個是身強力壯的普通人，另一個則是身材瘦高、面容陰鷙的傢伙。瘦高男人的周身有靈氣波動，說明他是個靈能者。

風鳴想了想，單獨把這間房間套上了空間壁壘，然後把凍成冰塊的瘦高男人解凍。

瘦高男滿心驚駭，先是被凍成了冰塊，來不及反應，被解凍之後下意識就要衝到警報器旁按響警報系統。他是速度靈能者，自問反應速度夠快，可以搶到時間，結果卻像是高速奔跑的車子一下子撞到了透明的玻璃上，在距離控制台一步之遙的地方撞得頭暈眼花，額頭當場就流血了。

他暈乎乎地摸著自己的腦袋，整個人都不好了。

直到這個時候，他心底才冒出一股寒氣，看向那個抱著小男孩的青年，目光驚疑不定。他仔細看，這個青年好像有點面熟，但一時間又想不起來是誰。

「你、你是誰？要做什麼？」

他的聲音沙啞，風鳴卻沒工夫跟他浪費時間：「把你們老大的住處說出來，我有點事情想要當面找他聊聊。你的靈能等級撐死了也不過B級，別想跟我打了。還有你最好對我說實話，你說的地點，我可以馬上就過去，如果你跟我說假話，我就對你進行慘無人道的折磨。壞事做了這麼久，你們總該有被抓的覺悟吧？」

風鳴就那樣淡淡地看著他。瘦高男人看起來很聰明，眼神越來越驚疑，他在腦子裡反覆琢磨著風鳴的話，想到剛剛風鳴把他凍成冰塊、自己突然撞上無形牆的事，慢慢想到了一個極為不可能的可能，表情都有點扭曲了：「你是風鳴？」

怪不得他會覺得風鳴眼熟！最近這半年的時間裡，整個華國的靈網上全都是他的消息，到現在這個青年已經是「國民鵝子」、「大家的風囤囤」、「馬甲小天使」，是全民偶像和喜愛者了。就算他們幹的是見不得光的工作，每天上網也不喜歡看一個長得好看的男人的消息，但誰叫他的消息鋪天蓋地，哪裡都有他呢？所以，瘦高男人就認出了風鳴。

在認出風鳴之後，他也非常乾脆地認了栽——要是其他警衛隊來，他還可以掙扎一下，但風鳴身後代表的力量實在太可怕了。

而且不算風鳴身後的那些力量，風鳴自己就是當下最厲害的神話系混合靈能者，他們整個組織加起來都不會是這個青年的對手，所以瘦高男人也特別乾脆地招了。

他也知道自己幹的是沒良心的工作，也沒有哭求什麼，就是特別乾淨地抖出了他知道的一切，想多少能將功贖罪什麼的。

風鳴聽了他說的話就點點頭，重新把他凍成冰塊，然後身形一閃又消失了。

在風鳴身形消失後的十分鐘，龍城北區的警衛隊就來了。這裡是龍城北區一處偏僻的郊區廢棄倉庫，風鳴告訴泰南後，泰南就根據定位聯絡了同事。不過，風鳴和圖途他們聚餐的地方是在龍城南區，可見風鳴亂飛飛了多遠。

而風鳴從那個瘦高男人嘴裡得知了釘子老大和香姨的六處房產所在，其中有三處是瘦高男人強調釘子老大可能會住的地方。不過，風鳴沒有在那三個地方找到釘子老大，反而是在一處不引人注意的高檔公寓裡找到了釘子老大。

這間公寓在頂樓二十八樓，景色還算不錯，釘子老大此時正躺在床上，懷裡摟著一個怎麼看都不像是香姨的年輕女人，正跟人講電話。

風鳴抱著小鹿蹲在他臥室的上方，聽他講電話。

「呵呵，我辦事，你們還有什麼好擔心的？這一行我從靈能覺醒之前就開始幹，一直幹到現在都沒出什麼紕漏，可見我是有運道的。而且前幾個月查混亂組織的嚴查都沒查到我頭上，我可比您穩。」

「哈哈，我可沒說瞧不起您老，您老以前可是我這小人物都抱不到大腿的人，瘦死的駱駝比馬大，更何況您老是一頭雄獅呢？您放心，您要的人我明天就送去給您。那小傢伙確實是有治癒能力的，而且我覺得那小子不像是人，倒像是妖獸變成的人。聽說國家接收了一批妖精，那些妖精還都是小孩子們。哈哈，不管怎麼想都很值錢。

道上的人最近都在絞盡腦汁地想要怎麼搞到一個妖精的小孩來賣呢，不管賣給誰、賣到國內還是國外，絕對都是最高的價錢，而且那些還都是剛來到我們這邊的小傢伙，勢力和底氣都不足呢，多好的貨品啊。這麼好的貨品偏偏就讓我碰上了，可見，老天都在幫我。」

「您老放心，只要您的錢和靈石到位了，明天下午您就能見到那孩子了。」

釘子老大說到最後，似乎聽到了讓他很滿意的話，哈哈大笑了幾聲掛斷電話，然後屋裡就響起了一陣十分少兒不宜的聲音。

風鳴低頭看著小鹿，小鹿眨著水靈靈的大眼睛一臉萌。

風鳴面無表情地幫他的腦袋套了個空間：「少兒不宜。」

又在小鹿眼睛上套了眼罩，拍拍他的小屁股，讓他睡覺。

小鹿這幾天擔驚受怕還被欺負，又用了很多的靈力，早就已經疲憊不堪了。現在什麼都聽不到，眼睛也被罩上，還被熟悉地拍了拍，就真的打了個哈欠，咂著嘴睡著了。

風鳴把小鹿送到了自己的空間大床上，滿意地點頭。

經過生死一遭之後，收穫最大的就是他對空間、水和雷霆之力的徹底掌控和能力增長了。水和雷霆之力不說，只靠空間之力，他現在甚至可以開闢一個屬於他自己的「祕境空間」。不是從前那種只能放死物的空間，而是可以聯通天地靈氣、讓萬物生長，像是長白祕境那樣的空間。

只不過，他現在的力量最多就是開個普通的小房間餵雞，想要像長白祕境那樣自生靈物、空間廣闊什麼的，壓根就別想。但只是這樣，也讓他非常滿足啦。

一身輕的風鳴就哼著歌，一步一步淩空走下了天臺，走到釘子老大的臥室窗戶旁邊。

他滿臉嫌棄地看著屋內的景象，覺得釘子老大的身材和他家能射太陽的男人相比實在差太遠了，連提鞋都不配啊。

嘖，持久度也差太遠了。

這麼弱的身體，那女人叫得也太假了。喔，那女人看到我了呢，這聲鬼叫倒是滿真的。

因為風鳴像幽靈一樣出現在窗邊，沒讓那傷眼的景象持續太久，背對著風鳴的釘子老大沒看到滿臉嫌棄的他，但是那個年輕的女人確實看見了窗外的男人！！

她頓時像是見到鬼般叫了起來。這裡是二十八樓啊！！二十八樓！為什麼有個男人會站在窗戶旁邊看她！！！

釘子老大被她的鬼叫嚇到差點軟了，剛想發火，就看到女人抖著手指向窗戶喊有鬼。他忽然覺得後背一涼，迅速轉頭就和風鳴對得正著。

之後風鳴一邊笑，一邊一腳踹碎了防護玻璃，踩著空氣像踩著地板一樣走了進來。

「晚上好，先生，我來送便當。」

釘子老大在一瞬間的震驚過後，就立刻意識到應該是個靈能者找上門來了。看到他踩著空氣像是踩著平地的樣子，額頭開始冒汗。

他這些年靠著那些見不得光的生意，得到了不少好處，靈能等級也被提升到了A級。他自問無論見到怎麼樣的靈能者，都是有一拚之力的，可看著這一步一步向他走來的青年，釘子老大已經控制不住自己的身體，快要跪了。

青年每向前走一步，周身龐大的靈壓就更強一層，等風鳴走到釘子老大的窗邊，釘子老大已經真的跪了。

那個女人早就因為承受不住強大的靈力，暈死了過去。

「這、這位先生，有什麼話、可、可以慢慢說。我什麼都能給，只求留一條命！」

風鳴看他，「那些被你賣掉的女人、孩子和試驗品們也想留一條命，可惜你沒給啊。」

釘子老大臉上露出猙獰又有些絕望的表情，在他想著要不要拚死拚一把的時候，門外忽然想起了女人拍門的聲音，之後踹門而入。

「丁老九，你給老娘出來！！你是不是在背著老娘偷人？沒有姑奶奶我幫你引誘那些女人和孩子，你能神不知鬼不覺地混到今天嗎！你別發達了就忘了我！！」

丁老九臉上先是閃過惱怒之色，接著是一陣狂喜。如果張蘭香能和他配合一下，說不定就能……

張蘭香怒氣沖沖地走進來，一眼就看到了暈厥在床上的女人和趴在地上的丁老九，滿嘴的罵聲瞬間沒了，看著風鳴突然道：「你是那小女表子的姘頭？也來捉姦？」

風鳴：「……」靠。

風鳴對她笑了笑：「我不捉姦，我來送便當。既然妳來了也省得我去找妳，一起吃了這個便當吧。」

他說完，張蘭香都還沒反應過來就跪下了。

風鳴看著用非常恐怖的眼神盯著他的丁老九笑了笑，心情一好就想哼歌。

他也就真的哼了。

那是一曲調子非常輕快又有些詭異的小調。初聽喜悅，中途忽然急轉而下，危機四伏，殺意森森，到了終結的時候又輕快了起來。

於是，等泰南隊長帶著隊員們趕到現場的時候，就看到坐在窗邊心情愉快的風鳴，和地上七孔流血、滿目驚駭的丁老九和張蘭香。

泰南一看這畫面，差點心臟都停了，三步併兩步，先去摸了一下丁老九和張蘭香的脈，確定人還活著才重重地鬆了口氣。

轉頭看向好久不見，對他們笑得非常燦爛的風鳴，泰南隊長先是狠狠抹了一把臉，上前就捶了這小子一拳。

「回來了都不讓我安心生活！老子怎麼這麼難呢？」

風鳴被自家前隊長揍了一拳還很開心，差點開心到想唱歌。但看到這裡有一群自己人，哼了兩聲就迅速閉嘴，倒是漂亮的眼睛裡還有笑意：「我一回來就幫隊長抓了這麼大的犯罪集團，隊長你還難什麼？你分明是好運啊。」

泰南的苦瓜臉配上他的八字眉，翻了個大大的白眼。聽你胡說八道。

「好了，說說是怎麼回事？你怎麼大半夜的惹了這麼大的事？」

丁老九是龍城警衛隊和龍城警局同時留有備案，要高度注意的人口販子集團頭目，警衛隊和警局都有丁老九的詳細資料和照片、這些年幹過的見不得光的壞事。

然而，讓龍城警員們鬱悶的是丁老九非常善於偽裝和躲藏自己。他雖然是龍城本地人，但很多時候都不會待在龍城，而是在龍城周邊的幾個城市流竄作案。一旦發現什麼風吹草動，他就會立刻轉移陣地，確保自己的安全。哪怕為此捨棄掉得意的助手或大筆的金錢，都沒有半點猶豫。正因為這樣，丁老九多次躲過了龍城警局和警衛隊的抓捕，一直到今天都逍遙法外。

但現在這麼狡詐陰狠的傢伙，特別淒慘地和他的情人趴在地上七孔流血，讓跟著過來的西區警局的員警們滿臉不可置信。把人抓起來、穿好衣服帶走之前，西區警局剛入職的小警員特別興奮地跑到風鳴面前：

「風鳴、風鳴！你幫我簽個名吧，我們全家都是你的死忠粉啊！我們家就住在空間裂縫出現的區域周圍，之前幾個月都提心吊膽到連家都不敢回，現在可好啦！」

風鳴就笑了起來，從空間拿出簽字筆，直接在小警員背後簽了名。

小警員有這個行為之後，其他員警都有點蠢蠢欲動，結果被他們的隊長狠狠瞪了一眼，迅速回神，轉身走了。臨走的時候，一個個後悔得不得了，他們怎麼就沒有那麼機智，早一步行動呢？

等丁老九和張蘭香被帶走，風鳴才對泰南道：「我之前聽到丁老九和別人通電話，他們把目標定在那些被安頓的妖獸孩子身上，這件事之後我會跟后隊說的。不過明天他們就會接頭，所以要拜託南隊在今天晚上好好審訊一下丁老九，看看能不能從他嘴裡挖出混亂組織的老巢，或者至少問出他們接頭的地點，說不定可以順藤摸瓜，再抓一批人。」

泰南原本以為今天晚上抓到丁老九就是他們最大的收穫了，沒想到風鳴還能提供一條更重要的消息。他作為龍城警衛隊的四大隊長之一，自然也知道臨界妖獸孩子的事，但他也沒想到那些人口販子們竟然會把主意動到那些妖獸孩子身上。

他們雖然能賣出驚人的價錢，但人口販子和混亂組織到底知不知道這些妖獸孩子的危險性和重要性？一個個腦子都沒用了吧！

泰南又抹了一把臉：「你放心，我今天晚上一定把他知道的東西全掏出來，明天你來一趟警衛隊吧。不過，丁老九敢跟他們做交易就說明他手上應該有妖獸孩子？他們到底是用什麼方法才抓到妖獸孩子的？還有，到底是哪一族的妖獸孩子啊？老天，到時候我們要怎麼跟他們交代？」

風鳴看著老隊長快把頭髮搔禿了的樣子，想了想，還是把小鹿抓了出來。

「就是這個小東西，我也不知道他是怎麼混到那些被拐賣的孩子裡的，但基本上可以確定他本體是一頭小鹿。隊長，你到警衛隊內部的靈網上查一查龍城附近有沒有安置一批鹿形的妖獸靈獸？」

泰南看著那個抱著鳳鳴的手臂睡得香甜的小不點，最終認命地嘆了口氣：「你還是現在就跟我一起走吧。」

之後，泰南的速度非常快，查到了龍城郊區的小蕩山上安置了一批妖獸鹿的族群，數量大概有一百多人。但泰南和小蕩山區域負責守衛的靈能警衛隊聯繫，卻沒有得到他們有什麼異常情況的回答。

泰南懷疑小不點到底是不是那群鹿妖的族人，風鳴想了想，打算直接去鹿妖的族群問問。

「他們剛來這裡，說不定是不想聲張或者有什麼難言之隱。既然有可能，我又剛好碰上，還是救人救到底吧，問一問也不會少塊肉。」

泰南想了想，讓風鳴打電話給后熠才同意他去。

風鳴想到后熠可能還在大草原裸奔，就……打給了花千萬，然後得到了花千萬轉達后隊的意思：去吧，注意安全，以及回去再深入交流。

風鳴：「……」哼。

一個月之內，老子都不會和你深♂入♂交♂流！

他抱著小鹿，一個瞬移就到了那座山上。

深夜的山林顯出幾分清幽冷寂，不過風鳴根據靈力波動鎖定的這片區域似乎多了幾分清靈之氣。他看到被圈出來的翠嫩靈草，還有被搭建得古樸舒適的小木屋和園子。

在風鳴抱著小鹿踏入這片地方時，原本黑暗的園子裡忽然亮起一雙雙閃著幽光的眼睛，更有彷若預警的鹿鳴聲響起，之後風鳴就感到一陣強風撲面而來，帶著強大的攻擊之力。

風鳴迅速閃開，一巴掌拍到小鹿的屁股上，小鹿就下意識地呦呦兩聲，之後迷迷糊糊地醒來，看到周圍的環境又興奮地呦呦叫起來。

那稚嫩的叫聲讓所有眼睛瞪大，風鳴也在這時適時開口：「我在一個地方碰巧救了他，想著他是不是你們的孩子，就帶他過來了。不用擔心，我不是壞人。」

風鳴話音落下的時候，這片園子中竟然亮起了點點的燈光。

風鳴發現那是現在很流行的太陽能燈，只不過那些燈的樣子被做成了掛著小果樹的樣子，看起來十分美麗。

這可能是國家安置移民的關心政策之一？

然後風鳴看到了黑暗中的眼睛主人，竟然有一半是半大的、各色的鹿，而領頭的是兩個表情有些激動的十四五歲少年少女。

「您是風鳴大人對嗎！在世界崩塌之前，我抬頭看過您！我看到您撐起了空間通道，救了好多人。」

風鳴看著顯得很激動的領頭少年，他頭上有一對漂亮的白色鹿角。風鳴對他笑了笑：「那是我答應你們朱雀和玄武大人的事情，你不用謝我。」

少年卻搖搖頭。敷衍地做一件事和盡全力去做一件事是完全不同的，他們都知道最後風鳴大人是拚盡全力救他們的。現在，大人竟然還把他們丟失的小少主找回來了。

少年們就像是看到了親人一樣，直接把風鳴圍得結結實實。小鹿看到少年之後就伸手要他抱，少年非常生氣地狠狠拍了小鹿的屁股好幾下。

這是他親弟弟！天知道他弟弟走丟的時候，他有多著急，多想要去外面尋找。可是不行，他是整個林鹿一族的現任族長，他要為整個族群未來的發展和在這裡的生活做準備和決定。在剛安定的這個時候，他們要重建家園、布置種植生存所需的環境，他不能離開。

更何況，他們初到這個地方，和所有人都不熟，就算專門負責和他們聯絡的靈能者態度和藹，可他們還是有著本能的警惕之心。他們並不敢，也不想把小少主走丟的事情說出去，就怕有人聽到消息之後再做什麼壞事。

擔心受怕了快一個月的時間，族裡的眾人才會連晚上睡覺都不安穩，有什麼動靜就全部出來。但他們沒想到，風鳴大人竟然帶著小鹿回來了！

小鹿似乎也知道哥哥生氣，挨了巴掌也不哭，只是討好地用自己的小包包蹭少年的脖子，少年就打不下去了。

林鹿一族全部歡欣鼓舞起來，要為風鳴開感謝大會，還要拜他。

風鳴看到那個精緻的山洞裡擺放著三個木雕像，嘴角直抽。他何德何能能和四象一起啊。

但風鳴勸不住這一群執拗、集體年齡比他大個幾十，甚至上百歲的林鹿孩子們，最後只是讓他們別忙了，好好在這裡生活，並且和鹿風互相加了好友。

對，鹿風有手機，還是國家特製的靈能者手機，能定位的那種。

風鳴倒是不反對定位，鹿風他們也知道來了要安生，兩人加了好友之後還滿高興的。

「以後有什麼問題不懂的就問我，我有時間就隨時回你。有什麼解決不了的事情也可以找我，我家就在龍城。啊，你認識金靈蜂一族的人嗎？金蜜蜜他們就住在我家周圍，你平常也可以和她聯絡。」

風鳴把金蜜蜜的號碼給了鹿風，鹿風很高興：「我知道她們一族！很厲害還很會賺錢！他們的靈蜂蜂蜜非常好吃！和我們的鹿兒果、鹿銜草一樣！都是特產的好東西呢！」

風鳴點點頭，看來是不用擔心這一族活不下去，或者沒錢了。

鹿風他們還想要留風鳴在這裡休息一晚，在風鳴婉拒之後，他們就叮叮噹噹地小鹿狂奔，從自己的窩裡和藏寶地叼出三個果子和一小堆閃著口水？靈光的小草，用水靈靈的大眼睛齊齊看著風鳴。

「大人、大人！這是我們的鹿兒果和鹿銜草！鹿兒果吃了可以強身健體，鹿銜草可以治療很重很重的外傷！都是靈氣充沛的好東西！大人你收下吧！收下吧！雖然這些東西很少，但這是我們的一片心意！等以後我們產的果子和草多了，會再送給大人的！！」

風鳴哪好意思要這些小傢伙的寶貝，好說歹說，終於讓他們答應等到發展不錯了再報恩，然後又提出了一個讓鹿族高興的協助請求。

「我們正在抓捕那些拐賣兒童的惡人，你們這裡實力比較強，但是看起來比較小的族人明天能跟我去抓人嗎？放心，我一定會保證他的安全！」

風鳴說完，那幾個年紀小的小鹿高興地活蹦亂跳，分別覺得自己特別小，適合當誘餌。結果七八隻小鹿爭執不下，最後互相群毆，看得風鳴牙疼。

偏偏那隻小鹿還在旁邊呦呦地叫，表示自己才是最小的孩子，自己才是誘餌，被他哥一巴掌拍了回去。

最終，一個頭上的角只長出一點點，渾身皮毛火紅的健壯小鹿取得了勝利，牠轉過頭興奮地看著風鳴，努力一變，變成了頭上多了兩個紅點，屁股上還有小小紅尾巴，大約四歲的……

小胖球。

「呦、喲！！我、我贏啦！」

這小胖墩原地一蹦，腳下就是一個小坑。

風鳴：「……」果然沒白費你那一身的肉。

風鳴抱著喜氣洋洋的小胖鹿走了。臨走的時候，小胖球還對身後的族人們使勁揮手，彷彿他不是要去臨時幫忙，而是從此就成為了走出大山的金娃娃。

事實上，小胖球鹿焱也確實一出來就見到了世面，第二天早上，這小子就毫不客氣地幹掉了三籠灌湯小籠包、兩個肉夾饃和一大瓶牛奶。風鳴看著他鼓起的小肚子和搖得特別開心的小尾巴，最終沒說話。

算了，找人幫忙總得給勞務費不是嗎？只要這個小東西沒有撐壞他的胃就可以。

於是，早上在警衛隊值班一整晚的泰南隊長，就看到了抱著小胖球過來的風鳴。

他看到風鳴懷中的那個小胖子還震驚了一下，心想那個小孩子怎麼一夜之間就胖了那麼一大圈？妖獸都這麼會長嗎？結果風鳴和他介紹，這是用來當誘餌的另一個實力很強的小鹿，可以通過他找到那個組織的老巢。

泰南看著除了比之前那個孩子胖了一圈，其他沒有任何差別的鹿焱小胖球面無表情。你不能因為他比另一個孩子胖就說他強吧？

風鳴揚了揚眉毛，拍拍鹿焱的屁股：「去對這位大叔展示一下你的強壯。」

鹿焱特別高興地從風鳴懷裡下來，然後嘿哈一聲，一腳跺地，警衛隊的辦公室地板出現了一個直徑半米的坑。

泰南和樹哥幾個：「……」

這個地板可是用特殊材質製成的，這一腳都能開山了吧？

風鳴又笑了笑：「到時候我會在他身上留下空間印記，還會幫他套一個空間防禦罩，不會讓那些人傷害他的。而且，我們只是需要順藤摸瓜，小胖也不會離開我們的視線很久。」

泰南想了想，最終還是同意了風鳴的建議，除了有風鳴在，至少能保證鹿焱的安全之外，最重要的是他們問了一整晚，也沒有從丁老九那裡問出那些人的老巢在哪裡。只是丁老九的聯絡人竟然是在全國被通緝，之前國內最有名的混亂組織頭目「黑童」，這件事情就必須徹查到底了。

「黑童」和其他混亂組織不同，他們就像是生命力最強、見不得光的臭蟲，一旦沒有殺絕就會在黑暗中迅速積累壯大，最後成為讓人頭痛的可怕怪物，所以哪怕黑童組織現在剩下的人只有幾個核心，也要盡全力抓到他們。

丁老九和黑童組織約定的交貨時間是在下午六點，上下班人流高峰的時候，甚至連接人的地點也在一個小學和幼稚園晚托班的旁邊。在這個時間和這個環境下，這片區域到處都是孩子，大人和小孩們擠成一堆，一個不小心就會看不清周圍的情況。

交貨人是風鳴一開始凍住，並且把丁老九賣得徹底的那個瘦高男人，泰南隊長他們同意會幫這個人適當立功減刑，他就特別老實地答應執行任務。

泰南等龍城警衛隊的靈能者們在不同的位置蹲點守護，風鳴則是跟在鹿焱和那個瘦高男人的身後——他並不是戴上了研究所製作的面具換裝跟隨，而是幫自己破開一個小空間，隱匿身形，飛在鹿焱兩人的腦袋上。

泰南和龍城的另外三位隊長看到風鳴那幾乎等同於「隱身」的能力，簡直羨慕嫉妒到不要不要的。

「老子要是個空間靈能者多好啊！有隨身空間，還能把自己藏進空間裡！我怎麼就是一頭熊呢？」

泰南呵呵兩聲：「那當然是因為你長得就像一頭熊啊。好了好了，每個人有每個人的運氣嘛，而且力量有多大，責任就有多大，人家小鳴也九死一生過。」

「來了。」東區警衛隊長突然開口：「那女人是蝗蟲之母！她竟然還沒有死！蝗蟲那種東西不就是成千上萬，數不清死不絕的嗎？而且她的靈力波動似乎比我知道的弱很多。」

蝗蟲之母從瘦高男人手中接過了小胖球鹿焱，並在第一時間就控制幾隻灰色的蝗蟲，想要鑽入鹿焱的身體裡。

鹿焱是睡著的狀態，身上也被做了一些偽裝。在那幾隻灰色的蝗蟲進入他身體的時候，他忍不住哼了幾聲，好像很疼的樣子，但事實上那幾隻蝗蟲並沒有進入鹿焱的身體裡，而是鑽入風鳴套在鹿焱身上的空間防禦罩裡。

但蝗蟲之母並沒有感覺到，滿意地笑了一下。

她能感受到這小子周身的靈力波動，甚至能察覺到他的靈力和普通靈能者有一定的區別。她接過鹿焱的時候，還看到了他額頭上的兩個紅色小包包，以及露在牛仔褲外面看起來像是裝飾品，實際上是真實的鹿尾巴。

「很好，之後老大會轉帳給你們的，你可以走了。」

瘦高男人也沒有猶豫，直接轉身就走。

他不知道的是在他轉身離開的時候，蝗蟲之母眼中露出一絲陰毒的光芒，手指微微一彈，十幾粒幾不可查的卵狀物就黏到了他的身上，蝗蟲之母這才滿意地笑了。

之前她被池霄帶隊瘋狂追殺，幾乎真的要死了，但她的能力救了她。只要她還有一口氣，就可以通過蝗蟲蟲卵吞噬他人的力量和生命力，她吸收了不知道多少老鼠蟲蛇才保住了命，甚至還吸收了很多魔化動植物的力量。

她原本以為自己會死，卻發現自己的力量竟然在增強。雖然她的力量讓她有點無法控制，但這有什麼關係？強大！活著！她就又是那個不可一世，人都會面帶恐懼地低頭的蝗蟲之母！只要研究者能研究出這些妖獸孩子的能力和壽命相關的技術，用不了多久，他們「黑童」就會捲土重來！！

蝗蟲之母警惕地看了一眼周圍，然後輕笑一聲，抱著鹿焱就走入了人群。七拐八拐，很快就消失不見了。

哪怕是泰南他們四隊隊長親自盯梢，都有兩個人把人盯丟了，沒盯丟的兩個人就算追到一個小巷子，面對巷子盡頭的死胡同，臉色也變了。

泰南剛想打電話給風鳴，風鳴已經傳了訊息過來。

『**我跟著，定位已開，注意召集人手，一網打盡。**』

泰南和東區隊長鬆了口氣，直接回總部。

那個巷子的盡頭是一個不完全的傳送陣，如果換做其他人，肯定沒有辦法應對，但風鳴能通過傳送陣的空間軌跡，「看」到它最終傳送的位置。

因為是高深且完整的傳送陣，能傳送的距離也很短。風鳴順著軌跡過去，就看到了正準備上一輛小轎車的蝗蟲之母。

此時她的表情非常放鬆，應該是篤定沒人能跟蹤她到這裡，所以她接下來的行動並不怎麼小心，汽車開了四十分鐘之後，她帶著小胖球來到南區臨山的高檔別墅區。

對，就是之前蔡濤他渣爹住的那片別墅區。

當風鳴看到蝗蟲之母進入那片別墅區最大的別墅裡時，表情都帶著嘲諷和冷笑。

這世界上的人總是這樣，擁有財富和權利就會把自己看得高人一等，藐視理法和道德。一方面讓別人遵循制度，一方面卻為了自己的利益無所顧慮。

這片富人的別墅區是龍城被魔化動植物攻擊危害最少的地方，龍城許多靈能者和警力都在維護這片區域，結果卻是這片別墅區的人和罪惡的源頭同流合汙。

他們的所求也非常容易猜到——不過是長生及得到強大的靈能而已。

風鳴透過窗戶，看著大別墅中正在交談的黑童和另外一個道貌岸然的老者，忍不住想要冷笑。

上天是公平的呢，靈能覺醒者越來越多，卻偏偏沒有讓那兩個說話的老頭覺醒。

黑童雖然逃過了很多次追捕，但他現在的狀態非常糟糕，哪怕他努力讓自己穿衣得體，行為優雅，可他蒼老腐朽的皮膚、再無任何頭髮的頭皮都顯示著他的末路。

「我不甘心啊，我等來了靈能時代！等來了可以改變命運的機會！我甚至還擁有可以改變命運的力量和手段！我為什麼不能爭一爭呢？我之前的幾十年也為國家做了貢獻！我研究出來的藥劑不知道救了多少人！那些得救的人比我研究的人多得是！這些為什麼他們都看不到？非要說我喪盡天良？」

黑童努力發出憤怒的聲音，想要靠聲音大來證明他是正確的，他的聲音卻蒼老且虛弱。

對面的那個老者也用力點頭：「你說的對！我辛辛苦苦一輩子，為國家增添了多少收入？帶動了多少經濟的發展？就連我每年撥出去的慈善捐款也救了很多人！我努力了這麼多，只是想要活得長久一點又有什麼錯？與其讓那些庸庸碌碌的普通人沒有任何優點和益處地活著，為什麼不讓我這樣更優秀、更能製造出更多財富的人活著呢？本來就是靈能時代了，難道不該用力量說話嗎？」

兩個人都覺得對方是自己的知音，風鳴卻快要吐了。要多無恥才能說出這樣的話，彷彿地球少了他們就再也轉不了了似的。

風鳴已經探查到這個大別墅下有很深的三層地下空間，也不知道龍城首富先生在下面都藏了什麼見不得光的東西。不過，風鳴很贊同首富老頭說的話，既然他說該用力量說話，那就全都閉嘴去吃牢飯吧！

風鳴是在兩個人碰杯的時候出手的。

兩人端著的酒杯忽然溢出了彷彿流不盡的大量紅色液體，之後整個豪華別墅的天花板和四面牆都開始滲水。滲出來的水也是彷彿鮮血的紅色液體，別墅裡的三個靈能者保鏢和蝗蟲之母早在第一時間就反應過來，可他們沒有在別墅裡看到任何人的身影，當他們想衝出別墅的時候，那猩紅的液體卻變成了堅固可怕的一道紅色冰牆，牆上都是猙獰的尖刺。

「什麼人！！！」

首富老頭先震驚地呵斥，接著迅速緩和態度詢問：「請問是哪位大靈能者大駕光臨？或許我們之間有什麼誤會，如果有什麼冒犯的地方，我一定會給先生足夠的補償。」

回答他的，卻是一陣低笑聲。

笑聲過後，整個房間響起了非常刺耳的尖叫、恐怖的搖滾音樂，在這嘈雜震耳的音樂聲中，屋內和地下室的所有人都聽到了一個愉快、詭異又瘋狂的曲調。

在這曲調中，風鳴突然從天花板墜落出現在他們面前，露出一個笑容。

黑童看到風鳴那張他做夢都想要抓到的臉，突然歇斯底里地大喊了起來，蝗蟲之母也瞬間瞪大了雙眼。

等整個龍城警衛隊帶人衝進這間別墅的時候，差點被裡面鮮紅的冰牆和滿地鮮血嚇得當場去世！更別說裡面還有橫七豎八地躺在地上的六個人！！

泰南看著風鳴那哼著歌的樣子，膝蓋都軟了，在他要跪下時，突然有一個人走了進來，把還在哼歌的風鳴直接扛起來。

「這裡面的人都沒死，只是看起來血腥了一點而已，都是顏料加水，你們照顧一下那個小胖子。他這是之前和別人打架的後遺症還沒完全好，估計是黑童刺激到他了，他就想哼歌。沒事，回去睡♂一覺就好了，別擔心。」

重新出現的后隊長穿著一身漂亮的警衛隊黑色制服，扛著人就走了。

看起來很瀟灑厲害的樣子……

嗯，如果不看風鳴突然出現的三對翅膀輪番抽他，就更帥氣了。

泰南看著他們的樣子，突然抹了把臉：「……」

我好像發現了什麼，我也太難了吧！

第八章　四象

黑童組織的徹底覆滅來得實在突然又乾脆。在龍城首富張輝皇的宅子裡，龍城警衛隊找到了在逃的所有黑童組織成員。包括研究者和預言家，以及多次在警衛隊包圍下逃走的蝗蟲之母和三首領巫童。

這一次在風鳴的全別墅空間和冰牆鎖定，以及哼歌大法（？）的攻擊之下，哪怕預言家已經感受到了極致的危險，最後還是沒有逃過風鳴的封鎖和警衛隊的抓捕。龍城警衛隊因此立了大功，當然，發現了丁老九以及親自跟蹤蝗蟲之母的風鳴也得到了應有的獎賞。

抓住了黑童組織和張輝皇，龍城警衛隊又從那些人嘴裡得知了其他混亂組織的餘黨，然後一層接著一層，一個接著一個，全國上下又重新來了一遍混亂組織的抓捕和梳理，算是非常乾淨地又清理了一遍混亂組織。

當然，只要人心中還存有陰暗，那些混亂組織就永遠不會消失殆盡。但至少現在這一段時間內，華國的國內情況穩定了很多。

說起來，回來之後風鳴就得到各種國家獎賞，金錢、房子還有各種不錯的實用裝備，國家特別熱情地給了他一堆。雖然這些東西比起他那三個月全世界亂竄、閉合空間裂縫、滅殺魔化動植物得到的東西差了一些，但他還是被國家爸爸安慰到了——至少為國家爸爸幹活，國家爸爸是記得你的好的。

風鳴得到了一堆東西，風勃、蔡濤、圖途幾個好兄弟也跟著得到了不少好處。

風鳴在大伯母家吃著大伯母親自做的板栗燒排骨、龍蝦大閘蟹的時候，都不會想到自己有一天也會主動送東西給大伯母家。

對，風鳴送了風勃一套國家研究所給的最先進防禦裝備，還有幾根鹿銜草。

在得知這防禦裝備和幾根小草就價值一套房子之後，風大伯母當場就去菜市場買了最貴的菜，回來煮給他大侄子吃。

風勃對此非常無力，不過風鳴卻在旁邊笑：「好了好了，大伯母在那件事之後改了很多，人無完人嘛。」

兒子不易，風勃嘆氣。

吃完飯，風大伯母看著他的兒子和侄子就雙眼放光，十分滿意。現在兩個小子都過了十八歲，都是可以談戀愛，找可愛兒媳婦的時候啦！而且兩個孩子現在都是最優秀的國家公務員，最近這一個月，她可是聽到好多人在誇她兒子和侄子。

風大伯母越想越高興，想要這兩個孩子快去見見漂亮姑娘，結果在她開口之前，風勃忽然拉著風鳴起身：「媽！隊長傳訊息給我們了，在南邊郊區突然出現了一個魔化瘋獅子，我們得快點去處理！現在就走了啊！」

風勃拉著風鳴就跑，風鳴揚了揚眉毛，覺得事情有蹊蹺。

果然，風勃把他拉走後停下來，搖頭嘆氣：「我才剛過二十歲，還沒有到法定結婚年齡好嗎？」

風鳴就懂了，然後哈哈大笑。

風勃對他翻了個非常煩心的白眼：「同樣都是單身狗，你有什麼笑的資格？」

風鳴對風勃露出了一個人生贏家的微笑：「不好意思，我有對象了。」

風勃：「？？？？」

風勃：「！！！！是哪個不要臉的傢伙誘騙你談戀愛！她不是看上你的錢，就是看上你的身分和臉！！你還這麼年輕，怎麼能隨便相信別人呢？告訴我是誰！」

風勃決定行使自己作為堂哥的權利，一定要好好幫他弟弟把把關。

風鳴就在風勃耳邊說了一個名字。為此，風堂哥連做了三天噩夢，懷疑人生。

不過，風鳴的生活就變得非常輕鬆愉快了。

空間裂縫已經全部被合攏，雖然地球上還有很多的魔化動植物及狂暴凶殘的靈能動植物在攻擊人類，威脅人類的生活區域，但比起裂縫開啟、混沌魔氣四溢的時候，現在做的一切都很有成效。

魔化的動植物在減少，因為靈氣覺醒強大的動植物雖然很多，但保有理智的情況下，他們不會隨意攻擊人類，漸漸地，人類和靈能覺醒的動植物就有了一些區域地盤的默契。雖然時有摩擦，但也算是恢復到以前的平衡狀態，不會出大問題。再加上混亂組織被清理一空，全國的警衛隊除了去殺一殺、打一打魔化的動植物，就沒什麼大事了。

風鳴飛在天空中，低頭看看下方川流不息的人群，心情不錯。

然後他就看到前方飛來一群長得特別細長，速度很快，有點像烏鴉卻不是烏鴉的鳥兒，牠們每一個背上都揹著一個包裹。

風鳴抽抽嘴角，讓路給牠們。

那群黑色的細長鳥兒看到風鳴，還特別開心地對他揮了揮翅膀。

領頭的那隻頭上有金色呆毛的黑色細長鳥兒卻一下子停了下來，然後飛到風鳴旁邊，開始看他翅膀上戴著的一個訂製腕錶。

對，其實這一群小鳥並不是真正的鳥。他們是一群金頭烏，來自四象世界，過來之後就被分配到秦嶺那邊的山嶺裡，是最近半個月才出來工作的。

「嘎嘎！！風鳴大人！！」

領頭的金頭烏看到風鳴，非常高興地化成了半人形，帶著出來接私人工作的三十個小弟對風鳴行禮拜拜。

「大人，您又在巡邏啊！果然是保護大家安全的帝江大人！既然看到您了，那就簽收一下您的特別包裹吧！這裡有您的三個包裹！一個來自您親愛的另一半后羿大人，另外一個來自於蒙城的仙人掌一族，最後還有來自川城食鐵獸一族的禮物！我們去前面的樓房頂樓簽單吧！」

風鳴看著那三個一個比一個大的包裹，最後只能嘆氣點頭。

如果說他的新生活有什麼不盡人意的地方，那就是那些孩子們不停止的報恩了。

自從他把通訊號碼給了林鹿一族的鹿風，他的聯絡方式就像病毒一樣，飛快地在遷居過來的幼獸群中蔓延開來。短短的三天時間裡，他就加了所有人好友，然後有了一個新的群組——團結好生活孩子群組。

這是一個超級大群組，身分最低的也是一個族群的大長老，其他都是族長，然後這個群組每天都在嘰嘰喳喳、嘰嘰喳喳、嘰嘰喳喳。風鳴不得不關閉了這個群組的通知，不過被標註到的時候，還是會認真回答這些年幼族長們的問題，甚至還會幫他們解決一下遇到的問題及生活的困窘。

金頭烏一族的這份工作就是他建議的。

金頭烏一族不像金靈蜂一族和林鹿一族有自己的特產可以賣，也不像食鐵獸一族有天然的外表優勢，還能生產靈竹。他們最值錢的東西就是每年會換兩次的羽毛，可是光憑這兩次換毛也賺不了多少錢，維持不了好生活啊！

在群組裡的各個族長都有意無意地炫耀了自己因為特產，得到了多少靈食多少錢，買了多少東西給族人的時候，金頭烏的族長烏金就很著急。

他不能讓他的族人們落後於人啊！就算不能有最好的生活，也得買科技產品和靈食啊！但他自己想不到生存的方法，就小心翼翼地和風鳴私聊，然後被風鳴介紹給了國家，成為一支速度飛快、國家記錄在案、靈網上很紅的快遞小分隊。

比起汽車和快遞小哥送快遞，金頭烏的快遞速度飛快不說，還特別有排場和面子！

有一個家裡有錢的富二代狂追女神，最終成功求婚，就是雇了金頭烏們叼著總共九千九百九十九朵各色玫瑰花從天而降，求婚成功的，據說那個畫面成了最浪漫的求婚方式之一。

除此之外，金頭烏快遞特別安全，在快遞車都會被魔化動植物或靈獸襲擊的時候，金頭烏快遞小分隊戰鬥起來也特別凶殘。所有快件都是準時完好地送到，所以有一些人有比較貴重的東西或難以說清楚的運送地點、沒有快遞點的地方都會選擇雇用金頭烏一族。

於是，金頭烏們當了快遞員半個月，就賺到了不少錢。因為他們的特殊性，現在還是供不應求呢。

風鳴簽收了三個包裹，然後金頭烏的族長烏金少年就有些靦腆地看向風鳴，伸手從自己的包裹裡掏出他前兩天剛換掉的金色羽毛。

「大、大人，這個是我、我前天掉的毛，可以煉製成飛行類法寶，送、送給您！」

風鳴還沒說話，後面的三十隻金頭烏全都擠了過來，嘴巴裡齊齊叼著一根自己掉的羽毛。

風鳴：「……」又來了。

風鳴只能一下張開自己的翅膀，在金頭烏一族無比崇拜的目光下飛走。

「你們還是孩子呢，要你們的毛幹嘛？都好好工作，等以後有錢、長大了，換了最好的毛再給我！好了，快點去工作吧！還有那一堆果子是給你們吃的！」

金頭烏們捧著手裡的果子，一個個邊吃邊感嘆。

「大人真好，嗚嗚嗚！我以後想嫁給大人！」

「快別做你的白日夢了。據說狐狸一族的所有狐狸都想嫁給大人，然後就被旁邊的靈貓一族打了，貓貓們罵狐狸們不要臉，要勾引大人。」

「嗳，但他們自己不是說要包養大人嗎？」

「嗯，所以靈貓他們也被食鐵獸一族打了啊，據說現在食鐵獸是人類最喜歡的帶毛妖獸，熊毛毛就公然叫囂，要去大人家定居，結果被川城的人拉著，不讓他們走。」

「嘖，他們都不是大問題啦！至少他們是光明正大地想要勾引或包養大人。我聽說孔雀、五色鯉、金銀蛇、白玉蛛他們已經開始偷偷討論要怎麼把大人騙到老巢裡生孩子了……」

「那些傢伙太不矜持了，也不知道最後誰能獲得勝利。哎呀，可惜我們長得不好看。」

大家說著，齊齊用恨鐵不成鋼的眼神看向自家少族長。你可是我們族裡長得最好看的，怎麼還沒變成全部都金羽毛的金腦袋呢？

烏金：「……你們死了那條心吧，有這個空閒，還不好好送東西！大人說再過半個月，就要幫我們舉辦一場特產買賣大會！最近這半個月的工作肯定很多，別八卦了！又不是多嘴的八哥！還有，最後誰能騙到大人上床生孩子，過幾天不就知道了嗎！！急什麼急！！」

在天空中巡視的風鳴：「？」

為什麼忽然有種不太好的預感？

§

風鳴覺得這幾天有點詭異。

早上起來，金蜜蜜就端一大杯極品金蜜水讓他喝，他不喝完就用「你真是個負心漢」的眼神看著自己。

喝完金蜜水，吃完早飯去帝都上班的時候，就在樓梯上收穫一路的鹿銜草。

一路彎腰撿草，終於走到樓梯口，就看到一地水靈靈的大桃子和小山葡萄，如果仔細觀察空間波動，會發現跑得飛快的小猴子精們和探頭探腦的小鳥精們。

風鳴：「……」

等把大桃子和小葡萄收進空間，一個瞬移離開龍城，到達京城之後，京城警衛部最頂樓的青龍組獨立辦公室窗戶周圍，又有被擺放精巧的靈氣小花，還有海裡的小珍珠等東西。

這些東西第一天出現的時候，花千萬就伸手想去把那些花兒和小珍珠收起來，結果瞬間遭到藏在角落偷看的小妖精們圍攻，一頭精緻的粉紅薔薇髮型瞬間被攻擊成了鳥窩，偏偏還因為對孩子的保護，不能直接滅了他們。

這些東西竟然只能由風鳴伸手去拿。

風鳴第一次受不了他們的熱情和期待就收下了，結果一發不可收拾，之後連續七天，窗臺上都會出現各式各樣的小禮物。這個時候，風鳴再拒絕也完全沒有用了，原因是他已經收下了小花和小珍珠，就不能不要小草和小羽毛，蟲殼和植物的根莖也都是可以煉製法寶的好東西，不可以厚此薄彼，偏愛某一族！

風鳴看著今天窗臺上除了小花和小珍珠之外，還有小土塊和一塊柔軟的皮毛，嘆口氣，在花千萬和林包有些羨慕又有些同情的眼神中收拾了這些「報恩禮物」。

「我看你這樣子，就想到面對著要求雨露均沾的後宮三千佳麗，虛弱無力的病秧子皇帝，無福消受啊。」

風鳴仰天翻了個大白眼：「再過一週就要在京郊藏香山開交易會了，到時候我會把這些東西都還給那些小傢伙，或者給他們等同價值的東西當回禮。」

那些小傢伙們天天上門報恩，有什麼好報恩的？他只是做了答應要做的事情而已，那些小孩子都太誠實了。

然後風鳴他們就開始上班接任務了。作為警衛隊實力最強的四方組之一，風鳴他們的日常並不忙碌，只有在東部區域各個城市的警衛隊遇到無法控制和處理的大事件時才會出手，通常情況下大事件並不多。

今天也沒有什麼大案、大妖出來作亂，風鳴就待在辦公室裡很無聊，和老富叔要了魔化動植物分布地點，準備去打怪收集物品。

老富就笑咪咪地傳了一個APP到他的腕錶，喝著枸杞菊花茶問：「后隊還在開會，你不見過他再走嗎？」

風鳴又翻了個白眼：「要不是開會或者出任務，我每天晚上都得看到他，他那張臉我已經看膩了！現在有太多可愛、美麗、英俊的孩子要我看，我想省省眼睛。」

老富就哈哈笑起來，花千萬和林包也對自家后隊發出了幸災樂禍的笑聲。

然後風鳴一個轉身就消失不見了，他走後不到十分鐘，后熠推門而入。

穿著制服的后隊長依然是網路上能讓無數人尖叫，英俊又野性的美男子，然而他掃視了一圈辦公室，就知道自家小鳥兒又拍著翅膀跑了，偏偏花千萬還在旁邊火上澆油：「后隊啊，鳴鳴說已經看膩了你這張臉，要去找小鮮肉啦，您有什麼感想？」

后熠冷笑一聲：「感想就是今天你要值班，再吵，明後天也值班。」

等花千萬一臉控訴地被林包拉著坐下，后熠坐到自己的辦公桌前才黑著臉磨了磨牙。

他真是討厭死那些孩子們了，一個個天天獻殷勤、送禮物倒貼，還有沒有羞恥心！

就在這個時候，后隊的手機響了。

后熠拿出手機一看，是他訂的最新款鳥巢大床和按摩澡盆已經到貨，還有十件天使偽裝者系列睡衣也到了。

后隊想像著美好的夜晚，微笑起來。

這個時候，風鳴已經幫東城警衛隊處理了一棵巨大的魔化栗子樹精，風鳴把栗子樹上的黑色栗子都摘光了，才在東城警衛隊隊長崇拜的眼神中離開。

然後還沒走出這片林子，就看到一個眼角下有漂亮的小淚痣，身形無比妖嬈的青衣少年。少年手中還拿著一隻雞腿，看到風鳴的瞬間愣了一下，然後嘴巴瞬間張大，雞腿就掉了。

風鳴忽然有種不祥的預感。

果然下一秒，青衣少年尖叫出聲，在風鳴的注視之下雙腿瞬間化成長長的蛇尾，對風鳴捲了過來。

「風鳴大人、風鳴大人、風鳴大人！！啊啊啊啊啊！我是什麼運氣，讓我遇到風鳴大人啦！大人，我是金銀蛇一族的副族長，我仰慕您好久了，我們一起生孩子吧！！」

風鳴敏捷地躲開了向他捲過來的蛇尾，要不是看在他是臨界孩子的份上，他非得一劍砍了他的尾巴不可。還生孩子？見了鬼的生孩子，鳥和蛇能生出什麼玩意兒！飛蛇嗎！

風鳴直接把淚痣少年凍成了大冰塊，只留下一個頭還能動。

「清醒一點，我們是不可能的。還有，你是雄的吧？你要怎麼生孩子？」

淚痣少年被凍住了身子不能動，只能搖頭晃腦：「我們可以去和錦鯉一族要孕育珍珠啊！可以通過血脈之力，培養出一個強大的孩子！不過，孕育珍珠好像很少，但只要大人您願意，我們可以搶！」

他話音剛落，一道道水箭就朝他的腦袋射了過來。風鳴迅速幫他的頭罩上一層冰罩，看到齊齊往這邊走來的兩個少年和一個少女。

少年和少女都長著十分美麗且有特色的臉，風鳴大概從他們的衣著和靈力，分辨出他們應該是水族、孔雀和……蜘蛛？？？

風鳴：「……」

這樣的組合讓他不祥的預感加重了幾分。

不行的話就直接閃人吧，不過，還是要先問問他們來這裡幹什麼。

風鳴面對那三個少年少女，竟然有點毛，不過還是開口：「你們是哪一族的？再過七天就是藏香山交易大會了，你們族裡都準備好要去交易的東西了嗎？難得有這種公開交流和聚集的時候，要多做準備，對族群的發展才會更好。」

剛剛射出水箭的溫柔少年露出一個笑容：「大人果然溫柔又細心呢。我是五色鯉一族的鯉淵，暫代族長之位。剛剛的水箭不知有沒有驚擾到大人？是鯉淵的不是。

不過大人可以放心，我們五色鯉一族早已做好了交易準備，這半年來，我們也已經安居在東海深處。雖然……族中長輩幾乎不存，但看到族人能每日修煉、發展，簡單地為今日吃什麼而憂心，也讓我們覺得萬幸了。這是曾經我們想都不敢想的日子，所以，我們要拜謝大人，大人給了我們新生。」

鯉淵說完，他旁邊的那個頭上插著彩色孔雀毛當裝飾，看起來就非常驕傲，肆意又漂亮到刺眼的少年就點頭：「欠了恩情就要償還，這是我爹教我的道理。當年我娘就是為了報恩跟了我爹，然後有了我，咳！大人，你是帝江一族，我覺得和我們三色孔雀一族很配，在血脈上也有一定的相近之處。小爺我怎麼也……咳咳，是鳥族裡最好看的，其他人連幫我提鞋都不配！不過那個，要是大人你願意的話，我們可以……」

風鳴：「我不行，我不可以。」

孔雀少年跳了起來：「為什麼！是我長得不夠好看，還是我的羽毛不夠好看？」

孔雀少年旁邊的少女輕輕笑了起來：「哎呀，你們都不可以啦。大人肯定是喜歡漂亮的女孩子！大人，我是白玉蛛一族的族長，我們白玉蛛一族不光有白玉蛛絲的特產法寶，還能尋找靈石礦脈。當年，族裡還有一位祖奶奶深受青龍大人喜愛，差點就成為他的愛妃呢！而且我們一族多子多孫，我保證一定能幫大人生下特別健康又強大的孩子！大人您不看看我嗎？」

「大人看妳個鬼啊，妳長得還沒有小爺我好看！白玉蛛絲算什麼法寶！連幫我們的三色神羽提鞋都不配！！」

「我倒是覺得大人有鯤鵬血脈，還是適合入主東海的……」

被凍起來的蛇精少年：「你們都閃一邊去！論床第情趣，還是我們金銀蛇族有經驗！！我們有祖傳下來的龍陽寶典！！大人，我還有兩個大寶貝呢，如果讓我伺候您，絕對能讓您欲仙欲……呃啊啊啊啊啊！」

蛇精少年的話還沒說完就被另外三個人瘋狂圍攻，邊打邊罵。

「就你也配！」

「莫要妄言！」

「你一個雄性還想跟大人生孩子，也不看看你長什麼樣子！！」

在風鳴抽著嘴角，思考要不要把他們全部凍在這裡冷靜一下的時候，天邊突然飛來了四支金色長箭。

在這四位少族長都沒有反應過來，長箭就化作金色靈繩，把他們捆得結結實實。

四位少族長：！

然後他們集體被拉起來，倒掛在高高的大樹上，彷彿四條小蟲。

風鳴：「……」

風鳴對震驚的四個少族長嘆口氣：「看到了吧？這支箭的主人就是我的對象，喔，也就是我的伴侶了。你們之前也見過吧？至少在能打過他之前，別想了，好好生活不好嗎？而且，未成年不能談戀愛，好好學習啊！」

風鳴聳了聳肩膀，消失了。許久之後，四個被捆的少族長才開口。

「……老子總會長大的！」

「來日方長。」

「會射箭了不起啊，等我長好羽毛！」

總之，孩子們的報恩，至少以身相許的想法在這之後終於停止了。至於以後還會不會有，那就是以後的事情啦。

§

四月七日凌晨四點，京郊藏香山頂已經熱鬧起來了。

今天是華國第一屆「四象交易交流會」的日子，主旨是讓來到這個世界的生靈孩子們互通有無，認識世界，順帶讓他們看一看國家沒有傷害和虧待他們，可以好好在這個世界生活，為世界發展做貢獻。

以後每年的四月七號都會舉辦「四象交易交流大會」，但第一屆總是比較重要的。華國靈能總部的屠部長會來致詞，還會用不記名投票的方式，投出最受歡迎的交易交流大會的特產品。生產出最受歡迎特產品的那個種族，會得到全族全國免費十日遊的機會。這雖然不是什麼大獎勵，但自認自家產品最好的孩子們都在摩拳擦掌，要努力爭得第一。

族中的頂級珍品當然不能拿出來，免得招來有心人的人目光，引來不必要的麻煩。但盛產品和特產品是可以展示的，能賣錢還能換東西。

「嗳嗳，你們綠眼兔一族不要離我們太近啊！沒看到你們族裡的小胖子已經在啃我們的靈草了嗎？想吃就買，或者換啊，你們再耍無賴，我們就要揍你們了啊！」

說話的是林鹿一族的一個少女，額頭上有兩隻白色小角，顯得嬌俏可愛，瞪著旁邊腦袋上有兩隻耳朵、四隻爪子，還是毛茸茸的人形兔少女說。

結果兔子少女的眼睛瞪得比她還大：「我們才沒有偷吃你們的草呢！我們有自己種的水靈

白菜，幹嘛吃你們的草！」
「哈！那妳叫你們的孩子不要老是往這邊爬啊！」
「這地方又不是你們的，我們兔兔想去哪裡就去哪裡，妳是不是想打架？」
「打就打，怕妳啊！我一腳就能踢死妳，信不信！」
「呸！就妳會踢人嗎？我一腳能蹬飛妳，信不信！」
兩位少女眼看著就要打起來，就快速地被同族拉開了。林鹿瞪了一眼小鹿少女：「別在這個時候衝動啊！我們來得早是為了占地盤，不是為了來這裡打架的！要是打起來，被那邊的監管人員發現了，是會取消評比資格的，知道嗎！」
「還是先賣東西重要！」
小鹿少女和兔少女都撇了撇嘴，不過還算和平地各自扭頭回到自己的地盤上，開始擺放他們的靈材寶貝了。
這兩個少女之間的問題最後是被化解了，但其他妖獸靈獸的衝突卻沒這麼好解決。來這裡的基本上都是年少氣盛、血氣方剛的未成年妖獸靈獸，雖然大家曾經都是同一界的，但每個種族之間總有親疏遠近、敵對親密，這種喜歡和厭惡就算換了一個世界也依然存在，所以，當他們雙方開始爭地盤的時候，事情就變得不可收拾。
起因是榕樹精和雲豹精的衝突。
榕樹精一族販賣他們的榕樹氣根，可以吸收、轉化握住氣根兩端的靈能者力量。雲豹則是一邊賣掉下來的牙齒和指甲，一邊賣……萌。但現在在這裡的各族孩子們不吃他們的萌，雲豹孩子無所事事，就伸出爪子想撓榕樹精的樹幹磨爪子，然後直接打起來了。

榕樹一族不想讓雲豹一族撓，雲豹一族的孩子非要撓。兩方說著說著就打了起來，打著打著就變成了群架。

眼看就要變成植物生靈和動物生靈的群架了，突然間強大的靈壓降臨，幾乎一瞬間把香山上力量弱一點的孩子都壓趴下去，而少年族長和族中骨幹們則是先驚訝，之後驚喜地抬頭，果然看到了搧著翅膀從空中飛下來的風鳴大人！

在藏香山巡邏的警衛隊們發現打架之後，第一時間通知了青龍組后隊。他們原本以為會是后隊帶著組員艱難地維持秩序，和妖精們講道理，結果來得最快的是風鳴，而且他一來，那些少年孩子們就不打架了，全都雙眼放光地看風鳴，恨不得像小雞圍著母雞一樣包圍風鳴。

風鳴沒落地，只在半空中看著打架的雲豹和榕樹一族，有些無奈地按了按額頭：「這是交易交流大會，又不是比武大會，你們在這裡打什麼架？再打架，就直接挪到位置最差的角落擺攤！下次我要慎重考慮要不要讓你們來賣東西了。」

原本桀驁不馴、看誰都不服氣的少年孩子們聽到這番話都一臉震驚，然後快速又乖巧地認錯，雲豹一族和榕樹一族的少族長還像兄弟一樣抱在一起，互相拍打對方的肩膀，彷彿剛剛他們兩個恨不得拍死對方的行動和表情都是假象一樣。

風鳴看著他們的樣子，無語搖頭，最後還是叮囑：「距離正式開始交易還有三個多小時，再打架我就真的要出手了啊。另外，你們都知道吧？今天一天會有不少有資格的靈能者拿資格牌入場，這是雙方的第一次交易，你們可千萬不要出差錯啊。

那些靈能者都很有錢，別把東西賤賣了。當然，也別漫天喊價。他們手上可能也有好東西，如果覺得他們出的價格不行，就試著和他們交換寶貝，應該也是可以的。大家都是第一次，我希望這次交易交流大會能成功，沒有任何欺騙和傷害的行為，這樣以後你們就更好在這個世界生存了。」

少年孩子們都十分感動且乖巧地點頭，只差拍著胸脯，保證他們一定會好好交易了。

風鳴說完也笑了笑：「你們也不用擔心，我到時候也會來的。到時候我應該會全程直播，讓這個世界的普通人也見見你們。」

現在整個世界的靈能者數量都在快速增加，不過依然還是普通人占了大多數，或許再過十幾年，這種優勢才會消失。但至少現在，還是要安撫和控制好靈能者和普通人之間的關係。

風鳴說完就離開了，提前來這裡占地盤的各族少年孩子們也老實安靜起來。

等到上午八點的時候，全國強大、優秀、有錢的靈能者們開始拿著他們的進場牌，整齊有序地進入藏香山交易交流大會會場。隨著他們的入場，靈網的首頁也開啟了這場交易交流大會的直播。

此時，華國的人們早就知道了國家所說的，來自某個祕境的「遺存妖獸靈獸」們的存在，因為據說這些存在全都是可愛漂亮的孩子，早就有人想要看看他們長什麼樣子了。如今孩子們第一次露面，靈網上的觀眾數量在第一時間已經破億。

直播的官方鏡頭大概有十幾個，最大的那個對著講臺。不過網民們都看著另外十幾個小畫面興奮地討論著，彈幕在螢幕上刷滿。

『哇啊啊啊！我的天啊！那個長著貓耳貓尾的少年好美好美好美啊啊啊！這是什麼神仙顏值，直接長到我心裡去了！弟弟，你看看我啊！姊姊想養你！』

『樓上眼睛不好就別說話，那不是貓耳，那是一群雲豹精！雖然同屬貓科，但他們都不是妳可以抱在懷裡的小可愛，而是一巴掌就能拍死妳的大凶殘好嗎！』

『拍死我我也願意，嚶嚶嚶，這一群豹耳少年簡直太美了！』

『不不不，我覺得那群兔子精才好看！十幾個竟然全都是軟萌大眼的模樣，而且還有兔耳和兔尾巴！天啊！為什麼我不是B級以上的優秀靈能者！我也好想去交易會啊啊啊啊！』

『那群長鹿角的少年少女們好仙！』

『我想知道那群像精靈一樣的綠髮少年是什麼種族的？我要努力升級，然後去和他們交朋友！』

在彈幕刷滿的時候，其中一個飛行鏡頭前忽然出現了頭上插著漂亮孔雀羽毛的美豔少年。這少年看了看這個鏡頭，然後往下問了一句：「鯉淵，這是不是就是你說的直播鏡頭啊？」

下方的鯉淵額頭青筋直跳，但還是一副溫潤少年謫仙的樣子，點了點頭。然後，在直播前的網民們就看到讓他們震驚到窒息的畫面——

那個美豔少年對鏡頭邪魅一笑，刷地就從他的身後張開了巨大、美麗如扇的三色羽毛。
羽毛主色是金、綠、藍三種顏色，但在陽光下竟有種熠熠生輝、七彩奪目之感，讓看到的所有人都目眩神迷，然後網民們聽到那少年清亮的聲音：「我是三色孔雀一族的少族長，我們賣三色靈羽，能一瞬間讓看到的人失魂三息，都過來買啊！另外，你們覺得我好看嗎？」
彈幕瞬間瘋狂了。
『啊啊啊啊！好看、好看、好看死了，嗚嗚嗚！我可以我可以我可以！這個弟弟什麼神仙顏值啊！』
『老天，從此以後我恐怕擁有了一群新的牆頭，這些妖獸、靈獸成精之後的樣子也太好看了吧？』
『……我突然有一個可怕的想法。』
『喔，樓上住腦，他們再好看也是未成年！而且再好看他們也是……妖精啊！』
『人和妖精怎麼可能會有好結果呢？』
『樓上才傻呢！現在都是什麼年代了，同性婚姻已經通過了，就連和沒有人形的覺醒動植物一起生活的人只要不危害到其他人，國家也不會管的，這些漂亮又可愛的妖精又為什麼不能和人類談一場甜甜的戀愛呢？』
『人妖之戀自古有之嘛！』
『對啊對啊，都靈能時代了，我覺得可以。』

一時之間，大家開始對「人妖之戀」到底行不行、有沒有好結果展開了激烈的爭論，小孔雀也被風鳴從背後出現，一巴掌按了下去。

引起一陣驚呼和尖叫後，屠部長就開始致詞了。

屠部長引經據典、談古論今、憶苦思甜了好長一段，但沒多少網民認真聽。但當后熠穿著黑色筆挺的西裝，大步走到了麥克風前的時候，所有人看著直播螢幕上帶著邪氣笑容的俊臉，全都回過神來：

「我沒什麼要多說的。請公平交易、和平交友，不然會被打。那麼，各位隨意。」

在一片尖叫聲中，第一屆四象交流交易大會就正式開始了。

「瞧一瞧，看一看傳說中的鹿兒果！鹿兒果！吃了一顆強身健體，吃兩顆精神抖擻，吃三顆百病全消啊！」

「純天然高靈氣值，水靈靈的白玉白菜！直接吃都能吃出開水白菜的美妙滋味，滋陰補腎，各位客人買了不吃虧，買了不上當啊！」

「說到滋陰補腎，我們的金銀蛇靈果蛇靈果是其中珍品！只需要吃一顆蛇靈果，就能讓你在未來半個月的時間內重振雄風，持久力爆炸，保證讓你的另一半每天開開心心地和你過日子啊！」

「福運珍珠！限量一百顆，買到就是賺到！不管你最近有什麼小病小災，還是做事不順利霉運附體，只要買一顆福運珍珠佩戴在身上就能轉運！我們五色鯉一族是眾所周知的活體錦鯉一族！一百顆福運珍珠，賣完我們就收攤走人啦！」

在交流交易大會開始之後，整個藏香山頂的會場變得非常熱鬧。

風鳴和后熠身後跟著一個直播球，各自戴上了一張偽裝面膜的模擬面具，換了一身普普通通的衣服在會場裡走動。

「我還擔心他們會不知道怎麼吆喝，傻愣愣地站在那裡賣東西會被人騙呢，現在看來果然是我小看了他們啊。」

風鳴看看著那些一個個吆喝得十分歡快，半點都不怯場的少年孩子們，忍不住對旁邊的后熠感嘆。

后熠聽到這番話，輕笑起來：「你現在才知道他們不是省油的燈？你不要光看表面了，這些可是實打實的『妖精』，能化作人形的，就算外表看起來十三四十五六歲，但每一個年齡都比你大上幾百年了。你自己還是個超級孩子呢，竟然還在擔心其他幾百歲快成年的傢伙不懂事。」

風鳴直接用誰都看不見的三翅膀隔空打了后熠的背：「我和他們不一樣！我成年了，而且我見的東西比他們多！」

老子這兩輩子的年紀加起來還比你大好嗎！

后熠仗著身體強壯，被打後一點反應都沒有，還想伸手去抓三翅膀摸一把，結果沒抓到：「反正他們現在的樣子你也看到了，以後就不用為他們擔心了。早就告訴過你，他們在你面前有很多表現都是裝的好嗎？」

風鳴撇嘴，抬頭就看到對面出現了兩個十分熟悉的身影。

「親愛的觀眾、粉絲、大可愛小可愛們！好久不見，你們有沒有想我啊！我就是你們最愛的大寶貝，郭小寶啊！！自從半年前混沌裂縫開啟之後，我就一直在為保衛國家的和平和美好貢獻，都沒有直播了。我知道你們一定想死我了，小寶也天天在想你們！

來來來，先給大家一個熊貓比心！再給大家一個熊貓飛吻！大家喜歡小寶就幫小寶多多抖內、撒花啊！一塊兩塊不嫌多，三塊四塊不嫌少！小寶馬上就要以熊貓的視角，帶領大家看一看這次的交易交流大會，這裡有非常多俊男美女，但小寶相信你們最愛的肯定還是我，對不對！」

風鳴看著變成了一人高的熊貓狀態，正對著直播球「搔首弄姿」的郭小寶，整個人都有點無語，臉上全都是嫌棄：「之前我聽馮常隊長說，他和紅翎是西邊靈能者中滅殺魔化動植物最多的人，怎麼說也積攢了很多的身家吧？怎麼還是這副死要錢、騙抖內的德行啊？」

后熠笑著買了一份糖炒栗子給風鳴，這是族人比較少的果樹精一族的產品。

靈樹能成精的本來就少，要是按照每棵樹的種族區分，估計每一個不同種類的樹靈族人不超過四個。甚至，栗子樹精一族只有小栗子自己一個活下來，因為數量稀少，樹靈的長老就把他們全部聚集在一起，當做果樹一族的孩子打包送來了。所以這一小群的果樹精大概有三百多人，這次來到交易交流大會的只有十五個人，十五個人帶來了一大堆靈果堆起來賣，一群人都

至於幾百年以後，交易交流大會幾乎變成了「兩族優秀人才相親會」什麼的，那就是現在的人誰也不知道的事啦。

§

在第一界四象交易交流大會成功之後，人們的生活又變得認真且無趣。

魔化動植物在半年的時間內被不停滅殺，不再像從前那樣肆虐地球。甚至比起那些魔化的動植物，因為地球的靈氣穩固上升，覺醒、異變的動植物才開始成為威脅人類生活和安全的主要力量。

好在對此，人類政府和研究所已經有了相對應的討論和研究結果。華國政府已經選定了九個主要的人口密集區域，準備在未來五年內建造出「九大主城」，這九大主城會運用最先進的靈能技術和最牢固的靈能陣法建造，最終將成為華國內防禦力最強的九個超級大城，容納華國七成以上的人。

這樣一來，就能應對越來越危險的森林、湖泊、山川等靈氣聚集地的擴張。雖然人類並不想承認，但未來靈能時代的發展，異變覺醒的動植物絕對會成為人類最大的威脅。

人類沒辦法像從前那樣占領、探查每一個森林山川，因為在那些地方的深處有動輒就能毀掉一座城的大靈獸。

許多工業時代以後的科技發展都不再有效，熱武器的力量大大縮減，之後人們要研究的是靈能武器和各種裝備。

這個世界會發展成什麼樣子，未來無人可知。但，無論是人類還是地球上的其他生靈，至少在此刻都是生機勃勃、野心勃勃的。

當然，這是那些位於上層，有能力、有本事的野心家們的說法，對於那些平平凡凡的普通人或剛覺醒異變的靈能者，甚至是大部分靈能等級不高的靈能者們來說，無論怎麼樣，日子都照過。

魔化動植物被解決了一大部分、國家開始建超級大城、異變覺醒的動植物好像越來越多和他們有什麼關係呢？該吃就吃，該喝就喝，只要還有工作能養活自己，普通人可沒工夫想那麼多。

而且，是電視、小說不好看，還是各種美食不好吃？兒子今天又考了個鴨蛋，女兒天天對靈網明星發花痴！他們的事可多的呢。

「玲玲、玲玲，靈網上的神祕對象投票妳投了嗎？啊啊啊啊啊，為什麼我的兩大男神全都公開表示有對象了啊！！！之前后隊說他的心只屬於一個人也就算了，畢竟后隊總是釋放荷爾蒙，而且他單身這麼多年了，也該有對象了。可是嗚嗚！天啊，我的守護大天使怎麼也有伴侶了！他才剛剛考上大學不是嗎！讓我知道是哪個小妖精勾引了他，我一定要掐死那個該死的小妖精！

不過，妳覺得那個小妖精會是誰？我覺得很有可能是琉璃小公主！她的年紀和嗚嗚一樣大，而且嗚嗚還對她有救命之恩呢！我要把票投給她，啊啊啊，氣死我了。」

電話那邊的小女生似乎說了什麼，又引來女兒的怒吼：「不！我才不認為是理查！跨國異地戀是沒有結果的！雖然理查非常非常帥，但接受了理查就代表嗚嗚不喜歡女孩子，這怎麼可以？」

普通人老爹端著自己的枸杞菊花茶，準備繼續去看靈能者爆笑綜藝，然後他心想，這年頭人妖戀都快被接受、追捧了，風鳴那小子喜歡男孩又怎麼樣？唉，女兒的思想還沒有他先進呢。不過，如果風鳴不喜歡女孩子的話，他倒是覺得可以和后隊長、池隊長他們配一配。畢竟是他們國家的鳥人，肥水不能流到外人的田裡去啊。

此時靈網上確實非常熱鬧，最近生活變得平靜，大家就開始想要找樂子和八卦了。這樣一來，所有人的目光自然而然就放到了靈網最有名的名人身上。

比起那些普通人或靈能者大明星，靈網粉絲數排名前三的風鳴、后熠和池霄三人就受到了空前的關注，更別說后熠和風鳴還先後表示結束單身。雖然他們不是大明星，卻比那些大明星還要有流量，自然會被大家瘋狂討論。

四象交易交流大會之後，靈網上就多出了無數個「風鳴伴侶研究小組」、「后隊個人愛好總結小組」等網路研究群組。這些小組深挖每一個他們收集到的，關於風鳴和后熠的照片、直播、影片等資料，目的就是透過這些照片，找出那兩個藏在暗處，沒有比后熠和風鳴公開的

「另一半」。

於是，網路上就多了很多討論分析貼文。幾乎所有人都化身成超級偵探，有理有據地說后隊喜歡的一定是這個靈能女明星，又或者語氣篤定地表示風鳴和池霄隊長有無法掩蓋的關係，就連風鳴和理查、池霄的對視照片都被拿出來反覆分析，表明他們有多麼曖昧。

在各種CP支持者中，自然也有后熠和風鳴的支持者。這一對CP的支持者找到的各種照片也是最多的，畢竟風鳴也是青龍組的人。

按理說，有這麼多的照片和證據，這個CP應該被大部分的人接受或者認可，但大家偏偏都不相信。

『兔子還不吃窩邊草呢！后隊對風鳴只是喜愛晚輩的隊長關懷而已！』

『是啊是啊，后隊的性格霸氣，鳴鳴也是愛好自由銳利的性子，這兩個人要是在一起，豈不是要天天吵架？不管怎麼看，他們兩個都更適合溫柔的另一半啊！』

『對，而且后隊和鳴鳴的照片雖然多，但也沒有什麼曖昧的地方啊，真正談戀愛的人怎麼可能會這麼坦蕩，后隊和鳴鳴肯定不可能啦。』

靈網上的大多數人都是這樣罵支持后熠和風鳴的人。看著這些訊息，和圖途、楊伯勞他們一起聚餐的風勃直搖頭。

「唉，這些愚蠢的人啊，事實都擺在面前了，他們卻視而不見，果然是肉眼凡胎，還是英俊又強大的我看穿了一切。」

圖途吃著一串烤肉，歪過頭來：「你又在念什麼？喔，竟然是這個投票啊。唉，為什麼風鳴和理查、池隊的票數那麼高？我覺得那個琉璃小仙女很漂亮啊！放著可愛的女孩子不喜歡，風鳴是腦子壞了才會喜歡理查和池隊吧？雖然他們兩個長得確實很帥，但哪有軟乎乎的女孩子好。」

熊霸在旁邊非常贊同地點頭：「對啊對啊，不過我覺得那位美豔的黑玫瑰美人最好，這位姊姊是很多人的夢中情人！」

風勃就用「你們兩個眼瞎的大直男」的眼神看圖途和熊霸，把兩人看得有些發毛。

「不是，你這眼神是什麼意思？？現在大家不都在猜嗎，難不成你知道答案？」

風勃立刻搖頭：「我當然不知道。」知道了我也不敢說。

蔡濤和楊伯勞一直沒說話，不過都用狐疑的眼神看風勃。蔡濤瞇起眼，這分明就是心虛的表情。然後他低頭想著，老大嘴裡的伴侶到底是誰，他身為老大的頭號小弟和死忠粉，老大是什麼時候談的戀愛？老大平常好像沒有和誰走得特別近……咦！

蔡濤突然渾身抖了一下。

他抬頭看楊伯勞，楊伯勞看著靈網上的投票直搖頭。

果然就像風勃說的那樣，事實都已經擺在眼前了，大家怎麼還在亂猜呢？

靈網上的投票越來越激烈，后熠坐在辦公室裡看著風鳴和理查一路飆到最高的投票數，再看看自己和池霄一路絕塵的CP粉，臉上露出了毫不掩飾的厭惡和鬱悶。
「那個每天就只想著怎麼侍奉主、滿口神愛世人的傢伙，怎麼可能配得上我嗚！投票的人眼睛都瞎了吧？還有我和池霄？哈！池霄那條鹹魚有哪一點能讓我看上他？我這麼完美優秀的人，他配得上嗎？他配不上啊！」
后隊站起身在辦公室裡走來走去，覺得不能讓那些閒閒沒事幹的傢伙再這麼亂猜下去了，這已經嚴重影響到了他和他家小鳥兒的心情！與其讓他們瞎猜，還不如直接公開呢！反正周圍該知道的也都知道啦。
嗯，后隊這樣一想就心情愉悅了起來。他決定今天晚上就和他家小鳥兒商量，明天就直接公開出櫃。
於是晚上吃飯的時候，風鳴就聽到后熠義憤填膺地說到網路上的投票，然後他就樂了。
「嗳，原來我和理查的票數那麼高啊。仔細想想，他確實紳士又強大呢。」
后熠瞇起眼，渾身開始冒黑氣，然後風鳴看了他一眼：「但是沒你強，也沒你帥。」
后熠揚揚眉。甜言蜜語，不過這還差不多。
「那明天我直接在靈網上說？」
風鳴笑咪咪地點頭：「一起說吧。不過，要提前跟屠部長他們說一聲吧？我們算是公然出櫃，粉絲又多，還是要提前說一聲的。」
后熠就笑了。

「那沒問題。」

於是，后熠吃完飯就打了電話給屠部長。屠部長的祕書和保鑣就看到部長笑咪咪地接了電話，半分鐘後捂著心口坐下了。

祕書和保鑣非常警惕地走了過來，屠部長才一臉滄桑地嘆口氣：「通知一下網路營運部，讓他們明天做好準備啊。」

祕書和保鑣：「？？？」

當天晚上，后熠就在靈網上發了一條動態。

『后熠V：好了，都別猜了，明天上午十點告訴你們是誰。』

粉絲們和網民們都震驚了，震驚過後就是尖叫和喜悅，還有忐忑的，生怕最英俊強大的后隊找的另一半配不上他。

然後就是一群標註風鳴的人，風鳴等了一會兒，也發了動態。

『風鳴V：好吧，明天上午十點，我也告訴你們那個人是誰。』

全網瘋狂。

后熠和風鳴的CP黨又忍不住在這時候發聲：**『連公布時間都一樣，肯定是我們頭頂青天！』**

然後他們被更多粉絲壓了下去，困羽之箭憤憤不平，憋著一股氣。

今夜有許多人興奮得睡不著，這股興奮一直持續到了第二天上午！九點五十的時候，大家就開始在靈網上亂叫了。

后熠和風鳴都各自開了直播，表示會直接把喜歡的人拍給大家看。

結果九點五十五分的時候，東部秦嶺山下出現了緊急求助事件，風鳴一個瞬移，直接拉著后熠跑了。

紅著雙眼等結果的眾粉絲們：「……」

他們看著在九點五十九分占滿直播球的螢幕，那群討人厭的異變毒蠍子，心裡瘋狂捶地吶喊。

沒有人這樣的啊啊啊啊！你們是想告訴我們，你們的對象是毒蠍子嗎嗎嗎嗎？

在九點五十九分五十八秒，靈網觀眾和粉絲都已經絕望的時候，他們忽然看到直播螢幕內的風鳴嘴角一揚，露出了一個狡黠又燦爛的笑，一個俯身，居高臨下地親上正在射箭的后熠雙唇。

那位剛才還滿臉嚴肅淩厲的后隊，眼帶笑意，伸手撫住俊美青年的臉頰，加深了空中的一吻。

此時時間正好，十點整。

毒蠍子的屍身也爆了一地。

靈網所有人：？？？！！！

『啊啊啊啊啊啊啊啊！！！』

『我看到了什麼啊啊啊啊啊啊！』

風鳴和后熠的直播螢幕上刷滿了「啊啊啊啊啊」等一系列震驚的土撥鼠尖叫彈幕後，直接黑屏斷訊了。

來不及截圖的瘋狂網友和粉絲們尖叫著去靈網官方那裡洗版，靈魂詢問工程師們為什麼黑屏，為什麼沒有開啟最大的流量給他們的隊長和鳴鳴，為什麼現在還沒有修好，都已經過去一分鐘了！

就算靈網運營部門的二十幾個工程師在昨天晚上就收到了消息，在今天待命，專門負責風鳴和后熠的直播，現在也是欲哭無淚，想對這兩個不是偶像卻勝似偶像的老大跪下。

他們已經按照頂流之頂流的雙倍待遇在對待這兩位的直播了啊啊啊啊！但是誰能想到在那一瞬間還是超過負荷了呢！誰能想到這兩位靈網粉絲第一二名的老大內部消化了啊！

工程師們一邊承受著粉絲網民們可怕的怨念，一邊恨不得變成章魚或者蜘蛛靈能者，能有八隻手，趕緊解決直播黑屏問題。

然而五分鐘之後，他們好不容易解決完問題，之前直播畫面上熱血沸騰、尖叫連連的親吻畫面當然早已消失不見，取而代之的是風鳴和后熠一本正經地跟過來善後的警衛隊隊員一起打掃蠍子屍體的畫面。

吃了海鮮大餐，現在讓他們看這種白菜豆腐，誰接受得了啊！

於是，風鳴在打掃過程中就看到彈幕上飄過「嗚嗚，嗚嗚，你騙得我好苦，但是只要你再去親一下后隊，我就原諒你們，並且死嗑你們的CP！」、「老天鵝，我就知道后隊看我們鳴鳴的眼神不對勁啊！那是想要把人吞進肚子裡的眼神！」、「困羽之箭頭！頂！青！天！！啊啊啊，我就說我們才是對的啊！你們都不相信！」。

就連后熠那邊的彈幕也差不多了，只不過比起風鳴還多了一條「是男人就親回去！怎麼能讓媳婦主動親你！！」。

后熠看著這個彈幕，心裡也有點癢，但現在是工作時間，剛剛親一下已經很招搖了，這時候還是老老實實地工作吧。想親的話，什麼時候親不了，他可不把自己的小鳥兒給別人看。

於是在全網期待之下，后隊和風鳴特別認真努力地工作了一整天。基本上直播內容就是打怪↓處理後續↓回總部↓繼續打怪↓處理後續↓回總部，一直到下班。

靈網粉絲和網民表示，這場直播簡直是在挑戰他們的智商和忍受力，一個個都在螢幕上大聲宣布，如果一直是這樣的直播，他們就不看了。然而直播的觀眾數一直處在幾千萬，甚至破億，沒有下降過，可見人們大多都是口嫌體正直的。

到了最後，粉絲們再次鬱悶。

『我竟然真的看這兩個人的工作直播看了一！整！天！』

『臉被打得啪啪的，但是！我不得不說一句，仔細看還有點香！至少光是這兩個人的臉就夠我這個顏狗看上一天啊啊啊啊！』

『哈哈，光看臉怎麼夠，就算是工作影片，我也能挖出糖！！你們注意這張圖、這張圖還有這張圖（圖片）（圖片）（圖片）！看見我們嗚嗚和后隊相視而笑的大糖塊了嗎？還有后隊中午幫嗚嗚買的工作餐！別以為只是普通的海鮮和炸雞翅啊！看看嗚嗚的百科！他最喜歡吃的就是海鮮和炸雞翅！后隊一早就訂好了午餐！』

『對對對，作為一個挖糖小能手，我真是快被他們的日常甜死了！你們注意到嗚嗚拉著后隊瞬移的時候，都是后隊先伸出手，嗚嗚連看都沒看就抓住了他嗎？之前有多少次相同的動作才能這麼熟練！』

『喔喔喔，這麼一說，我突然發現這一天的工作直播就是在虐狗啊！老天爺，他們兩個看起來正正經經的樣子，我差點就信了！！』

『嘖，難道最重要的不是后隊竟然拿下了嗚嗚嗎？之前我在罵到底是哪兩個小妖精勾引了我的偶像和我的大寶貝，現在我發現我罵了我的寶貝和偶像，露出疲憊的微笑。這狗糧塞得太厲害，我要撐不住了。』

『哈哈哈，但不管如何，他們兩個在一起我是同意的！仔細想想，真配啊～』

於是到快下班的時候，直播的彈幕從震驚到語無倫次，到罵老狗，到想想還滿有感覺、滿配的，最終變成了一堆祝福。這還得虧后隊平常表現出來的都是有責任心、英俊強大的青龍組隊長的模樣，再加上他粉絲和CP粉的各種誇獎，基本上沒人覺得兩人不配。

當然，還有理查、池霄以及一些靈能明星的粉絲還是不情不願、哭天喊地，但也改變不了事實。

『**算了，反正后隊長的話，穩重可靠，強大還帥，我就把嗚嗚交給他啦。**』

一堆人點讚。

然而，這個點讚只到下班直播之前，在后熠和風鳴靈能簽退下班之後，兩人的直播畫風就變了。

后熠帶風鳴去逛夜市。兩人吃著各種小吃，換了衣服、戴上口罩，手牽手逛街，黏膩程度讓人牙疼。粉絲眼裡非常高貴冷豔的風鳴熱衷於買各種打折貨囤著，為此買了不知道多少用不到的東西；應該穩重、強大、可靠還帥的后隊則直奔靈能者夜市小攤販，熟練地買了一堆用靈能絲織品織出來的衣服，臉上帶著微妙的笑意。

網民們：『……』

這兩位是不是忘記他們還在直播了？現在這畫風有點崩啊。

然後在后熠掏出手機，打開了一個名叫「奇跡嗚嗚拯救世界」的換裝遊戲之後，看著這位老大的ＩＤ名稱，無數女粉絲震驚了。

『**我靠，這不是我們全遊戲最土豪的那個換裝高手嗎！**』

風鳴這時候又看中了一堆「雜七雜八」想要囤起來時，他終於等到了堂哥的提醒訊息，然後直播就在這裡戛然而止了。

網民們……果然是忘記他們在直播了吧啊啊啊啊！

『哈哈哈哈！后隊，我萬萬沒想到你是這樣的后隊！你竟然偷偷幫嗚嗚買各種衣服！』

『嗚嗚也是名副其實的風囤囤啊。我完全不明白他為什麼要囤一堆鍋碗瓢盆，是打算野炊用嗎？』

大家吐槽得特別開心，然而到最後，還是被一句話ＫＯ了──

『金口玉言：再笑，你們也被餵了一嘴的狗糧，大部分還是單身狗，何必呢。』

然後金口玉言就被憤怒的單身狗們瘋狂地吐槽了，要不是靈網的個人資訊保密系統做得非常好，他非得被憤怒的單身狗們挖出來不可。不過總的來說，這一天大家吃瓜吃得心滿意足。

早早避開這一天熱搜的靈網明星名人們，也都各自轉發了照片表示祝福。

不過西方教皇陛下和理查騎士大人的訊息就非常微妙，兩人各自發了一個表情、兩個字。

教皇陛下是「心碎.JPG」祝福，理查則是「微笑.JPG」祝福。

粉絲們分析，理查騎士大人的微笑有點微妙，彷彿……呵呵。

反正占據了靈網熱搜許久的后熠和風鳴，另一半的事情到今天總算有個完美的結果，大家覺得之後的日子就會恢復平凡啦，明星們更是開始考慮要怎麼占據熱搜的問題了，結果從第二天開始，大家發現事情沒有那麼簡單。

或者說，后隊公開之後就不做人了──

沒有了直播，但靈網還在，公開之後的后隊彷彿放飛了自我。

早上六點，后隊發動態：『早安，你頭頂的呆毛都染著陽光的美麗。（風鳴呆毛照）』

早上七點，后隊發動態：『親自熬制的靈能海鮮粥，配靈能小榨菜味道好極了。（風鳴吃飯照）』

中午十二點，后隊發動態：『上午工作辛苦了，帶你去吃九九八單人海鮮自助～（漂亮大翅膀照）』

下午六點，后隊發動態：『下午那個罪惡靈能者竟然想偷襲你，呵。晚上一起泡溫泉吧～（溫泉大白鵝照）』

接連的動態讓粉絲們從震驚、喜悅、吃糖到差點被噎死，也就是不到二十個小時的時間。在大家以為六點之後，總算不會再有后隊的動態了吧？結果晚上十一點，后隊又發了一個動態，暴擊所有單身狗，甚至是一些非單身狗們。

『后熠V：今晚的月色極美，人也極美，嘿嘿。』

只「嘿嘿」兩個短小精悍的疊字，瞬間暴露出了許許多多只可意會不可言傳，但你知我知的微妙東西。於是，被虐了一天的靈網粉絲和網友忍無可忍，無需再忍，一個個怒髮衝冠、咬牙切齒、羨慕嫉妒恨地洗了后熠的靈網版面。

從最有名的池霄、胡霸天、馮常三位四方組隊長，到剛註冊了靈網幾天的小透明們，全都整整齊齊地標住后隊一句話——

『池霄V：@后熠V，你做個人吧。閉嘴。』

『胡霸天V：@后熠V，是只有你有伴侶、媳婦是嗎？你做個人吧！』

『馮常V：@后熠V，單身狗吃你家狗糧了，你夠了嗎？做個人不好嗎？』

『@后熠V，后隊，求求你做個人吧！給我們留條活路行嗎？』

躺在床上刷靈網的后熠看著那一排求他做人的留言，哼笑一聲，把自家小鳥兒往懷裡塞。

做什麼人啊！太陽神↑♂滿好的。

然後第二天，后隊罕見地做了人，一條動態都沒發，取而代之的，是風鳴在昨天后隊發動態的相同時段，發了一整天情況不同、大小不一，品種還有差異的榴槤圖。

網路上一片歡欣喜悅，哈哈哈哈！

番外　四神共存

當朱鴻睜開眼的時候，就聽到天地嘆息悲鳴的聲音。

目之所及，山河已然變樣，記憶中的水秀山清、靈氣灼灼、萬物生機不再，取而代之的是災難、饑荒、殺戮和腐朽。他震驚而起，展翅而翔，尋找青龍與白虎的蹤跡，卻只在一處青山之地看到了神色沉鬱愴然的玄武。

醒來之時，四象唯餘其二。

天地將崩，恍若一夢。

玄晙問他：「天地將崩，若何？」

朱鴻覺得這是個蠢問題。

「天地將崩，四象將滅，萬物歸於混沌甚至湮滅……」

但——

「自然要爭個一線生機！」

哪怕是沒靈識的草木，也會用盡一切力量從頑石枯骨中掙扎而出。萬物有靈，怎能認命！

朱鴻皺眉看玄晙：「你若不想管，那便睡去終結。」

玄晙回他一笑。

「萬物有靈，吾不認命。」

朱鴻看這老烏龜，頭一回發現此人儒雅溫俊。

他回以一笑。於是，百年時光便是走遍四方大地。

他們見到沉迷於權利征戰的最後的普通人類，見到為了搶奪機緣靈寶，互相趕盡殺絕的人魔修士，見到日漸瘋狂，難以控制本性的妖獸靈獸，見到被殺孽怨氣汙染，再也無法修得靈識的靈植草木。

他們見到生靈的掙扎，萬物的蕭寂。

在眼看最後一個人類修者為了靈血，活生生殺死親生子時，朱鴻覺得這萬物不救也罷。

赤色的天地之火在此時染上一層青灰。

朱鴻把最後那一個人類修者燒得一乾二淨，帶走了那奄奄一息的幼童。

之後，朱鴻和玄晙找到了更多殘留血脈，又在百年後回歸青龍山脈。

此時天地氣運已散，靈氣化魔，無可更改。

早前那些為了求得一線生機，離開這方世界的大能力者和大妖靈獸十不存一，萬界屏障、煌煌宇宙，怎可輕易跨越。於是玄晙以數萬求死生靈為陣，布下青龍山結界屏障。

而後以天地悲願為介，卜得一線生機。

「十年之後，臨界靈生，有異數……跨界而來。」

於是朱鴻選了玄蛇、黑虎暫代青龍白虎之位，立四象之穩。

十年之後，臨界靈氣生髮。

又一年，海底結界因兩界靈魔之力角逐，裂出縫隙。

又兩年，裂縫逐增。

得知臨界名為「地球」，異數於此時破界而來。

朱鴻於山頂問玄晙：「你恐怕不是弄壞了殼子，那異數太過弱小，何德何能？」

連他一手之力都無法抵抗。

玄晙看著他輕嘆一聲：「你不該同意玄蛇讓蚌妖去臨界，玄蛇、黑虎不足為信。」

朱鴻赤紅雙目，閃過一絲黑沉：「他們再怎麼謀劃都離不開此處，最終不過一死，不足為慮。萬物存續不比他們重要？」

玄晙伸手點他的眉心：「你入魔了。」

於是青紅雙色之光在青龍山頂閃爍許久，彷彿一場天地之戰。

之後，朱鴻看到了一個月之前被他認為太弱小的異數，再次覺得他實在弱小！

帝鴻鯤鵬血脈，擇其一便是縱橫天地之雄主，這異數卻沒覺醒半數血脈。旁邊還有更弱小的人皇血脈后羿，當年那破界墜日之壯舉不見半點風采。

就這樣，還有何用？朱鴻有一瞬間想要滅掉眼前所見的萬物一切。

然而，他最終停下了動作。

不是因為那異數突然血脈覺醒，也不是玄晙偷偷給了后羿血脈玉牌，他只是在那對著他咬牙瞪眼說「我不要！」的異數身上，看到了彷彿已千萬年不見的勃勃生機。

朱鴻忽然覺得，這異數像是一顆從石縫裡鑽出的小草，怎麼踩都要生長，和無論怎樣掙扎都成定局的他們完全不同。雖然不承認，但朱鴻想，這小子其實不如他所想的弱，甚至有些順眼。

在回去的路上，玄晙難得輕笑地和他閒聊：「那異數，像極了你幼時。」

朱鴻差點又跟玄晙打上一場。

「那個血脈都沒完全覺醒的孩子，也配像我？」

玄晙卻笑而不語。

記得四象初生，天地生靈之初，除了他趴在一邊不打架，朱鴻和青龍、白虎不知道打了多少次。每次打架都又叫又跳，還會張口罵青龍長蟲、嗆白虎病貓，嘖，卻不知道他也不過像是火紅火紅的小野雞而已。

但是勝了還好，若是敗了，也會咬牙飛走地留一句老子還會回來，隔些日子就會再來一場了。這樣子怎麼不像呢？

只是天地萬靈生、四方定，四象便無須存在了。

只要陷入沉睡中，維持著天地穩定，最後隨天地一同隕落崩毀便是四象之命。

他們生來便是神明，驚天動地、呼風喚雨，彷彿立於巔峰永恆。

無數生靈跪拜、獻祭他們，無數修者、靈獸渴求等同於他們的力量。

然而說到底，他們也不過是一方囚徒而已，自始至終從未有過自由，壽與天齊，卻生而孤寂。

「你最喜歡的是何時？」玄晙看著這方天地，問朱鴻。

朱鴻一愣。

「最喜歡何時？」

他的何時不都是沉睡之時，時間對他有何意義？不過，若是在那彷彿漫長又短暫的生命裡勉強選一選的話……

「倒是初生之時不錯。」

那時天地雖然孤寂，四象雖然幼小，卻在一起打鬧。現在想想，就連那條長蟲和病貓的弱小樣子都頗為可愛。

朱鴻輕笑起來。玄晙看他，亦是一笑。

之後，玄晙轉身眼中青光閃過，朱鴻聽到玄晙輕聲問：「你我為萬物爭一線生機，這『萬物』之中，可有『你我』？」

朱鴻笑容斂去。

「玄晙，你入魔了。」

玄晙不言，只一笑。

朱鴻原本想要讓那個異數幫忙，怕會費一番口舌，沒想到那小子也是個沒出息心軟的，被熊毛毛一求、走了一圈聚集地，就同意開啟臨時通道。

玄晙表示這一點也像他，朱鴻則冷笑嘲諷，那小弱雞實在不配和他相提並論。

哪怕他和玄晙在這數百年撐起結界、淨化魔氣，甚至已然和這方世界一般千瘡百孔，但朱雀大人永遠最強。

後來玄蛇和黑虎想用萬靈之血強行打通兩界，朱鴻覺得這兩個傢伙實在愚蠢透頂。強行打破兩界壁壘，會招來多大的世界惡意？怕是降臨之後，會被世界意識直接記恨到死。

且，己所不欲勿施於人，君子求生，也要取之有道。

朱鴻於逐漸崩塌的天空中強撐著最後的結界，意外地，那隻小弱雞竟然能堅持到此時，還沒逃走。此時剩下的孩子也不過十之一二，若是他走，他和玄晙也很感激，然而那小子竟拚著硬生生噴出一口鮮血，抽取他空間內的所有靈物之力，再次打開了通道。

朱鴻想，他這次總該走了。結果這小子運氣太差，來不及離開，同樣留下來的還有后羿血脈的那小子。

嘖，朱鴻想，若是天地還在，他朱雀大人恐怕是第一次欠了別人的因果。

然而，此時天地已崩，萬物湮滅，歸於混沌，這個因果恐怕還不了了。

朱鴻在化為本體之時，留了一絲力量在那兩個小子身上，多少讓他們多活一會兒，說說遺言，然後，他也該……爭一爭這方天地了。

玄晙問他「萬物」之中有無「你我」，朱鴻想，應該有的。哪怕是這方天地，不也有最後的「意識」，求得殘喘生機嗎？

只是，死生輪迴。

該死就去死，若不是涅槃重生，就不要苟延殘喘了，至少，他和玄武會和世界一同隕落。

嘖，這番話說起來彷彿有些雙標，不過，他到底還是有些不甘。

他與天地齊壽、亙古長存，卻沒吃過一頓滿漢全席呢！還有那小子說的什麼肥宅快樂水、狗血電視劇、遊樂場雲霄飛車都沒玩過。

他和玄晙與天地齊壽，但算算清醒的年歲也才三百二十三年，還是個孩子呢。

朱鴻輕笑起來。神靈哪有年歲。

世界意識憤怒瘋狂地和他和玄晙的神魂相耗，朱鴻的意識逐漸模糊。

模糊之時，玄晙緊緊咬住了他的尾羽。嘖，那烏龜還是這麼膽小，死都不敢一個人。

在意識消亡前的最後一刻，在無邊無際的混沌黑暗中，朱鴻看到了耀目刺眼的雙象。

他們不是青龍和白虎，卻如同神明一般撐開了整個世界。

然而，這是終焉，不是初始，真是可惜。

§

當朱鴻再次睜開雙眼時，忽然覺得有點冷。他有些呆滯，動了動腦袋還覺得一片混亂。

他竟然覺得有些冷？他明明應該不怕冷才對啊。

嘩啦嘩啦。

啊，這是下雨了。

等等，下雨了，他的羽毛可不能被淋濕！

「啾！！！」

他屁股後面的尾羽怎麼那麼疼？還有剛剛那個聲音是怎麼回事？是「啾」嗎？

朱鴻震驚轉頭，看到了死死咬著他尾羽不放的一隻青皮小烏龜。

喔，烏龜！

那烏龜竟然還用如黑豆一樣的小眼睛看著他！竟然還在笑！

「啾啾啾啾啾啾啾！！」

笑個屁，快鬆開你的王八嘴，不然大爺我拚著不要羽毛也要啄死你！！

於是這場龍城的雨幕中，一隻渾身毛色火紅的小鳥追著一隻青皮小烏龜瘋狂地啄著，也不管大雨傾盆天將冷。

有在屋簷下躲雨的小女孩看到這一幕，笑著驚呼起來：「哎呀，快看，那裡有一隻小鳥和小烏龜呢！小烏龜一隻縮著腦袋認啄，哈哈哈！好可愛！」

有人覺得這隻紅色小鳥和青色小烏龜靈動可愛，想要上前把牠們帶走領養，結果那火紅色的小鳥不屑地鳴叫一聲，用雙爪抓著青皮小烏龜的殼，快速飛走了，驚呆了眾人。

在一個月後，有人又拍到了這疑似靈獸的可愛火紅小鳥和青皮小烏龜——

牠們身邊竟然還多了一隻軟萌瘦小的小白貓，以及一條纏在小白貓脖子上的細小青蛇。牠們……在分吃一桶全家桶炸雞，旁邊配著肥宅快樂水，前面還有一個播著狗血偶像劇的破舊雷射螢幕。

陽光透過樹葉照在牠們身上，竟然有種歲月靜好之感。

——全文完

高寶書版集團
gobooks.com.tw

FH 029
靈能覺醒 —傻了吧，爺會飛— 05（完）
作　　者　打殭屍
插　　畫　HIBIKI-響
責任編輯　陳凱筠
設　　計　林　檎
內頁排版　賴姵均
企　　劃　方慧娟

發 行 人　朱凱蕾
出　　版　朧月書版股份有限公司
　　　　　Hazy Moon Publishing Co., Ltd
地　　址　台北市內湖區洲子街88號3樓
網　　址　gobooks.com.tw
電　　話　(02) 27992788
電　　郵　readers@gobooks.com.tw（讀者服務部）
傳　　真　出版部(02) 27990909　行銷部 (02) 27993088
郵政劃撥　19394552
戶　　名　朧月書版股份有限公司
發　　行　朧月書版股份有限公司
初　　版　2022年4月

本著作物《傻了吧,爺會飛!》，作者：打僵尸，由北京晉江原創網絡科技有限公司授權出版。

國家圖書館出版品預行編目(CIP)資料

靈能覺醒：傻了吧,爺會飛/打殭屍著. -- 初版. -- 臺北市：朧月書版股份有限公司, 2022.01-2022.04
冊；　公分

ISBN 978-626-95424-6-8(第2冊：平裝). --
ISBN 978-626-95424-7-5(第3冊：平裝). --
ISBN 978-626-95553-7-6(第4冊：平裝). --
ISBN 978-626-95739-0-5(第5冊：平裝)

857.7　　110019097